一鬼夜行　枯れずの鬼灯

小松エメル

ポプラ文庫ピュアフル

目次

小松エメル

枯れずの鬼灯《ほおずき》

一鬼夜行

序

「記憶がない……のですか？」

そう問うた少女に、青年はこくりと頷《うなず》いた。

「そうですか……」

少女――千代乃《ちよの》はそう言ったきり、黙り込んでしまった。幼さの残る細面には、途方にくれたような表情がのぞいている。先ほどまで浮かべていた笑みは、もうどこにもない。当たり前の反応ではあるが、その様子を見た青年は布団《ふとん》の端《はし》をぎゅっと摑《つか》んで後悔をした。

（……初めに言えばよかったのだ）

少し前、二人は散々笑い合っていたのだ。千代乃の浮かべていた笑みがあまりに明るかったため、青年は己《おのれ》の記憶がなくなっていることを一瞬失念したのである。途中で思いだしてからも、千代乃との話が楽しくて、なかなか言い出すことが出来なかったのだ。

「困りましたね」

本当に困ったように呟《つぶや》いた千代乃は、乗っていた車椅子を軽く左に動かし、窓の外に視線をやった。先日の嵐が嘘のような快晴に目を細めつつ、千代乃はぶつぶつと言い出した。

「……空……青……海……風……雨？……波？　波……桜、藤……藤と波？」

青年は半身を起こし、千代乃の視線の先を窺《うかが》った。そこには確かに海が見え、庭には薄紫の藤の花が咲いている。晴れわたった空に雨が降る気配はないが、木々がかすかに揺れているところを見ると、風も吹いているのだろう。ただ、桜の姿は見えなかった。しばらく考え込んでいた千代乃は、おもむろに車椅子を回転させ、青年に向き直った。

「藤波《ふじなみ》――藤波はどうでしょう？　少し可愛らしすぎるかしら？　貴方《あなた》が攫《さら》われてきたものから取るのは、嫌な気持ちがしますか？　私は美しい波しか知らないのですが……」

「あの……一体何のお話ですか？」

千代乃は真面目な顔つきで問うてきたが、青年はまるで訳が分からなかった。窓の外を見て呟いていただけではないのだとは知れたが、分かったのはそのくらいである。質問を返された千代乃は、少し驚いた顔をして答えた。

「貴方のお名前です。名前など付けたことがないので、少し困ってしまいました。藤波さん――いかがですか？」

「……」

青年は口を開けたまましばし固まると、うっそりとうつむいた。千代乃はそんな青年の様子を見て、少し顔を赤らめて小首を傾《かし》げた。

「そんなにおかしな名前でした？」

千代乃がそんな風に問うたのは、青年が涙を溜《た》めながら笑っていたからだ。

（……困ったのはそこなのか）

青年はしばし笑いが止まらなかった。記憶を失くした男を前にして、心配していたのは名前がないという、ただ一点だけだったらしい。目の前できょとんとしている様子は、どこにでもいる凡庸《ぼんよう》な少女にしか見えぬ。だが、その実、誰よりも無鉄砲で、肝が据《す》わっていて、風変わりらしい——ほんの四半刻も話していなかったものの、青年はこの時すでに千代乃のえも言われぬ魅力に引き込まれていたのである。

「いえ……いいえ……とても気に入りました」

やっとのことで笑いが収まった青年——藤波がそう言うと、千代乃はとても嬉しそうに笑った。その笑みは、やはり明るくて、まるで陽光のようだった。眩《まぶ》しげに目を細めていた藤波に、千代乃は少々逡巡《しゅんじゅん》しつつ、こう述べた。

「貴方は初めて出来た私の友です。だから、ずっと……記憶が戻るまで、ずっとここにいてください」

*

（あの時は驚いたものだ）

藤波は浜辺に佇《たたず》みながら、四年前のことを思い出していた。千代乃が見ず知らずの己を助け、あまつさえ傍《そば》にいてくれと頼んでくる理由を、今ではすっかり分かっていた。千代乃には友がいなかったのだ――否、友どころか、親もおらず、数人の年老いた家人たちと江戸の町から遠く離れた海の彼方《かなた》でひっそり暮らしていたのである。一言で言うなら、千代乃は孤独だったのだ。そんな千代乃にとって藤波は、言葉の通り初めて出来た友だったのだろう。それを知った藤波は、その時こう決意したのである。

（俺は絶対に千代乃さまの傍から離れない）

どこの誰とも分からぬ己が傍にいていいのか、悩むことは多々あった。とんでもない極悪人であったら、どうするのか？　もしも、愛する妻子がいたことを思い出したら、それを捨てておけるのか？　そんなわけがない――とは言い切れなかった。心の動きなど、想像しただけで分かるものではないからだ。記憶が戻る前の自分は、藤波にとって他人と同義だった。これまで生きてきた己からしても、今の自分は他人なのだろう。幾度となく最悪の想像はしたし、思い悩むことを繰り返してきた。だが、それでも藤波が出した答えは、千代乃の傍にいたい――ただそれだけだったのである。

「こうして浜辺に座って海を眺めることは、もう出来なくなってしまいますね」

隣に座っている千代乃がそう言った今、そのたった一つの願いすら叶《かな》わぬということが藤波には分かってしまった。藤波は云《うん》とも否とも返すことが出来ず、ただ海を見つめていた。口を開いたら、その途端に想いが溢《あふ》れだしてしまいそうだった。だから、不安げに見つめてくる千代乃の視線にも、気づかぬ振りをしなければならなかった。

「私は一つだけ悔いているのです……貴方の記憶を取り戻してあげられなかった」

千代乃がぽつりと言った時、藤波はやっと己の傍《かたわ》らに視線をやった。声音よりもずっと苦しげな表情をしている千代乃を見つめて、藤波はぐっと胸が詰まった。伸ばしそうになった手を抑えるため、藤波はまたしても顔を逸《そ》らした。

「千代乃さまが悔いることはありません……俺は記憶が戻らずとも、幸せです」

藤波はそう返したが、心の中ではこう思っていた。

(俺は幸せでした。貴女《あなた》と出会えて、貴女の傍にいられたことが……とても幸せだった)

これから他家に嫁いでいく千代乃には、決して言えぬ台詞《せりふ》だった。優しい千代乃のことだ。そんな気持ちを吐露すれば、絶対に哀れに思うに決まっている。それと同時に許婚《いいなずけ》や両親のことも考え、結局どちらも選べぬという事態に陥るかもしれぬのだ。何があっても口にしてはならぬ――藤波はそう思っていた。

「幸せ、ですか……貴方は欲がないんですね。私とは正反対です」

千代乃はそう言うと、はっとしたような顔をして口元を押さえた。恐らく、言うはずではなかったことなのだろう。藤波も驚いて、思わず首を傾げてしまった。

「……千代乃さまが欲深いならば、俺や世の中の大半は欲しかない人間になってしまいます」

そう言った藤波に、千代乃は堪《たま》らず、という風に首をぶんぶんと横に振った。

「そんなことはありません……私は皆よりずっと欲深い人間です」

（ああ……）

藤波は今度こそ千代乃に手を差し伸べてしまった。己をじっと見つめてくる目に、涙がじわりと溜まったからだ。だが、その涙は零《こぼ》れることはなかった。藤波は途中で手を止め、それを見た千代乃はますます哀しげな顔をした。

（そんな顔はしないでくれ）

藤波はますます胸が詰まって、気づけばこんなことを口にしていた。

「……俺は何もかも忘れてしまいましたが、一つだけ覚えている話があるんです」

これ以上話してはならぬと分かっていた。だが、微笑《ほほえ》んで先を促してくれた千代乃の顔を見たら、もう止められなかったのだ。

「枯れずの鬼灯《ほおずき》――千代乃さまはご存知ですか？」

千代乃は「いいえ」と答えた。ほっとしたような、残念なような気持ちになった藤波は、少し迷ってこう述べた。

「枯れぬのです。ただし、赤く熟れもしない――青いままで一生を過ごし、その一生は尽きることがない。つまりは、永遠の命を持っているということです」

千代乃はどこかぼんやりとして、「永遠の命……」と呟いた。

「その鬼灯の正体は分かっていないそうです。正体というくらいだから、本物の鬼灯ではないのでしょう。この話を知った、時の権力者たちは、皆こぞってその鬼灯を探し出そうと躍起になったといいます」

枯れずの鬼灯を手にすることが出来たら、その者は枯れずの鬼灯と同様に永遠の命を手に入れることが出来る――語り終えた藤波が横を見ると、千代乃はどう捉えるべきなのか迷っているような、寄る辺なき表情を浮かべていた。

（無理もない……こんな話、普通の人間だったらきっと信じはしない）

だが、この話は紛《まご》うことなき真実だった。藤波は実際にそれを見聞きし、覚えていたからこそ、千代乃に話したのである。そう、藤波は覚えていたのだ――記憶を取り戻したのはつい最近のことだったが、己の本当の名も、生まれも育ちも、共に生きていた者たちのことも、すっかり思い出したのである。最大の懸念だった妻子はおらず、博徒でもなく、故郷さえもすでになかった。だが、藤波はたった一つだけ秘密を持っていた。それはある意味、どんな極悪人よりも非道で、許されぬものだった。藤波は、神をも恐れぬ所業をその身のうちに秘していたのである。

「もしも……もしも俺が永遠の命を持っているとしたら、千代乃さまはどうされますか？」

藤波は、まっすぐ千代乃を見つめて言った。冗談だと捉えられるなら、それでも構わなかった。ただ、どうしても言わずにはおれなかったのだ。藤波は千代乃と違い、永遠の命を持つ者だった。

「私は……」

千代乃はやっとのことで話し出したが、何と続けようとしたのか分からなかった。びゅうっと吹いた風があまりに強く、そしてちょうど打ち寄せてきた波があまりに荒々しかったせいである。藤波は千代乃の足についた枯葉を払おうと手を伸ばしかけたが、ほんの一寸《ちょっと》持ち上げただけでそれを止めた。今度は、自ら止めたのではなかった。

「……冷たい。でも、こうしていれば温かいですね」

そう言った千代乃が、藤波の手をそっと握ってきたからだ。にこりと笑った千代乃の顔を見て、藤波はようやく悟った。

(同じ想いでいてくれたのか)

気持ちを打ち明けるつもりはなかった。それはきっと千代乃も同じだったのだろう。

「ええ……だから、こうしていてください」

大粒の涙を流した千代乃に、藤波は堪えるようにして言った。一等言いたいことは言えなかったが、繋《つな》いだ手から伝わってくる想いをひしひしと感じた藤波は、想いをすべて込めるように強く手を握り返した。藤波は不穏な様子の海を眺めながら、ただひたすら幸福に酔っていた。この先どれほどの苦難に苛《さいな》まれても、千代乃と共にいるならば、乗り越えられると思っていたのだ——この時は。

＊

「俺とずっと共にいてください。俺は決して貴女の傍を離れはしません。貴女も俺の傍を離れないでください」

もう二度と——藤波がようやく千代乃にそう言えたのは、千代乃の目が永遠に閉じてしまう一瞬前のことだった。

一、遠い日の約束

「荻の屋《おぎや》」のほど近くにある浅草寺《せんそうじ》には、大きな提灯《ちょうちん》がある。その実物大模型が万国博覧会に出されたのは、明治六年五月のことだ。オーストリアのウィーンで開かれたこの博覧会には、浅草寺の大提灯の他、鎌倉《かまくら》の大仏、上野《うえの》の五重塔の実物大模型が出展され、日本人の緻密《ちみつ》で確かな技術力が大いに評価されたという。二百年以上もの間国を閉ざしていたということもあり、異国人からすると日本のすべてが新鮮に映ったようだ。博覧会初日からひと月後には、実業家の渋沢栄一《しぶさわえいいち》が兜町《かぶとちょう》に日本初の銀行・第一国立銀行を設立し、それより前には政府から徴兵令が出されもした。侍《さむらい》すら刀を取られて久しく、長きに亘《わた》って名誉とされてきた仇討《あだう》ちもこの年きっぱりと禁止された。断髪や洋装、肉食など異国の文化や流儀に沿《そ》ったものが流入すると、それらは影が伸びるように人々が気づかぬうちに浸透していき、振り返れば明治になったその時よりも確実に時代は変わってきていたのである。

一言でそれを表すなら「文明開化」であったが、もちろん時流に乗っていない人間は大勢いた。古道具屋荻の屋主人・荻野喜蔵《おぎのきぞう》などはその最たる例で、未《いま》だに髷《まげ》を結い、月代《さかやき》を剃《そ》ったまま。仇は討たぬものの、己を裏切った父親や従姉《いとこ》に恨みを持ち続けている。夜中に不審な音がした折には、店で扱っている脇差《わきざし》を持って外に出たことも数度あり――例を挙げるとまるで小悪人のようだが、当人は至って大人しく、ひっそりと暮らしているつもりだった。用がなければ誰とも口さえ利かぬのは常のことで、それは実の妹にすら当てはまる。なるべくならば、他人と深く接さぬのが喜蔵の信条だ。だが、当人の意思と世の条理は必ずしも合致するものではないらしい。喜蔵の元には、なぜかいつも怪しい相談が舞い込んでくるのだった。

明治六年七月二日――この日も喜蔵はとある事件の始まりに立ち会っていた。

(……珍しいことがあるものだ)

目の前に座る者に茶を差し出しながら、喜蔵は内心首を捻《ひね》った。客以外で訪ねてくる人間といえば、幼馴染《おさななじみ》の彦次《ひこじ》や裏長屋に住む綾子《あやこ》くらいしかいない。だが、今日訪れたのは、裏長屋の大家の又七《またしち》だった。

「……邪魔していいかい?」

店の戸の傍でそう言った又七は、自ら訪ねてきたくせに実に嫌々ながらという顔をしていた。又七は喜蔵が生まれる前から裏長屋の大家を生業《なりわい》にしており、喜蔵の祖父ともそれなりに親交のあった人物だ。もっとも、親交といっても、町内に関する事項の話し合いをするくらいで、深い付き合いがあったわけではない。喜蔵の祖父も、喜蔵ほどではないが、あまり人付き合いが上手くない種の人間だった。祖父の葬式の時には来てくれたが、それは裏長屋を代表してということだったのだろう。村八分でも、葬式と火事の時だけは村人総出でことに当たるものである。

（人間というのは、不思議なものだ。生よりも死の方が大事らしい）

喜蔵がぼんやりとそんなことを考えていたのは、居間に上がった又七がずっとだんまりを決め込んでいたからである。一体何をしに来たのか――喜蔵にはまるで見当もつかなかった。悪さなどした覚えはないが、又七の顔は来た時からどうも怒っているように見えた。

「……あんた、これを知っているかい？」

やっとのことで口を開いた又七は、持っていた木箱を喜蔵に見せた。又七が持っていた木箱は鳥籠《とりかご》くらいの大きさで、上部に細長い穴が開いていた。そこから何か入れるのだろうと察しはついたが、その箱自体が何であるか喜蔵には分からなかった。

「知りませんが、それがどうかされましたか？」

喜蔵が問うと、又七はいきなり立ち上がり、箱の裏側にあった戸を開けて、真っ逆さまにひっくり返すと何度も振った。中からばさばさと紙が出てきたことよりも、又七のその剣幕に喜蔵は唖然《あぜん》とするばかりだった。

（……一体何なのだ？）

箱の中身をすべて出し終えた又七は、息を整えてから話し出した。

「ふう……孫の提案でね、塵《ごみ》捨ての横に目安箱を置いたんだよ。裏店《うらだな》のことでもいいし、町内のことでもいい、気になることがあったら何でも書いて知らせてくれってね。いい考えだろ？」

喜蔵は頷いたものの、目安箱が一体己に何の関わりがあるのか、やはり分からなかった。しかし、又七はまるで喜蔵がそれに関わっているような目で見てくる。しばし沈黙が続くと、又七は額《ひたい》に手を当てて、盛大な溜息《ためいき》を吐いた。

「あんたね……喜蔵さん。ここにあるの、どれでもいいから読んでみな」

又七が顎《あご》で指し示したのは、彼がばら撒《ま》いた目安箱の中に入っていた紙である。それらのほとんどは四つ折にされており、ざっと見て三十枚以上はあった。

（なぜ、俺が……）

そう思いつつ、又七の苛立《いらだ》ったような視線に負けた喜蔵は、適当に拾い上げた紙の文面を読んだ。そこで眉間に皺《しわ》を寄せた喜蔵は、もう一通手にとって読んでみた。そこでも眉間の皺を増やすと、最後にもう一通拾い上げ、読んだ傍から畳み、それらを念のためもう一度ずつ読んだのである。

「……なぜ、俺が」

今度は口に出して、喜蔵は唸《うな》った。しかし、その「なぜ」は先ほどとはまったく違う意味の疑問だった。いつの間にか座り込んでいた又七は、腕組みをしつつ言った。

「なぜ、じゃないよ。皆そう思っているから書いたんでしょうよ」

「思っているかどうかは俺には関わりのないことです。別段誰も困ってはいないはず」

「困っているから書いているんだよ！」

泡を飛ばす勢いで突っ込んだ又七は、げほげほとむせた。若く見えるが、いい年のはずである。又七は出された茶を飲んで、幾分落ち着いてから話を続けた。

「まったく……あんたの祖父《じい》さんも大概人付き合いが悪かったが、それにしたってあんたほどじゃあなかったよ」

だからと言って、目安箱に「こんなもの」を入れるのはどうなのか？　喜蔵はまるで納得がいかなかった。そんな喜蔵の仏頂面《ぶっちょうづら》を眺《なが》めていた又七は、呆《あき》れたような声音を出した。

「言った傍からそれだ……目安箱っていうのはね、愚痴《ぐち》を入れるもんじゃない。ここをこうしたらもっとよくなる――そう思ったことを書いて入れるもんだよ。分かるだろう？」

又七の言にしばし考え込んだ喜蔵は、やっとのことで答えた。

「つまり、俺に町内から出て行けということですか？」

「ああ、ちっとも分かっちゃいない！」と又七は頭を抱えて呻《うめ》いた。もはや、怒りを通り越してしまったらしく、哀れむような目で喜蔵を見て言った。

「出て行け、ということじゃないよ。何と書いてあるか、よくよく考えてみなさい。ここにあるのは全部あんたのことだから、あんたにあげるよ」

こんなものいらぬ――そう答えたいのはやまやまだったが、ふと上げた視線の先にいた者を見て喜蔵は口を噤《つぐ》んだ。

「じゃあ、そういうことで……どうも、邪魔したね」

何も言い返してこない喜蔵を訝《いぶか》しみながら、又七は空の目安箱を持ってそそくさと去っていった。そして、それから十も数えぬうちのことである――。

「……ぷぷ……ぷはっ！　ぶっはははははは!!」

大きな笑い声が響くと、それに応じて家のあちらこちらから、実に楽しそうな笑い声が聞こえてきたのである。半ば予想していたことだったが、喜蔵はひどく面白くなさそうな顔をした。

「あははは、ひいっ……あははは……苦しい！　あははは、ふふ……あはははっ」

悶《もだ》えたような笑い声を上げているのは、一体誰なのか。見当もつけられず、喜蔵はちっと舌打ちをした。分かったら、夜仕置きをしてやろうと思ったのだ。「あはは」「ふふふ」という笑いの波がなかなか引かなかったため、喜蔵は言い加減黙っていられなくなって、ふて腐《くさ》れた声音で問うた。

「何がそんなにおかしい？」

「これがおかしくないわけないだろ！　え、閻魔《えんま》が人間たちに直訴を受けるなど……ふふふ、なんて間抜けな閻魔だ」

話し振りと声で撞木《しゅもく》――撞木鮫《ざめ》の顔を持つ女怪と分かった喜蔵は、頭の記録帳にその名を刻んだ。

「一寸、そんなに笑ったらひどいじゃない」

馬鹿にしきったような笑い声が響く中で、皆を諫《いさ》めるようにして言ってくれたのは、前差櫛姫《まえざしぐしひめ》という怪であろう。人間の手のひらにちょこんと乗るほど小さな怪でありながら、外見は人間のそれと似ていて、可愛らしい見目をしていた。ただ、いざ戦いになると、前髪に差した櫛を投げつけ果敢《かかん》に攻撃をする、なかなか手強い怪である。

「こんな怖い顔していたって傷つくこともあるのよ。たとえば、今日の晩御飯にしようとしていた客に勘づかれて逃げられちゃった時とか、地獄の釜《かま》に入れようと思っていた人間が茹《ゆ》でる前に違う世に落ちちゃった時とか……」

「ねえ？」と同意を求められても、云と答えられるはずもない。

「こ奴《やつ》が傷つくう!?　そんな面白い場面があるなら見てみたいものだ」

「わしなど何年もここらをうろついているが、店主がそんな風になっているところなど見たこともないが」

ぼそりと言った怪は誰なのか、喜蔵は考えかけたが、途中で止めた。

(こんなこと、考えるだけ頭と時の無駄だ)

昼間は目に見えぬ怪たちが誰なのかなどどうでもよい話である。問題はたった一つしかなく、それは荻の屋に居つき、主人に絡んでくる妖怪たちとはまるで関わりのないものだった。喜蔵は目の前に散らばった紙を拾い、そこに書かれている文字を目で追った。

——荻の屋の喜蔵さんのことで以前から困っております。あまりに怖いので、もう少しだけ優しくなって頂けたら幸いです。

先ほどこの文面を読んだ時、子どもの悪戯《いたずら》かと思って、喜蔵は違う紙を拾ったのだが、

——個々の自由といえど、一度も出ないのは如何《いかが》なものか。次こそは、町内の集会に参

加して頂きたい。荻の屋さんへそうお伝え願います。

というものもあって、更に紙を拾うと今度はこう書いてあった。

——「荻の屋さんのおじさんは閻魔さんだから、舌を抜かれてしまう」と毎日子どもが泣きます。少しだけでも笑みの鍛錬をするよう、お願いすることは出来ますでしょうか。

一体何の冗談かと思ったが、三度読んでも同じことが書いてあったので、喜蔵は諦《あきら》めて投げ出してしまった。読む前も読んでからもまるで心当たりがなかったのだ。今分かるのは、目安箱を持って来た又七が怒っていた理由だけだ。

「町内のためを思って設置したのに、書かれているのが俺のことばかりで辟易《へきえき》したのだろう。まったく、見当違いだというのに……大体、俺に言いたいことがあるならば、直接言えばよいのだ。こんな風にこそこそと悪口を述べるなど、後ろ暗いからだろう」

お前の顔が怖いから面と向かって言えぬのだ——周りの妖怪は皆そう思ったが、喜蔵を前にしてはとても言い出すことが出来なかった。あっという間に笑いの波が引いた時、緊張感をものともせず歩く、ぺたぺたという可愛らしい足音が響きわたった。

「まったく、お主は見識が甘い。一体これらのどこが悪口なのだ？」

（またお前か）とうんざり顔をした喜蔵の前に現れたのは、硯《すずり》に手足の生えた怪・硯の精だった。散らばった紙を見回して、ふうと息を吐くその様は——やはり、硯に手足を無理やりくっつけたようにしか見えなかった。

「せっかく寄せられた情を無視しようとするとは……お主はまだまだ子どもだな」

「情は情でも、悪い方ではないか。そんなものを有難く思えという方がおかしい」

誹謗《ひぼう》中傷とまではいかぬものの、書いてあることはただの苦情である。口をへの字にした喜蔵に、硯の精は呆れた声で言った。

「先ほどあの大家も申していたではないか。何と書いてあるのか、よく読んで考えろと」

硯の精は自身よりも大きな紙を拾い上げると、短い手を伸ばして喜蔵にずいずいと押しつけてきた。だが、喜蔵は舌打ちしてそっぽを向き、受け取ろうとしない。

「……よい。ならば、我が読んでやろう。『又七さんのおかげで大変暮らしやすい日々を送っております。ただ一つだけ気になるのが、荻の屋のことです。娘さんは非常に可愛らしく礼儀正しい方ですが、息子さんはどうやら人付き合いが苦手な様子。隠居の身としては、若人《わこうど》と交流を持つのが唯一の楽しみといってもよいかと存じます。是非とも彼を家にお呼びしたいので、ご助力どうぞよろしくお願い申し上げます』……うん、これは恐らく三軒先の金物屋の隠居だな。お主と話がしたいそうだ。友が出来て良かったな。さて、次は――」

硯の精は次々と紙を拾い上げては、そこに書かれていることを一字一句漏《も》らさず読み上げた。喜蔵が店に出て帳場に座ってからも、居間と店の境界に居座り続けてそれを続けたのだ。「うるさい」と喜蔵が文句を言ったのは、たった一度きりだった。何しろ、硯の精は何を言ってもまるで聞かぬのだ。喜蔵が舌を巻くくらい頑固なのである。

（こんな時こそ、茶化して割り込んでくればよいものを……）

喜蔵はどこにいるとも分からぬ妖怪たちを睨《にら》むように、店中を見回した。「ひっ」という悲鳴が聞こえたので、近くにはいるのだろう。昼間は姿を現さぬ妖怪たちの中で、この硯の精と三つ目の怪だけは平気で喜蔵の前に出てくる。三つ目の怪はあまり妖気の分からぬ喜蔵にも感じ取れるほど、底知れぬ力を持っていそうな気配がある。だが、そんな三つ目の怪とは違い、硯の精は然程《さほど》強い妖怪ではないらしい。それでも、この荻の屋の中で一等古参で、他の妖怪たちは皆硯の精に一目置いているのだ。妖怪たちの序列は必ずしも年功というわけではないようなので、なぜ硯の精が一等偉いとされているのか、喜蔵は常々不思議に思っていた。

「『小さい頃は毎日のように遊んでいたのに、今は話もしてくれません。深雪《みゆき》ちゃんがやって来て少しは変わるかと思い、幾度となく声を掛けてみたものの、喜蔵は氷のような目つきでこちらを睨むばかりです。もしかすると、昔頭を叩《たた》いたことを恨みに思っているのかもしれません。謝りたいのですが、一人では少々障《さわ》りがあるので、どなたかご紹介願えませんでしょうか。町内の者ではなく恐縮ではありますが、何卒よろしくお願い致します』……ふむ、名は書いていないが、どうやらお主の幼友達のようだぞ。我には一人しか思い浮かばないが……どうだ、喜蔵。少しは分かったか？」

そこにある紙をすべて読み上げる気でいるらしい律儀な怪は、喜蔵に問うた。

「俺の悪口を言いたい人間の多さならば、重々承知した」

硯の精は紙を持ったまま腰に手を当てて、はあっと盛大な息を吐いた。

「お主は本当に性根《ね》が捻じ曲がっている……残すところ、あと一通だ。最後くらい心して聞け。よいな？　『荻の屋　喜蔵殿　一年前のお約束の品を受け取りに参ります』」

「……何だ、それは」

　これまでの苦情とまるで性質の違う文に、喜蔵は思わず振り向いた。

「何だと言われても、ここに記してある通りに読んだだけだが」

　そう言って差し出してきた硯の精から紙を受け取った喜蔵は、その紙の裏表を何度も確かめて眉を顰《ひそ》めた。書いてあったのは、これまで以上に心当たりのない話である。それも、他の苦情とは違って、仕事にまつわるものだったのだ。

「しかし、なぜこれを目安箱に入れる……？」

　喜蔵に直接言いに来るか、この紙を店に届けるかすれば済むことである。目安箱に入れたからといって、確実に喜蔵の元に着くとは限らぬのだ。

「閻魔商人に直接会って話すのが怖かったのではないか？」

　くすくす、と誰かが笑ったが、悔しいことに喜蔵は否定出来なかった。他の手紙の内容が、主に喜蔵の恐ろしさを訴えるものだったからだ。

「しかし、これではどこの誰に何を渡せばよいのか分からぬではないか」

　名の一つでも書いてあればよいものを、記されていたのは硯の精が読み上げた簡単な一文だけだった。

「名なしだが、それを記さずとも分かる相手なんじゃないのかい？　たとえば、店主のいい人とか……店主だとて、好きな女の一人や二人いるだろ？」

「なんですってえ！」

金切り声に続いて「わー！」と悲鳴を上げたのは、薬缶《やかん》の怪である堂々薬缶《どうどうやかん》のようだ。彼を懲《こ》らしめているのは、さきほど妙な言葉で喜蔵をかばおうとした前差櫛姫だろう。この女怪はなぜか喜蔵のことを好いているのである。

「一年前と言うと、ちょうどあ奴が落ちてきた頃だな」

呆れた顔をして右方を見ていた硯の精は、ぽつりと言った。何気ない言葉であったが、喜蔵ははっとして顔を上げた。

（まだ一年か……）

喜蔵の中ではもっと昔のことのように思えたが、あの騒がしい子ども――小春《こはる》が落ちてきたのは確かに今からちょうど一年前のことである。

「あの頃のお前は、今よりも更に非道だった」

くすりと笑った硯の精に、喜蔵はむっとした表情で言い返した。

「お前など、それまではただの硯だったではないか」

硯の精が初めて喜蔵の前で妖怪の本性を現したのは、小春が来た翌日のことだった。喜蔵は小春と出会うまで妖怪など一度も見たことはなかったが、妖怪たちはさも当然とばかりに姿を現し、悪戯を仕掛けてきたのだ。そんな中で喜蔵が一等驚いたのは、悪戯ではなく説教を垂れてくるこの硯の精だった。何しろ、喜蔵は人間ばかりでなく、妖怪も恐れる閻魔顔。中身もそれに勝るとも劣らぬ冷酷さ――と皆から思われていたからである。

「ただの硯ではない。お主が気づかなかっただけで、我は昔からこの姿だったのだ」

細い手を腰――と思《おぼ》しき辺りに当てた硯の精は、胸を張るようにして後ろに傾いた。

「そのまま大人しく手足を引っ込めていれば良かったものを」

喜蔵はふんっと鼻を鳴らすと、すべての根源である子どもを思い出して顔を顰《しか》めた。初夏の真夜中――百鬼夜行《ひやつきやこう》の列から外れた小鬼の小春が空から庭に落ちてきたおかげで、喜蔵はこうして魑魅魍魎《ちみもうりよう》に囲まれながら暮らしているのである。いらぬ変化をもたらされたものだ、と喜蔵は小春を思い出すたび、むっと顔を顰める癖がついていた。

「怪についてばかり言うが、お主こそ、随分と様変わりしたではないか」

「お前たちと違って、人間は変化などしない」

喜蔵の言葉に、硯の精は（嘘つきめ）と内心苦笑した。確かに喜蔵は付喪神《つくもがみ》たちのようにいきなり姿を変じて話し出したり、歩き出したり、術を使い出したりしたわけではない。だが、長年喜蔵を見てきた硯の精からすると、己たちの変化よりも喜蔵のそれの方がよほど大きなものだった。頑《かたく》なだった喜蔵の内面は以前と比べて確かに変化している。当人が気づかぬほど、ほんの少しずつではあるが――。

「そうか、お前は確か二百を超していたのだったな。それならば、耄碌《もうろく》するのも仕方がない。さっさといつもの場所に戻って、手足引っ込めて大人しく寝ていた方がいいぞ。何なら、そのままずっと寝ていても構わぬ」

　硯の精はぶつぶつとこぼしつつ、「売物ニ非《あら》ズ」という札のある場所に戻っていった。

「……前言撤回だ」

　それを尻目に喜蔵は例の奇妙な依頼の紙をじっと眺めていた。お世辞でも達筆といえぬ字で、はっきりと言えば汚い。だが、その分どこか必死さが感じられた。手習いの苦手な子どもが、寺子屋の師匠に怒られまいと何度も書き直したような、稚拙《ちせつ》ながらも頑張りが見える字だったのだ。

（これこそ、子どもが書いた悪戯か？）

　それが一等正しい答えではないかと思ったが、それならばなぜ子どもがこんなことをするのか？　謎《なぞ》はますます深まるばかりだった。

（一年前……一年前に何があった？）

　喜蔵は仕事をしている振りをしながら、あの夏の出来事を思い返し始めた。小春と一緒になって彦次へ妖怪を差し向けたり、河童《かっぱ》に頼って八百屋《やおや》の娘を助けたり、蟲《むし》の泣き言を聞いてやったり、件《くだん》という怪に夢を見させられたり――次々に浮かんできたものの、すべては妖怪沙汰《ざた》だった。そこには、悪戯をしかけてくる子どもなどいない。いるとするなら、居候《いそうろう》をしていた小春だろうか。だが、小春はその幼い見目と違って子どもではないらしい。それに、小春の字を見たことがあった喜蔵は、紙の字と筆跡がまるで異なるということを知っていた。そもそも、小春と約束などしていなかったし、小春は古道具になどまるで興味がないのだ。

約束、約束、約束――ひたすら考え込んでいた喜蔵だが、風がびゅうびゅうと強く吹き込んでくるのが気になって、戸の前まで歩いて行った。

「ようちゃんの嘘つき！　遊んでくれるって言っていたのに！」

店の前できつい声音で相手をなじっていたのは、裏長屋に住む六つくらいの少年だった。崩壊しそうな涙腺《るいせん》を何とか止めようと顔を上に向けている姿は、乱暴な口調とは違って健気だった。相手の少年もそう思ったのか、申し訳なさそうに眉尻を下げていた。こちらにも何となく見覚えがあったため、恐らく近所の子どもなのだろう。泣いている少年よりも二つ三つくらい上の様子だったが、年上らしく彼は落ち着いてこう諭した。

「ごめんね、為坊《ためぼう》。家のお使い頼まれちゃったんだ。昼過ぎには帰ってくるから、それから遊ぼう。ね、約束」

そう言って差し出された小指に、裏長屋の少年はおずおずと小指を絡めた。その様子を見るともなしに見ていた喜蔵は、ふとある記憶が頭を過ぎり、思わず「あ」と声を出した。その声に振り向いた二人は、一瞬のうちに「ぎゃあああ！」と喜蔵よりもよほど大きな声音を出したのである。

「あ、あの時の人喰《ひとく》い鬼ぃ……!!」

少年たちは同時にそう言うと、またしても「ぎゃー!!」と叫び声を上げた。

「……た、たたた為坊！　食べられちゃう前に、に、逃げるよ……っ！」

「うわあん、ようちゃん怖いよ～！」

二人の少年は仲良く手を繋いで走り去ったが、訳も分からず「人喰い鬼」扱いされてしまった喜蔵は、戸に手を掛けたまましばし固まっていた。往来にいた人々は皆喜蔵を見て笑いを堪えたり、哀れみの目で見ていたりしたが、当人は気づいていなかった。戸を半分閉めて帳場に戻った喜蔵は、台に頬杖《ほおづえ》をつき深い溜息を吐いた。

——約束の証《あかし》に、指切りをしましょう。

喜蔵は己の小指を顔の前まで掲げ、じっと眺めた。一年前にこの指で交わした約束を、ようやくのことで思い出したのである。

*

時は明治五年七月——百鬼夜行から間抜けな小鬼が落ちてきて間もない、暑い夏の頃。

「暇だ……」

ふあああ、と大あくびをした小春は、真昼間から畳にごろりと横になっていた。

「人間の世というのは、どうしてこう暇なのだろう。まるで刺激というものがないし、冬は寒すぎて、夏は暑すぎる！　まったくもって、住みにくい世だなあ」

百鬼夜行から落ちてきて八日、小春はすっかりここの住人であるかのように振舞っていた。刺激がないと言ったものの、一昨日は河童に「人間の娘が飲み込んでしまった尻子魂《しりこだま》を抜いてくれ」などと頼みに行ったばかりだった。しかし、妖怪の小春にとっては、河童などいつでも会える存在なので、刺激的とはいかぬらしい。

「河童はいいや……見飽きたし。でも、牛鍋は刺激的だったな。あれはいい！　河童の百倍いい！　つまり、弥々子《ややこ》の百倍いい！」

小春はそう言って楽しげに笑ったが、「ちくるぞ」と誰かに言われて、ぐっと詰まった。弥々子というのは、浅草の外れにある神無川《かんながわ》の河童の棟梁《とうりよう》だ。猫似の顔に姉御肌な性格、百鬼夜行にも並んだことのある強い妖力の持ち主である。そのせいか、小春は昔から頭が上がらぬらしい。

「……河童も刺激的だな、うん。まあまあ……」

不承不承言い直した小春に、今度は誰もいない壁の方から声音が響いた。

「住みにくい世に生きる人間は、慎ましい、我慢強いが美徳だと思っているらしい。暑かろうと寒かろうと暇だろうと、それについて奴らは文句など言わぬのさ。それどころか、耐え抜いている己が素晴らしいと思う被虐の考えをするのだ」

「何だ、それ。人間って本当に変だな。気味が悪い。うう、寒気が──しねえな。暑いもんは暑い。暇なもんは暇だしな。仕方がないから、もう寝ちまうか。仕方なくな」

そう言ってまたあくびをした小春は、言葉とは裏腹に幸せそうな顔をして目をつむった──途端に跳ね起きたのは、小春の頭目掛けて薬缶が飛んできたからである。

「何が暇だ。やることなら幾らでもある。少しは働け、居候」

店と居間の境《さかい》で仁王立ちしていたのは、荻の屋の店主の喜蔵である。片手を上げているのは、小春に薬缶を投げつけた直後だったからだ。

「お前、普通投げるか!? 俺が受け取ったからいいものを……信じられない奴だな！」

小春は見事薬缶を受け取ったが、薬缶に憑《つ》いた付喪神《つくもがみ》の堂々薬缶は、恐ろしさのあまり思わず本性を露《あらわ》にし、震え上がっていた。

「お前もそいつも妖怪なのだから、そのくらい何ともあるまい」

しれっと言い放った喜蔵は、さっと踵《きびす》を返した。

「何ともないわけあるもんか！ 俺たち怪はそりゃあ強いけれど、怪我《けが》もすれば死ぬこともあるんだからなっ」

「そんなことで怪我をするのか？ 随分《ずいぶん》とか弱い身をしているのだな」

ふん、と小馬鹿にしたように鼻を鳴らされた小春は、むきになって言い返した。

「まっさかあ！ こいつはともかく、俺は上野の五重塔から飛び降りたってまるで痛くも痒《かゆ》くもないくらいに丈夫なんだぞ。参ったか！」

「では、今から五重塔へ行き、上から飛び降りてみろ。俺がここで見ていてやる」

「もののたとえだよ！ それにここからじゃ見えるわけないだろ、馬鹿店主っ」

小春が怒鳴《どな》ると、叩《はた》きで埃《ほこり》を取っていた喜蔵はぴたりと手を止めた。振り返って睨まれただけだが、小春は「うっ」と呻き声を漏らしてたじろいだ。初めの頃は睨まれるたび、「ひぃっ」と悲鳴を上げていたので、これでも大分慣れた方である。

「……仕方ねえ。そんなに俺さまの手を借りたいなら、手ぬぐいでも洗ってきてやろう」

そそくさと立ち上がった小春は、居間に置いてあった手ぬぐい数本と、喜蔵から押しつけられた手ぬぐいを持って裏へ出て行った。裏戸の開閉の音を拾った喜蔵は、一つ息をついて掃除を再開した。

「かつては一世を風靡《ふうび》した妖怪だというのに、情けないねえ」

くすりという笑い声が漏れて、喜蔵は手を動かしながらも、ぴくりと耳を動かした。

「あれはただの風聞なのではないか？　あんなに頼りない子どもだなんて、俺は未だに信じられぬが」

「あれは紛れもなく奴だよ。この家に来る前、とある岡っ引きの懐《ふところ》にいたんだが、あいつが暴れている姿を見たことがあるもの。あれは正しく化け物だったね」

「化け物は化け物だが、更に昔を見たことがある俺としては、昔のあいつこそ真の化け物だったぞ」

（……化け物？　妖怪が化け物というなら、皆そうであるだろうに）

耳をそばだてていた喜蔵は、姿の見えぬ妖怪たちの会話に内心首を傾げていた。

「でもなあ、化け物と言うなら、あそこにいる男の方なのではないか？　どう考えても、小春よりあっちの方が怖い」

喜蔵が声のする方を睨むと、ひそひそ声はぴたりと止んだ。

（意気地がないくせに、口だけは大きな奴らめ）

喜蔵は溜息を吐いた。小春がいない時、妖怪たちはこそこそと小春の噂《うわさ》話をするのが常だった。喜蔵がつい耳を澄ましてしまうのは、そこで語られている小春像が、喜蔵から見えている小春と全く違っていたからだろう。妖怪たちの間では、小春はどうも「非常に強い妖怪」ということになっているらしい。そのくせ、小春に相対する時には馬鹿にしきっているし、鬼であるはずなのに龍《りゅう》などと呼ぶ者もいて、喜蔵にはますます訳が分からなかった。

（……まあ、どうでもよいが）

喜蔵が小春に対して思っているのは、「家から出て行け」というたった一つだった。百鬼夜行からたまたま落ちた先が喜蔵の家だっただけで、居候のただ飯食らいをされているのだから当然の願いである。おまけに、それこそ何の関係もないのに妖怪騒動にまで巻き込まれてしまい、喜蔵は辟易していた。そのせいで、これまで縁を切っていた幼馴染の彦次とも口を利く羽目になってしまったのだ。（ろくなことをしない奴だ）と喜蔵が顔を顰めた時、唯一姿を露にしていた硯の精が定位置に戻りながらこう独りごちたのである。

「……しかし、あ奴はいつ気づくのだろう。夜行から落ちてきた理由が、己の過去に関わることだということに」

「おい、それは――」

気になる先を訊《き》こうとした喜蔵は、問いかけた言葉を止めた。半分開いた戸の向こうに人影が見えたのだ。とんとん――控え目な叩音が響き、喜蔵は口を開いた。

「……どうぞ」

「ごめんください」

そう言って店に入ってきたのは、細面で身形《みなり》のいい老女だった。二重瞼《ふたえまぶた》の丸々とした目に、こぢんまりとした鼻と口。顔にある皺は、然程くっきりとしていない。染みも少なかったが、肌が白いので目の下にある泣き黒子《ぼくろ》が少し目立った。顔立ちは取り立てて美しくもなければ醜くもない。ただそこはかとなく気品が漂っており、凛《りん》として見えた。所々に黒が交じった白髪は、少しの乱れもなく結い上げられていて、年の頃や顔立ちとよく合った着物を着こなすその様は粋《いき》だった。簪《かんざし》や帯止めは小ぶりだったが、どれも彼女を上手く引き立てており、見たところなかなか裕福そうである。しかし、喜蔵がその老女をじっと眺めていたのは、そうした立派な身形ではなく、手にしていた杖と、引きずるようにしていた足のせいだった。帳場から降りた喜蔵は、さっと店中の台をずらし、通り道を広げてやった。

「どうもありがとう」

礼を述べて笑った老女に、喜蔵は少しどきりとした。浮かべた笑みが、まるで太陽のように光り輝いていたからである。喜蔵はひっそりと目を細めながら、会釈《えしやく》を返して帳場に戻って行った。老女は杖をつきながら、ゆっくりと店内を見て回った。喜蔵はいつも客の様子に見向きもしないが、老女の足腰が弱そうだったのと、顔色があまりよくないのが気になって、帳簿を見ている振りをしつつ、老女を目で追っていた。老女は台の端から端までじっくりと眺めていたが、何一つ手に取ることはなかった。気が乗らぬというわけでもなさそうで、目は真剣そのものである。しかし、喜蔵は（求めている物はないだろう）と見当をつけていた。老女の身形と店が不釣合いだったからである。

荻の屋は喜蔵の曾祖父《そうそふ》の代から続く古道具屋だが、どこかの商家のように特別な伝統や商売精神を持ってやってきた店ではない。父以外の荻の屋の主――喜蔵を含めて――は皆生真面目だったので、商売に関して手抜きをすることなどなかったが、そもそも売っている物が骨董《こっとう》ではなく古道具である。高価な物など置いていない。もっとも、それは荻の屋に限らず、どこの古道具屋でも同じだ。

「ないわ……」

ぽつりと言った声音があまりに残念そうだったので、喜蔵は思わず老女の元へ近づいていって問いかけた。

「何をお求めですか」

「――鬼灯」

「は？」

聞き違いかと思って首を傾げた喜蔵に、老女は顔を上げて、はっきりとこう答えた。

「枯れずの鬼灯です」

聞き違いなどではなかったらしい。

「……うちでは草木は扱っていません。花売りを呼んできましょうか？」

本来なら「ない」と言って追い返すところだが、喜蔵は老女の身体を考慮して仕方なくそう言った。店内でさえ何度かふらついているのに、花売りを探して歩き回ることなど到底出来ぬだろう。祖父と暮らしてきた喜蔵は、そうした足腰の不調が老いの身体にどれだけの影響を及ぼすかよく知っていた。

「ありがとう。せっかくですが、枯れずの鬼灯は草木ではありません。ただ単に、鬼灯に似ているからそう呼ぶだけのことなのです。私は、こちらにあると伺ってまいりました」

（……一体誰がそんな法螺《ほら》を吹いた？）

心当たりを探ったが、そもそも他人と関わりを持たない喜蔵には思いあたる相手もなかった。期待に満ちた瞳をしている老女に、喜蔵は少し言いよどんで答えた。

「……うちにはありません」

変わった道具もあるにはあったが、何の用途があるのか不明なものは置いていなかった。荻の屋にあるのは、店主の性格を汲《く》んだように、実用的な古道具ばかりなのである。老女は考え込むような顔をしたものの、やがてにこりとして言った。

「では、また参ります」

また来られてもないものはない――喜蔵はそう言おうとしたが、足を引きずるようにして歩いて行く老女の背を見ていたら、結局声を掛けることが出来ずに終わってしまった。

「枯れずの鬼灯って何だ？」

そう言ったのは、布の妖怪いったんもめんだった。姿が見えぬのにそれと知れたのは、喜蔵の首にまきついてきたからである。喜蔵が無言で首元をぎゅっと摑むと、「いたたた！」と悲鳴が上がったが、すぐに指先からすり抜けていったのか、感触はほとんど分からなかった。

「かれいのほおぼね？　骨は一寸食えねえな……でも、美味《うま》いというなら何とかするぞ」

いったんもめんの問いに答えたのは、洗濯を終えて戻ってきた小春だった。

「か、れ、ず、の、ほ、お、ず、き！」

誰かが一字一句区切って発音してやると、小春は細い首を真横に傾げた。

「枯れずの鬼灯？　そういう鬼灯があるのか？　へえ、一寸来ない間にこの世も随分進んだものだなあ。でも、鬼灯は食えないからあんまり嬉しくない」

袖《そで》もまくらずに洗ったのだろう。二の腕辺りまでびしょびしょに濡《ぬ》れていて、喜蔵は辟易しながら訊《たず》ねた。

「おい、店の中に見知らぬ怪の妖気はしないか？」

「うん？……うーん。うん、まったくしない！」

くんくんと匂いを嗅《か》いだものの、小春はすぐにそう返事をした。

「まことか？」

喜蔵はむっと顔を顰めた。老女の言動や、醸し出す雰囲気がどこか人間離れしている気がした——というのは言い訳で、人間でないなら遠慮せず追い返せると思ったからだ。

「まことにまこと。客来たろ？　その人間の匂いはするけれど、妖怪の匂いはまるでしねえな。それより、俺腹が減った。そろそろ飯にしようぜ、飯！」

断言した小春は、勝手に喜蔵の懐から財布を取ると、「魚買ってくる！」と言って外へ飛び出していった。喜蔵はその後を追うことと、小春を絞り上げることに必死になってしまって、帰ってくる頃には老女のことなど忘れてしまったのである。


「ごめんください」

とんとん——という戸を叩く音の後、老女は挨拶《あいさつ》をしながら入ってきた。喜蔵は溜息をつくと、帳場から下りて台を動かし、道を広げ始めた。

「毎度そうしてくださいますが、そのままでも通れるので大丈夫ですよ。お手数お掛けして申し訳ありませんね」

（そう思うなら、来るな）

内心そう思ったが、いつもむっとした顔をしているので、老女に喜蔵の心が伝わったかどうかは分からない。老女はいつものように店内をゆっくりと見回ると、帳場の横に腕組みをして立っていた喜蔵の前に立ち、にこやかに問うた。

「枯れずの鬼灯、まだ入ってきませんか？」

「入っていません。この先も入ることはないと思います」

切り捨てるような喜蔵の言に、老女は表情を曇《くも》らせることなく、こう答えた。

「入ります——必ず。また参りますね」

「いえ……入らぬと思いますが」

「では、また」

そう言って喜蔵ににっこりと笑いかけた老女は、踵《かかと》を滑らせるようにして後ろを向くと、足を引きずって戸の方へ歩いて行った。老女がこうして店に来るのは、もう五度目だった。喜蔵はそのたび、「枯れずの鬼灯はうちにありません」と答えているのだが、老女はまるで聞く耳を持たなかった。喜蔵が不在の日にもやって来たことがあるらしく、一度「枯れずの鬼灯をよろしくお願い致します」と書き置きが残されていたこともあったのである。今日もやっとのことで戸の外まで出た老女は、丁寧にお辞儀をして去って行った。

「来るたびに悪くなるようだなあ……」

誰かがぽつりと呟いた言葉に、喜蔵はぎくりとした。喜蔵が老女にいまいち強く言えぬのは、ひとえにそのせいだったのだ。最初見た時から、喜蔵は彼女の体調が気になっていた。常に顔色が優れぬ様子からして、単に足腰が悪いだけではなさそうだったからだ。本来ならすぐさま追い返したいくらいだったが、老女が健気に店に来る姿を見ると、思わず台をどけて道を広くしてしまうのである。

「うむ、あれでは少々心配だが……また来ると申していたから、来るのであろう。喜蔵、本当に心当たりはないのか?」

ひょっこりと手足を伸ばして起き上がった硯の精は、台を直し始めた喜蔵に訊ねた。

「ない——と散々申しているだろうに。お前こそ、何か知らぬのか?　無駄に長生きしているのだろう?」

「知らぬから訊いておるのだ。それに、お前が無駄に過ごしてきた数年間よりは、我はよほど妖生を有意義に送ってきたぞ」

無駄に過ごしてきた数年間、という言葉が引っかかったものの、喜蔵は硯の精に問い返さず、仏頂面で台を元通りに並べた。

「おい、本当にあの人は妖怪ではないのだろうな？」

帳場へ戻った喜蔵は半身だけ振り向き、居間で伸びている小春に問うた。

「ないって何度も言ってるだろ。しつこい男は嫌われるぞ？　ああ、でもお前の場合はしつこさだけが原因じゃねえよな。可哀相《かわいそう》だからはっきりとは指摘しないが、その恐ろしい顔のせいだ――うおっ！」

笑っていた小春が間一髪で避けたのは、喜蔵が投げつけた座布団だった。

「おっまえなあ……口で敵わぬからって、暴力に頼りすぎだぞ！　このへっぽこ眉間皺商人！　妖怪般若《はんにゃ》男！　閻魔面……痛っ!!」

立ち上がって悪口を言い出した途端、喜蔵に小太鼓《こだいこ》を投げつけられた小春は、鼻を押さえてうずくまった。今度は見事に命中し、喜蔵は少し満足そうに笑った。

「お前は妖怪のくせに隙《すき》がありすぎだ。やはり、妖怪というのは嘘なのだろう？」

「……はあ!?　出会って十七日も経つというのに、まだそんなことを疑っているのか!?」

ぎゃあぎゃあと喚《わめ》く小春に、喜蔵は手で耳を覆って聞こえぬ振りをした。だから、背後から掛けられた「あの……あのう……」という控えめな声音にもまるで気づかなかったのである。

「大体な、こいつも妖怪だからな。投げつけるなよ、付喪神を」

「ううう……」と恨めしげな泣き声をもらしたのは、小太鼓の怪の小太鼓太郎《こだいこたろう》だった。

「俺にとってはただの商品だ」

「嘘つけ！　お前、わざと付喪神の憑いた道具ばかり投げつけているだろ!?」

「あのう……すみません」

「言いがかりも甚《はなは》だしい。やはり、そうでもしないと弱い怪は生きていけぬのか？」

「す、すみません……」

「なんだとう……お前――うん、綾子？」

小春が急に訝しむような顔をしたので、喜蔵は小春の見ている方へ視線をやった。そこには、二年前から裏長屋に住んでいる未亡人の綾子が所在無さそうに立っていた。綾子は吉原《よしわら》の太夫《たゆう》にもなれそうなほどの美人であるが、その綾子を目にした途端、喜蔵は眉間に深い皺を寄せた。それに気づいた綾子は、見る見る慌てた様子になり、直角と言っても過言ではないほど深くお辞儀をした。

「お、お取り込み中ごめんなさい……あ、あの……出直してきます！」

くるりと後ろを向いて足早に去ろうとした綾子を、小春が飛んで行って引き止めた。

「大丈夫、大丈夫。こんな店が忙しいわけないだろ？　暇だから言い争うくらいしかすることないんだよ」

小春の言を聞いた喜蔵は、三度《みたび》何かを投げつけてやろうと思ったが、綾子の怯《おび》えた顔が目に入ったので渋々止めた。

「あの……ごめんなさい」

綾子が己を見ながらそう呟いたので、喜蔵は微《かす》かに嘆息を漏らした。綾子は七日前、喜蔵に向かって「人攫いの妖怪!!」と叫ぶという失態を犯していた。綾子はその日まで、最近浅草界隈《かいわい》で起きている少年少女失踪《しっそう》事件の犯人を喜蔵だと思い込んでいたのだ。誤解はすっかり解けたものの、以来喜蔵は数え切れぬほど綾子に謝られていた。

（どうも苦手だ、この人は……）

許しを乞うでもなく、不安げに見つめてくる綾子から目線を逸らした喜蔵は、首筋を掻《か》きながら帳場に戻って行った。

「どうしたんだ？　何か用があったんだろ？」

小春が訊ねると、綾子ははっと我に返った様子で、抱えていた風呂敷包みを小春に差し出した。

「あ、あのね、これ小春ちゃんにと思って……」

何の遠慮も躊躇《ちゅうちょ》もなく受け取った小春は、台の上で結び目を解き、中に入っていたものを勢いよく取り出した。

「おお！　これ、お前が縫ったのか？」

そう言った小春が手にしていたのは、白地に赤・黄・橙の鮮やかな花火柄の浴衣《ゆかた》だった。

頷いた綾子は、少し恥ずかしそうな笑みを浮かべて言った。

「急に喜蔵さんのところへ来たから、着るものがないんだって言っていたでしょう?」

「急に来た」というよりも、「急に落ちてきた」というのが正しかったが、綾子は小春を喜蔵の親戚の子だと思っているので、訂正出来なかった。

「言っとくもんだなあ。あんがと、着る着る!……いてっ! だから、すぐ暴力に走るなって言ってんだろ!?」

綾子に勘づかれぬように足で蹴《け》ってきた喜蔵に、小春は小声で答えた。

「勝手にもらいものをするな。どこまで図々しい餓鬼《がき》なのだ」

「もらえるもんはもらうだろ! あ、分かった。実はお前も欲しかったんだな? でも、お前の分はねえよ。残念でしたあ」

小憎たらしくそう言った小春は、浴衣を抱えて小躍りしながら居間に戻って行った。もらいものを非常に喜び、その場で着替えようとする辺りが完全に子どもである。呆れた様子で見ていた喜蔵は、ふと腰回りに違和感を覚えた。目線を下にした途端、喜蔵はにわかに顔を強張らせた。

「あ……すみません、一寸身頃がどのくらいなのかと……」

綾子は小春の冗談を本気にしたらしい。触れるか触れぬかのぎりぎりで、喜蔵の寸法を手で測っていたのである。

「俺は結構です」

「でも……いつも同じ色の着物着ていらっしゃるから、たまには違う色もいいのではありませんか？　もっと明るい――あ、いいえ！　何でもありません……！」

綾子は段々と小声になっていったが、そのまま帰りはしなかった。何も言わぬくせに、ちらちらと視線を寄越《よこ》すので、喜蔵は居たたまれぬ心地がして、ごほんと咳《せき》払いをした。

（一体何なのだ？）

はっきりしない綾子に、喜蔵は次第に苛立ってきたが、理由を問うことはしなかった。喜蔵と綾子の間に、気の進まぬ見合いのような、妙に居心地の悪い時が流れた。

「おお、俺似合う！」

小春の上げた大きな声音に、喜蔵と綾子は同時に振り向いた。居間から出てきた小春は綾子からもらった浴衣を着ていたが、当人の自画自賛の通りよく似合っていた。

「小春ちゃん、とってもよく似合っている……嬉しいわ」

綾子の言葉にえへんと胸を張った小春は、ひょいっと店に下りてきながら言った。

「で、綾子はどうしたんだ？」

綾子も喜蔵も躊躇《ためら》っていたことを何の苦もなく口にした小春に、喜蔵はまたしてもむっとした。当の小春は喜蔵に睨まれた意味が分からず、思わず一歩後ずさりした。そして、綾子は散々迷った末、話し出したのである。

「実は……明晩、裏長屋の人たちで肝試しをするんです。裏の通りを使って、大人たちがお化け役をして、子どもを驚かすんです。それで、良かったら喜蔵さんも――」

「やりません」

喜蔵が即答すると、綾子の眉尻がぐっと下がり、哀しげな顔になった。横にいた小春は、「正気か？」と呟いた。

「こいつがお化け役などしたら洒落《しゃれ》にならねえって……餓鬼は皆失神しちゃう！」

青ざめた顔から見ても、小春は心底そう思っている様子だった。

「でも……どうせやるなら、怖い方がよくないかしら？」

綾子の悪気のない言に、喜蔵は内心溜息を吐いた。こういうところも、喜蔵が綾子を苦手とする理由の一つだった。

「……こ、怖すぎるだろ！」

小春の脳裏に浮かんでいたのは、子どもたちが泣き叫ぶ阿鼻叫喚《あびきょうかん》の図だったらしく、青い顔が紙のように白くなってしまっていた。綾子は、小春から同意が得られなかったことが意外であるようだった。困ったように両手で頰を包み込むと、少し調子を下げて語りだしたのである。

「……今、かどわかしが起こっているでしょう？　だから、子どもたちはなかなか外に遊びに行けないんです。でも、明日の晩くらい楽しませてあげたいなと思って……肝試し、実は去年もやったんですよ。そうしたら、皆とても喜んでくれて。私は皆に楽しんで欲しいんです。それに、喜蔵さんも、その……本当に参加されませんか？」

綾子の言を聞いた小春は、「ふうん」と頷いた。

「そういうことなら、まあ……出てやれば？　餓鬼たちは楽しむというより、怯えまくりそうだけれど。でも、子どもはおっかないのも楽しみに変えるからな」

二人は期待するような目で見てきたが、喜蔵は首を横に振った。綾子は途中で言うのを止めたが、先は何となく分かった。綾子は以前、喜蔵を町内に馴染ませようとしていた節があった。何度もすげなくするうちになくなったが、小春が来て誤解が解けてからまたその思いが再燃したのだろう。

（揃《そろ》いも揃って他人の世話を焼くのが好きなようだ）

喜蔵は二人の大きな目から視線を逸らして、また嘆息した。

「閻魔商人にお化け役を頼むなど、あの女は傑物だな！」

綾子が家に帰って行った後、荻の屋はその話題で持ちきりだった。妖怪たちは姿が見えぬのを良いことに好き放題言っていたが、喜蔵は怒らなかった。

「……おい、まるで幽鬼のようではないか」

「さっきの女に魂抜かれたんじゃないか？　あれはどうも普通の女じゃない。あんなに綺麗な女、見たことがない」

うっとりとしたような声音で言ったのは、堂々薬缶だ。「堂々薬缶は面食い」と皆に囃《はや》し立てられていたので、喜蔵にも分かったのである。帳場で古道具の修理していた喜蔵は、いつもは流す妖怪たちの無駄話を聞くともなく聞いていたが、そのおかげで手元が狂って、危うくのこぎりで指をそぎ落としてしまうところだった。

「上の空だな。お前、実はやるかやらぬか迷っているとか？」

居間からひょいっと顔を出した小春の問いに、喜蔵はむすりとしたまま首を振った。

「なあ、お前って本当に友だちいないんだろ？　何だか一寸可哀相になってきたぞ」

小春がわざとらしく哀れみの表情を浮かべると、喜蔵はやっと口を開いた。

「お前は行くのだろう？　普段は害でしかないが、奴らと共に力を貸してやればいい」

「……ああ、そうか。妖怪たちに頼んで驚かせてやればいいのか！」

ぽんっと手を打った小春は、浴衣の裾《すそ》を翻《ひるがえ》して外へ出て行った。外にも妖怪はいるらしいので、彼らに談判しに行ったのだろう。

（……餓鬼は気楽でいい）

百鬼夜行から落ちてきて、未だ帰る術《すべ》も分かっていないというのに、小春は暢気《のんき》そのものだった。そうはなりたくないが、楽に生きられそうだと喜蔵が小春のことを馬鹿にしながら考えていた時である。

とんとん――。

戸が叩かれ、喜蔵はぎくりとした。半分開かれた戸の向こうから、人影が伸びていた。

「ごめんくださいい」

叩音の後に続いたのは、思った通りの声だった。だが、いつもよりも掠《かす》れているような気がして、喜蔵は少し慌てて戸に向かって行った。

「……大丈夫ですか？」

戸を全開にした途端、あの老女が喜蔵に向かってよろけてきた。

「ごめんなさい。大丈夫です」

すぐに喜蔵の胸から身を離すと、老女はにこりと笑んだ。笑みだけ見れば明るかったが、顔色はいつにも増して悪い。喜蔵が眉を顰めると、老女は困ったように言った。

「中を拝見してもよろしいですか？」

「枯れずの鬼灯ならば、ありませんが」

「そうですか……でも、私の目で確認したいのです」

あまりに体調が悪そうなので、喜蔵は今日こそ早々に追い返そうとした。だが、結局は老女の気迫に負けて、すっと端に避けてしまった。老女はいつもより更にゆっくりと店内を見て回った。台をずらして道幅を広げていないことに途中で気づいたが、老女は台を動かそうとした喜蔵を制した。

「大丈夫です。ぶつからぬように気をつけますから……どうもありがとう」

言葉の通り、老女は台や古道具にぶつかることなくすべて見終えた。そして、決まった台詞を述べたのである。

「また、参ります」

のろのろと歩き始めた老女に、喜蔵は初めて問いかけた。

「……それほどまで、枯れずの鬼灯とやらが欲しいのですか？」

立ち止まった老女は、少しだけ驚いた顔をしたものの、すぐに笑みを浮かべた。

「ええ、私の命に代えてもいいくらい」

「せっかく手に入れても死んだら意味がないのでは？」

老女の言葉は冗談になっていなかった。喜蔵には医術の心得などなかったが、老女は何かの病魔に冒されているようにしか見えなかった。それが死病ではないにしろ、こうして無理をしていれば、いつか身体に影響を及ぼしてしまうのではないか？――老女が荻の屋へ来るたび、喜蔵は気が気ではなかったのだ。

「意味はあります。私が生涯捜し求めてきたものですから」

（……そんなものがうちにあるわけがない）

そう思ってますます顔を顰めた喜蔵に、老女は笑って続けた。

「貴方はまだお若いから、きっとお分かりにはならないでしょうね……でも、あと五十年も生きたら、貴方にもそんな風に思う存在ができることでしょう」

「俺にはないと思います」

喜蔵の答えに、老女は目を見開き、「どうして？」と小首を傾げた。喜蔵は答える気などなかったが、老女はずっと喜蔵が話し出すのを待っている様子だった。

（この人も苦手だ）

喜蔵はこれまでずっと他人と己の間に明確な線引きをしていた。喜蔵の怖い顔を前にして、喜蔵の領域に踏み込もうとする者などいなかったのだ。醸《かも》し出す雰囲気はまったく違うが、綾子も老女も喜蔵の領域に易々《やすやす》と踏み込んでくるので、どうしたらよいのか分からなくなるのだ。特に、身体が悪いというのに気丈な様子の老女には、頑固な祖父の姿がかぶってしまい、逆らうことが出来なかったのである。

「……自分で言うのも妙な話ですが、俺はあまり欲がありません。この命でさえ、何とも思っていない。だから、この先も必死になって何かを求めることなどないと思います」

老女はじっと喜蔵を見るだけで、言ったことを否定はしてこなかった。「そんなことないわ」とでも言われるかと思っていた喜蔵は、安堵《あんど》しつつ、少しだけ拍子抜けした。

「少女の頃、私も貴方と同じようなことを思っていました。でも、長年人生を積み重ねてきたおかげで、そうは思わなくなりました。真面目に生きるというのは、それだけで大変なものですから……私の命は大したものではないけれど、それなりの重さがあるのです」

真摯《しんし》な表情で語った老女に、喜蔵は問うた。

「その軽くはない命と天秤にかけても、枯れずの鬼灯とやらを手に入れたいと？」

老女はきっぱりと「はい」と答えた。何を言っても無駄だ――その決意にみなぎった表情を見た喜蔵は、心から悟った。

「……申し訳ないが、もううちには来ないで頂きたい」

唐突に言ったにも拘《かか》わらず、老女は少しも驚かなかった。

「ごめんなさい。何度もお邪魔してご迷惑をお掛けしているのは分かっています。お詫《わ》びにどれか買わせて頂きます」

老女はそう言って店内に引き返そうとしたが、喜蔵が前に立ちはだかったので進めなかった。これまでも老女はただ店を見るだけで終わらず、櫛と簪を買っていってくれた。「気を遣わないでください」と喜蔵は言ったが、老女はどうしてもと言って聞かなかったのだ。

「買わなくて結構です。お引取りを——そして、もういらっしゃらないでください」

喜蔵はこれまで何だかんだ思いながらも老女の申し出をすべて断らなかったが、この時はっきりと拒絶した。老女はしばし喜蔵を見つめていたが、喜蔵は決して目を逸らさなかった。やがて老女は無言で頭を深く下げるると、ずるずると足を引きずるようにして外へ出て行った。喜蔵が戸を半分閉めた時、向こう側から老女の声が聞こえてきた。

「また、来ます」

喜蔵は初めて老女に対してぞっとしたが、頭をぶんぶんと横に振って、即座に忘れた振りをした。


そして、翌夜——。

「……おい、行かなくてよいのか?」

夕餉《ゆうげ》を終えて一息ついた頃、喜蔵は居間に寝転がっている小春に問うた。綾子の言っていた裏長屋の住人たちによる肝試しは、すでに始まっている刻限だった。

「行くはずだったんだけれど、無理……」

力なく答えた小春は、腹を抱えて唸っていた。

「食い過ぎか。みっともない」

「ちげえよ！　何か分からないけれど、痛い……痛いよ。俺はもう長くないかもしれぬ」

よよよ、と泣き真似をする小春を見て、（放っておいてもよいな）と喜蔵は一人得心した。「うーん、うーん」と唸っていた小春は、早々と布団を敷き始めていた喜蔵に這《は》いずってきた。裾を摑まれた喜蔵が見下ろすと、小春はやはり腹を押さえながら苦しげに言ったのである。

「なあ……俺は行けないって、綾子に言いに行ってくれないか？」

嫌だ――喜蔵は間違いなくそう答えたはずだったが、気づけば家を出ていた。小春があまりに具合が悪そうにしているので哀れに思った――のではなく、小春が無断で行かなかったとなったら、何かあったのではないかと綾子は心配して駆けつけてくるだろう。そうされるくらいなら、始めから断りを入れておいた方がよいと思ったのである。裏長屋の通りに出て辺りを見回していた喜蔵は、子どもの声がしたので思わずさっと物陰に隠れた。

（……なぜ隠れる）

己にそう突っ込みをいれているうちに、小さい影が段々と喜蔵に近づいてきた。

「ようちゃん、全然怖くないね？　去年も怖くなかったけれど、今年は去年以上だよ」

「そうだねえ……でも仕方ないさ。裏長屋の人たちは、皆優しいから。それぞれに忙しい中で、子どもたちのためにやってくれているんだもの」

大人びた子どもの言に、喜蔵は思わずずるっと滑りそうになった。お化けの正体など、子どもは最初から知っているらしい。

「うん、優しい。特に綾子お姉ちゃんは優しいよ！　でも、綾子お姉ちゃんのお化け役は、茂作《しげさく》おっちゃんの次くらいに怖くなかった。茂作おっちゃんはすごかったね。井戸の裏に隠れているのはいいけれど、お尻が全部はみ出していたよ」

裏長屋に住まう畳職人の茂作は、少年が言うように確かひどく肥《こ》えているのだ。喜蔵は茂作の大きな尻がはみ出している様を思い浮かべ、軽く噴き出してしまった。

「……今、何だか声聞こえてこなかった？」

「き、気のせいだよ」

少年たちは急におどおどとし出したが、喜蔵の姿には気づかなかったようだ。少年たちの横を通らねば綾子の長屋には行けぬので、喜蔵はその場で彼らが通り過ぎるのを待つことにした。死角になっているため、息を殺していればきっと分からぬはずだ。だが——。

「うーらーめーしーやー」

突如《とつじょ》地を這うような声が聞こえてくると、その直後少年たちの悲鳴が大きく轟《とどろ》いた。

「ぎゃあああっ!!　で、でで……でたあ……!!」

先ほどまでの落ち着きと打って変わって、少年たちはにわかに騒ぎ出した。思わず顔だけ路地に出した喜蔵は、そこに広がっている光景に啞然としてしまった。瀬戸物が寄り集まって出来た付喪神の瀬戸大将《せとたいしょう》や、小豆《あずき》を研ぐ妖怪・小豆洗いに小豆婆、煙の中に顔が浮き上がった煙々羅《えんえんら》に宙に舞う踊り首、大きな傘を差した狸《たぬき》に火の玉を宿した狐など——その場に尻餅《しりもち》をついてしまった少年たちを、大勢の妖怪たちが取り囲んでいたのだ。その中には荻の屋にいる妖怪たちもおり、喜蔵は思わず頭を抱えてしまった。

（……あの馬鹿）

小春は妖怪たちに頼んだはいいが、「加減」という最も大事なことを伝えていなかったのだろう。少年の一人は塵塚怪王《ちりづかかいおう》という塵の付喪神に高い高いをされ、もう一人は全身泥まみれの泥田坊《どろたぼう》と顔のないのっぺらぼうに手を取られ、「地獄一番良い所娑婆《しゃば》に帰るの嫌になる」と無理やり歌い踊らされていた。「ぎゃあー！」「わー!!」と少年たちの悲鳴が響いても、どこかにいるはずの大人たちは助けに来なかった。不審に思った喜蔵は、しばしその場に留まっていたが、誰も彼らを助けに来る気配はない。がしがしと頭を搔いた喜蔵は、嫌々路地に出ていった。

「ひょひょひょ、子どもはよき反応をしてくれるので、おどかし甲斐《がい》があるなあ」

「うふふ本当だ。もっとやろうもっとやろう！」

小豆洗いと面の妖怪面霊気《めんれいき》が嬉しそうに言った時、彼らの後ろまで来た喜蔵は「おい」と声を掛けた。

「……いささか度が過ぎるぞ」

止めろ——と言いかけた時、塵塚怪王の腕の中にいた少年二人と目が合った。

「ひ、ひひひ……人喰い鬼が出たあああ！」

喜蔵は彼らが指差した方向を辿《たど》ったが、そこには己しかいない。何かの冗談かと思った喜蔵が眉を顰めると、彼らはますます怯え出して、ぎゃあぎゃあと暴れ出したのである。

「いたたたたた!!　お、おい止めろ……痛いぞ、小僧ども！」

「そうだぞ、俺たちはただ驚かしただけで……うわ、こいつ噛《か》みやがった！」

少年たちは、蹴飛ばしたり殴ったり噛みついたりして塵塚怪王から逃れると、間に入った妖怪たちをも攻撃し、

「誰にも言わないから、食べないでー!!」

と叫んで、一目散に走り去って行った。

「うう、くそ……餓鬼のくせに力が強い」

「餓鬼どもは加減を知らぬからな……」

腰や手をさすりさすりしている妖怪たちのすぐ近くで、喜蔵はぼうっと突っ立っていることしか出来なかった。だから、喜蔵はいつ妖怪たちがその場から消えたのか知らぬ。やっと正気に戻ったのは、ぱたぱたと喜蔵の元に駆け寄ってくる足音が聞こえた時だった。

「……喜蔵さん!!」

顔を強張らせた綾子が真剣な声音を出したので、喜蔵は思わず「はい」といい返事をした。

「喜蔵さんのお化け役、皆怖がっていました。子ども、とても怯えていたんですよ。『流石《さすが》荻の屋さんだなあ、真似出来ない』と長屋の人たちも喜んでいました。やっぱり、

喜蔵さんにやってもらって良かった……来てくださって本当にありがとうございます！」

綾子はそう言うと、満面の笑みを浮かべ、喜蔵に向かって深くお辞儀した。

（……俺はやってない）

とは言えず、喜蔵は口をへの字にするしかなかった。

「よう、おかえり人喰い鬼……ぶはははははっ！」

家に戻った喜蔵は、小春や妖怪たちに腹を抱えて笑われてしまった。問いつめると、庭の塀《へい》をよじ登って様子を窺っていたことを白状したので、喜蔵はその時になってやっと小春が仮病を使っていたことを悟ったのである。喜蔵は元凶である小春を追いかけ回し、小春は脱兎のごとく逃げ、妖怪たちは無責任に囃し立てる――という喜蔵にとっては散々な夜を過ごしたが、後になって振り返ると、この日までが平和だったのである。

翌日、綾子や八百屋のさつき、彦次に深雪など、喜蔵の周りの人間たちの髪が切られるという事件が起こったのだ。髪切り騒動は無事解決したものの、それによって小春は己の向き合わなくてはならぬ問題に気づき、それに触発された喜蔵は己の弱さを正面から見据えなければならなくなったのである。そして、それぞれ迷いを抱いていた小春と喜蔵は、ついに喧嘩《けんか》別れをしてしまったのだ。

（あいつのせいで、散々な目にばかり遭っている）

己の弱さを指摘され、周りからはせっつかれ、喜蔵はひどく苛々としていた。修理して店に出すはずだった商品の模様をうっかり削り取ってしまうなど、普段なら有り得ぬ失敗

をしたほどだ。考えまいとしても、頭に浮かんでくるのは小春のことばかりで、喜蔵はまったく調子が狂っていた。だから喜蔵は、

「ごめんください」

その声が響くまで、一度も彼女のことが頭に思い浮かびさえしなかったのだ。喜蔵は冷淡な表情を浮かべたまま、全開になっている戸の方を見た。そこには、案の定あの老女がいた。常だったら、帳場から降りて台を横にずらしに行くものの、この日は微動だにしなかった。それでも、老女は気分を害した様子はなく、足を引きずりながら喜蔵に近づいてきたのである。店内を少しも見回らなかったのは初めてだったが、喜蔵はそれについて問うことはなかった。

「枯れずの鬼灯は――」

そう言いかけた老女に対し、喜蔵は冷たい声音で制した。

「ありません。再三申し上げていますが、もういらっしゃらないで頂きたい。迷惑だ」

これまで何だかんだと言っても丁重に接してきた喜蔵の言に、老女は少し目を見張った。すぐにそっぽを向いてしまった喜蔵は、老女が驚いた顔をしつつも、己を心配そうに見つめていたことなど分からなかった。

「実は……今日はしばしのお別れのご挨拶にまいりました」

思いがけぬ言葉に、喜蔵ははっとして顔を上げた。老女はこれまで喜蔵が何を言っても聞かなかった。仕方なく、口が上手くて人好きのする小春に「諦めてくれるように言え」

と頼んだこともあったが、小春は何度言っても「嫌だ」と答えて協力してくれなかったのだ。老女の急な心変わりに対し、喜蔵は真っ先にこう思ってしまった。

（やはり、身体が……）

顔色はこの前会った時ほど悪くはなかったが、どの道良くはない。杖なしで歩けぬのはもちろん、今は立っているのも辛いのか、帳場に身体を預けるようにしていた。それを見た喜蔵は思わず立ち上がりかけたが、老女はそれを制して言った。

「枯れずの鬼灯はまだ手に入らぬと言われました。ですが、あと一年――あと一年経ったら、こちらに入ってまいります。その時は、他の誰でもなく、私に譲ってください」

喜蔵が困惑したのはその要求だけではない。目の前に、細い小指が差し出されたからだ。

「約束の証に、指切りをしましょう」

（なぜ、このような子どもじみた真似を……）

一年後に枯れずの鬼灯を取りにくる――喜蔵にとってはその言葉よりも、目の前にある小指の方が問題だった。喜蔵が動き出さぬなか、老女は焦《じ》れもせずにずっと待っていた。

「一年後……ここへ訪れた時に枯れずの鬼灯がなかったら、私はすっぱりと諦めます。こちらには、二度と足を向けぬと誓います。だから、どうか約束だけしてください」

「……ですが」

言いよどんだ喜蔵に、老女はじっくりと頷いて言った。

「約束してくれない限り、私は帰りません」

そう言った目は真剣そのものだった。喜蔵はその目を真正面から眺めながら、（そういえば、この人の家はどこなのだ？）などとまるで関係のないことを考えていた。何度も通ってきたが、思えば名を訊ねたこともなかったのだ。家は近いのか？　これからどうやって帰るのか？　無事に帰れるのか？――頭の中にそんな考えが渦巻いてしまった喜蔵は、気づけば右手の小指を差し出していた。帳場に左手をつきながら必死に身体を支えていた老女は、まるで太陽のように明るく笑って、己の指に喜蔵の指を絡めて言った。

「指切りげんまん、嘘ついたら――」

*

（あれのことか……）

印象深い出来事であったはずなのに、すっかりそのことを忘れてしまっていた喜蔵は、はっとして周りを見た。喜蔵は以前記憶を消された経験がある。だから、この件も彼がやったのかと思わず確かめてしまったのだ。しかし、彼の姿は見えなかった。そもそも、冷静になって考えると、彼がそんなことをするとも思えなかった。

（あいつは他人を陥れる時、最初から最後まで傍で見守っているはずだ）

気に入った人間にちょっかいを出し、その反応を見て楽しむのが彼――百目鬼《どうめき》――多聞《たもん》という男なのである。多聞は腕についた無数の目で人心を操り、幻を見せる者で、人間とも妖怪とも言えぬような厄介な存在であるという。とあるきっかけで知り合って以来、多聞は何かと喜蔵たちに絡んでくるのだ。多聞でないと分かって喜蔵はほっと息を吐いたが、すぐに表情を引き締めた。思い出せはしたものの、一年前のそれは結局何も解決されていないままだったのだ。

枯れずの鬼灯とは結局何なのか？　それを生涯に亘って求め続ける老女の正体は？　本当に一年後に荻の屋に入るのか？——それらの問いに、喜蔵は一つも答えることが出来なかった。

「……枯れずの鬼灯などあるものか」

喜蔵が呟くと、「くくく」という掠れた笑い声が響いた。寒気がして振り向くと、居間の簞笥《たんす》のすぐ横に三つ目の怪が屈み込んでいた。子どものような背丈に丸坊主の小さな頭が可愛らしいが、口角をあげて笑みを浮かべているのに、決して笑っていない目がどうにも不気味だった。おまけに、それが三つもあるものだから、一体どこに焦点を合わせていいのか分からず、何度会ってもこの妖怪にだけは馴染めずにいた。

「嘘つきは針千本飲ませ死ぬ」

「……何だと？」

いつもは放っておく喜蔵も、気になることを言われて、思わず問い返した。

「指切りは指切り嘘つきは針千本に指切られ」

けけけ、と笑われて、喜蔵は思わず眉を顰めた。

（考えていたすべてを口に出していたのか？）

　喜蔵は一瞬そう思ったが、

「三つ目よ、お主は一体何の話をしているのだ？」

　という硯の精の声を聞いて、そうではなかったことを知る。三つ目の怪はじいっと喜蔵を見つめると、すくりと立ち上がって裏から出て行ってしまった。硯の精は身体を横に傾げて「何だ？」と唸った。三つ目の怪は長屋の厠《かわや》へと向かったのだろうか。喜蔵の家にいるのは稀《まれ》で、大体はそこを住処《すみか》にしているようなのだ。

「まあ、あ奴が妙なのは今に始まったことではないが……喜蔵、先ほど口にしていた枯れずの鬼灯とは、あの品のいい老女が求めていたものだな？」

　硯の精が覚えていたことに驚いた喜蔵は、思わず眉間に皺を寄せた。

「そうか……あれは一年前のことだったか。この一年色々なことがあったせいで、あれが昨年の夏のことだとはどうにも思えなかった」

「耄碌しているせいだ」と言い返しつつ、喜蔵は少し焦《あせ》っていた。硯の精が覚えていたということは、やはり多聞に術を掛けられたわけではなく、単なる己の物忘れということになる。百年以上生きている怪よりも記憶力が悪いのでは、目も当てられぬ話だ。喜蔵が己の記憶力に不安を覚え始めた時、硯の精はふと呟いた。

「もらいに来ると言うが、枯れずの鬼灯などないのにな……」

　確かに、枯れずの鬼灯などここにはない。荻の屋どころか、他のどこにもないと喜蔵は思っていた。だが、それでも喜蔵はあの老女の気迫にまけて指切りをしてしまったのだ。

（……あの人は達者でいるのだろうか？）

人の生死など考えたくはなかったが、祖父を看取った身としては、そういうことをまず考えてしまう癖があった。最後に会った時、老女は無事に家まで辿りついたのか――喜蔵は戸の前まで老女を見送ったはずだが、その後老女がどちらへ向かって行ったのかは分からなかった。

――指切りは指切り嘘つきは針千本に指切られ。

（……くだらぬことを申す怪だ）

果たせぬ約束だったのかもしれぬなどと、脳裏によくない考えが浮かんだ。それを追い出そうとして、首を横に振った時だった。

とんとん――。

喜蔵は思わずぎくりとして固まった。控えめな叩音が、昨年の夏の一幕と重なる。

とんとん――。

喜蔵が指先一つ動かさぬうちに、戸の向こう側から焦れたような音が響いた。返事がないことを不審に思ったのか、それともよほどせっかちなのか、戸を叩く音は次第に強くなっていき、そのうち壊れんばかりに戸がしなり始めたので、喜蔵はようやく立ち上がると、さっと戸に向かって行った。あの老女ではない――いくら元気を取り戻していたとしても、これほど強い力があるわけがないのだ。しかし、だとするなら一体誰が――？

喜蔵は一瞬躊躇したものの、それを振り払うかのように一気に戸を開いた。

「何だよ……いるんだったらさっさと出て来い。危うく戸をぶっ壊すところだったぞ?」

そう言って呆れたように溜息を吐いたのは、あの老女——ではなく、先ほど思い返していた記憶の中に出てきた小鬼だった。

二、向こうの海から来るもの

「…………」

　戸を開けて喜蔵がまずしたことは、己の太腿《ふともも》をぎゅっと捻ることだった。しかし、予想に反して痛みを感じたので、次にすることを考えねばならなかった。寸の間悩んだ結果、喜蔵は戸を閉めた。すると、「何で閉めるんだ!」という非難の声と、どんどんと戸を叩く音がしたので、再び戸を開ける羽目になったのである。

「よっ!」

　喜蔵にそんな軽々しい挨拶をしてくる者といえば、調子のいい幼馴染くらいしかいないはずだが、目の前でにこにことしているのはまったくの別人だった。

「何だ、変な顔して? あ、これか? これはさっき道でばったり綾子と会ってな。市で買ってきたらしく、お裾分けにくれたんだよ。『喜蔵さんと深雪さんにも』って言われたけれど、お前はいらねえよな? だって、閻魔にこんな可愛いの似合わねえもん」

　そう言った相手は、鬼灯の入った籠を抱えてけらけら笑った。喜蔵は返事をせずにそれを受け取ると、再び戸を閉めた。

「――だから、何で閉める！　鬼灯だけ奪うなど、お前は盗人か!?」

ぎゃあぎゃあと喚き声が上がっても、喜蔵はまだ信じられずにいた。

「……なぜ、表から来る？」

「なぜって、そりゃあここが入り口だから。俺は客だし、戸から入るのは当然だろう？」

これまで一度たりともそんな風に訪ねてきたことなどないくせに、いけしゃあしゃあと主張する相手に喜蔵はますます不信感を持った。

「何でもいいから開けてくれよ。腹が減っているんだ――じゃなくて、ちゃんと土産《みやげ》を持ってきてやったんだからさ」

更に意外な言葉を聞いた喜蔵は、ある考えがひらめき、ぐっと眉根を寄せた。

（さては……誰かが化けているな？）

人間ならばそうはいかぬが、妖怪ならば話は違う。心得のある者なら、一瞬で姿を変じることが出来るのだ。人間に化けるというと、狸や狐が有名だが、神無川に住まう河童の弥々子もなかなか見事な化け方をする。だが、弥々子が小春に化けるはずがない。

（『何であたしが馬鹿鬼なんかに化けなきゃならないんだ！』……とでも言いそうだ）

弥々子と小春は昔からの馴染みだが、馴染んでいるのはどうやら小春だけらしい。

「おい、喜蔵！　何遊んでんだ!?　さっさと開けろって！」

己の名を呼ぶ声までも瓜二つだったので、店の奥へと踵を返しかけた喜蔵は足を止めた。

たわいのない悪戯は放置しようと思ったが、また足を戻すと三度戸を開けた。

「あ、やっと開けやがった」

そう言って呆れた表情をした相手は、やはり喜蔵がよく知っている子どもだった。金と茶と黒の混ざった斑《まだら》模様の長い髪に、袖口の広がった寸足らずの藍《あい》の着物、それに硝子《がらす》玉のように澄んだ大きな鳶《とび》色の瞳――喜蔵の目の前にいたのは、鬼の小春だったのである。

「何だよ、変な顔して……変な奴。ほれ、邪魔するぞ」

小春はそう言いながら、すたすたと店の中に入ってきた。喜蔵は無言で戸を閉めた。

「ん？　何で鍵《かぎ》閉めたんだ？　店番中だろう？」

喜蔵が鍵を閉めたのを目ざとく勘づいた小春は、ぱちぱちと瞬《まばた》きをした。常の喜蔵ならば、小春がいようといまいと日中はずっと店を開いているのだ。小春が不思議そうに首を傾げていると、戸の前に立ったまま動かなかった喜蔵はやっとのことで顔を上げ、そして珍しく愉快そうに笑んだのである。

「あ奴の偽者だ――こらしめてやれ」

「は？……うわ！　うわあ、何だお前ら……!!」

前差櫛姫に釜の怪、撞木に瀬戸大将にしゃもじもじ、小太鼓太郎に桂男《かつらおとこ》に天井下《てんじょうさ》がり、手の目《てのめ》に堂々薬缶――喜蔵の低い掛け声と同時に姿を現わしたのは、荻の屋に居つく妖怪たちである。同胞であるはずの彼らは喜蔵の命通り、小春に一斉に襲いかかったのだ。

「うふふ、昼間に暴れられるなんて思ってもみなかった」

「閻魔店主のお許しが出たのだ。とことんやっていいってことだな、釜兄！」

釜の怪と弟分のしゃもじもじは結託をし、釜に宿っている熱気と湯気をしゃもじでかき混ぜると、それを小春に浴びせかけた。「あちい!!」と悲鳴を上げた途端、今度は横から櫛が飛んできて、小春の鼻を掠めていった。

「喜蔵！　あたし、喜蔵のために頑張るわ」

そう言って更に櫛を投げつけたのは、喜蔵に想いを寄せている前差櫛姫だ。櫛を投げ終わると、己の髪に挿《さ》していた簪を引き抜き、小春の腕を突いてくる。小春を苦しめつつ喜蔵に熱視線を送る前差櫛姫を見つめていた堂々薬缶は、

「ぐぬぬ……許すまじ、閻魔商人！」

と唸ると、黒い身を真っ赤に染めてぐつぐつと煮立った。ひゅうと甲高い音を鳴らした堂々薬缶は、勢いよく宙に舞って回転すると、小春目掛けて落ちてきた。

「わ、待て待て待てって!!」

驚いた顔をした小春に、堂々薬缶は何度も体当たりを繰り返す。前差櫛姫に焦がれている堂々薬缶は、本来なら喜蔵にぶつけるべき遺恨を、目一杯小春にぶつけたのだろう。

「お、おい、何で俺を襲うんだよ！　大体、妖怪が人間の言うことを聞いて妖怪を襲うなど、聞いたことない！　お前らこそ、本当に妖怪か!?」

来て早々同胞たちに襲われてしまった小春は、訳が分からず情けない声音を出した。

「何でとは愚問愚問」

けらけら笑ったのは、小春の両足を己が身できりきり縛りあげていたいったんもめんで、

「大手を振って暴れられるのだぞ？　きっかけなどどうでもよい！　ひひひ！」

と笑って腹鼓で気味が悪い音を出したのは、小太鼓太郎だった。妖怪たちは皆、別段喜蔵のためにやっているわけではないようだ。奥で一人高みの見物を決め込んでいた喜蔵は、少しだけ眉を顰めたものの、それでもまだ愉快げな表情を浮かべていた。

「ちょ、一寸待てって！　誤解だって！　何で普通に訪ねてきただけで偽者呼ばわりなんだよ！　おい、そこの般若閻魔鬼瓦顔夜叉《やしゃ》商人、ふざけた命を解けよ！」

怒鳴りつつ喜蔵を見た小春は、思わず「うっ」と喉《のど》を鳴らした。暗がりの中に青白い面だけが浮かび上がっているせいで、喜蔵が抱えていた可愛い鬼灯までもまるで血まみれの地獄の供物のように見えてしまったのだ。久方振りに見ると驚くほどに恐ろしい形相――思わず泣きそうな顔をした小春に、喜蔵は凍えるような表情で切り捨てた。

「偽者に指図される覚えはない――もっとも、本物にもないが」

「何でだよ！……桂男！　俺の血を吸おうとするんじゃねえ！」

小春が喜蔵に向かって喚きかけたそばから、今度は桂男が小春の右ひじに嚙みつき、じゅっと血を吸った。蜥蜴《とかげ》の尾のような細長い舌を出し、口についた血をなめた桂男は、不思議そうに首を捻った。

「うん？　おかしいですね。小春と同じ味がするような……もう一寸吸ってみましょう」

「させてたまるか！　大体、何でお前が味知っているんだよ？　さては、俺が寝ている間

にかじったことあるな!?」

そう言いながら小春が桂男を足蹴にしていると、その背にどんっと何かが覆いかぶさってきて、小春の目を両の手で塞《ふさ》いだ。

「ふふふ、余所見《よそみ》などしているからだ。本物と同様に詰めの甘い奴め」

「おい、止めろ……お前の手のひらにある目の玉に俺の目の玉がくっついて気持ちが悪い！　それに、俺は本物だ！　大体、偽者って何のことだよ!?」

手の目を床に投げ落とした小春は、妖怪たちを見渡しながらよく通る声で叫んだ。

「偽者は偽者じゃ。あのへっぽこ猫股鬼《ねこまたおに》の偽者なのだから、随分とへっぽこじゃ」

「わあ、へっぽこへっぽこ！」

小春を取り囲んだ妖怪たちは、両手を上げて小春を馬鹿にするように囃し立てた。小春は情けない顔をして棒立ちしていたが、とうとう我慢の限界が訪れてしまったらしい。

「……わかった。お前らがそういうつもりならば、もう容赦はしない」

そう言って顔を伏せた小春の口元から、尖った牙《きば》が覗いた。すると、鳶色の瞳がにわかに赤く染まり、尖った角や爪が生え伸びて、どこからともなく吹いてきた風で腰まである長い髪がぶわっと持ち上がったのだ。突如として発せられた妖力の強さに、妖怪たちはぴたりと動きを止めた。

「い、いや……あ、小春？　そうか、本物だったのか……気づかなかった。ははは」

堂々薬缶がたじろぎながらそう言うと、途端にしおらしくなった他の妖怪たちも「うんうん」と何度も頷いた。

「その、ほれ……お前だと思わなかったのだ。まさかまさか、分かっていて分からぬ振りしていたなんてことあるわけない。面白がっていたなど、まさかそんな面白いこと……」

「おい、しゃもじもじ！」と皆から一斉に突っ込まれると、しゃもじもじはやっと失言に気づいたようで、平たい顔を真っ青にした。

「ふうん……そうか。やはり最初から気づいていたんだな？」

暗い声音を出した小春に、妖怪たちはその場から一目散に逃げ出したが――もう遅かった。小春は駆け出したかと思うと、その数秒後には三匹も妖怪を腕に抱えていたのである。

「わあー！　許してくれー!!」

「わ、私はわざとではないですよ。本当にただ血を吸い尽くしたかっただけで」

「あたしは喜蔵の役に立とうと思っただけよ。一寸、痛いわねっ！　やだやだ、やめてよ！　髪が乱れるじゃないの……もうー！」

それまでやられっぱなしだった小春は、鬱憤《うっぷん》が溜まっていた反動か、ひどい暴れっぷりだった。先ほどまでとは完全に立場が入れ替わって、妖怪たちは悲鳴を上げ、店内を逃げ回るばかりだ。巻き込まれては敵わぬ、と鬼灯共々さっさと居間に避難していた喜蔵は、呆れ顔で店の様子を眺めつつ、傍らにいた硯の精にこう問うた。

「おい、お前も気づいていたんだろう？　なぜ言わなかった？」

思えば、硯の精は最初から参加していなかったのだ。硯の精が「あれは本物だ」と言っていれば、今頃こんなことにはなっていなかっただろう。

「……少し、面白そうだったからな」

そう言ってにやりとした硯の精は、珍しく妖怪らしく見えたものである。


「ああ……ひどい歓迎だった。せっかく訪ねてきてやったというのに……こんなことなら来るんじゃなかった。ああ、疲れた……」

硯の精以外のすべての妖怪たちに灸《きゅう》を据え終えた小春は、居間でごろりと横になりながら息を吐いた。力を加減しながらやるのは、普通にやるよりずっと難しいらしい。

「訪ねてきてやったというが、来て欲しいなどと頼んだ覚えはない」

「嬉しいくせに」という誰かの呟きに顔を顰めつつ、喜蔵は続けた。

「大体、何をしに来た？　どうせ、また厄介ごとでも持ってきたのだろう？」

「そこはほれ……今回も例の縄張りの視察だ。俺ってば信頼が厚いからな」

「それは体《てい》の良い厄介払いだ。大体なぜここを常宿にする？　迷惑極まりない話だ」

文句を言い始めた喜蔵に、小春は寝返りを打って懐から出した何かを放った。開けろ、と顎を使って命じてくるので、喜蔵は渋々包みを開けた。

「――何だこれは」

「見て分かんねえのか？　草団子に決まっているだろ。さっき言っていた土産だよ。あちらの世の団子は美味いんだが、お前たちには毒だからな。こちらへ来てから、わざわざ評判の団子屋に並んで買ってきてやったんだよ。ものすごーく感謝してくれてもいいぞ？」

　喜蔵の心にはますます不信感が募った。喜蔵が知っている小春は、そんな気遣いをする者ではない。確かに人間のような機微《きび》のある妖怪ではあるが、だからと言って人間の思う礼儀だとか行儀だとかいうものがあるわけではないのだ。やれ飯を出せだの、やれ布団をくれだの、要求だけは立派だが、それに対する礼などした例《ため》しがなかった。

「……地獄の毒草饅頭か」

「お前はちゃんと俺の話を聞いていたのか!?　ちっとは素直に受け取れよっ」

　毛を逆立てるようにして怒る小鬼を、喜蔵はじっくりと眺め、やはり訝しむ表情をした。

「仕方ないよ。あんたが正面から入ってきて、おまけに土産など携えてくるなんて、裏があるとしか思えないさ」

　嘲《あざけ》るようにして言った撞木は、小春をからかうのが趣味で、以前もこうしてねちねちと絡んでいた。

「別に、俺は毎度落ちてこようだなんて思ってねえよ。これまではたまたま落ちちまっただけだもの……だからといって、弱いわけじゃないぞ！　たまたま、邪魔が入ってだな」

　小春はぶつぶつと言ったが、一度目は喜蔵の曾祖父の匂いに、二度目は喜蔵の呼ぶ声に、三度目は助けを求める声にひかれて出てきた妖怪が言えた台詞ではなかった。

「……では、これは普段迷惑を掛けている詫びのつもりか？」

　土産を掲げてみせた喜蔵に、小春は小生意気な顔つきで鼻を鳴らし、ふんぞり返った。

「誰が迷惑掛けているって？　俺は知らねえな！……手土産だって、俺がやりたくてやったわけじゃねえもん。青鬼がどうしても持参しろって言うから――くそ」

不釣合いな気遣いは、どうやら小春が今身を寄せている上役の青鬼が施した知恵らしい。

（また、妖怪らしからぬ奴が上役と来た）

立派な妖怪――つまり、妖怪らしい妖怪になりたくて修業しているというのに、そんな者の下で大丈夫なのかと喜蔵はいらぬ心配をしてしまった。へそを曲げたような顔をした小春は、足を抱えて畳の上でごろごろと転がっていた。喜蔵はそんな小春を眺めつつ、片眉を持ち上げてこう述べた。

「つぶれて餡《あん》が飛び出した団子でも、妹は喜ぶだろう」

「……素直に『ありがとう』くらい言えよ！　お前は本当に性悪だっ」

「そうだそうだ！」と賛成の声音が多数上がって、小春は目を瞬かせた。妖怪たちは喜蔵が命じるまま動いていたので、上手くやっているものだと思ったのだろう。

「何だ？　お前たちこいつにいじめられているのか？」

「いじめなんて軽々しいものじゃない。店主の非道な振る舞いで、わしらは深く傷ついているのじゃ。皮肉を言われるのも、暴力を振るわれるのもいつものこと」

溜息混じりに語り出したのは、小春にこらしめられて若干ぼろくなった茶杓《ちゃしゃく》の怪だった。

「天井から降りてきた天井下がりに枕を投げ、箒《ほうき》で突こうとするのは毎朝のことじゃ。『うるさい』と言って、一心同体のしゃもじもじと釜の怪を離れ離れにしたり、ほんの一寸だけ悪戯した小太鼓太郎に『穴を開けてやる』と言ってずっと叩き続けたりもしたな。ああ、それに手の目の目に目隠しをして、勝手に動き回れなくもしていたんじゃぞ。未だに目目連《もくもくれん》が悪さをするたび、『燃やす』と言って火を見せつけてくるしな」

「そりゃあひどい」と大してひどいと思っていなそうな顔と声で、小春は何度も頷いた。

「そんなのは大したことではありませんよ。私など、もっとひどい目に遭いました」

そう言った桂男は、美しい面を歪ませた。桂男は付喪神ではないが、荻の屋に居つく妖怪である。見目は人間の美男だが、その実人間の生き血が好物という残忍な性《さが》を持っている。しかし、そんな素振りは一人とて見たことがないので、はったりを言っているだけだと撞木などは揶揄《やゆ》していた。

「私が一寸だけ血を吸ったら、包丁を持ち出して夜叉のごとく怒り出したのです。本当に一寸なんですよ？　蚊に三十匹まとめて刺されたくらいに思ってくだされぱいいのに……忍耐力がない方で困っているのです」

溜息を漏らした桂男をぺしっとその身で弾いて、いったんもめんは文句を言い出した。

「お前は完全に自業自得だ。俺などあいつに迫害されているんだぞ？　見ろ、この身に書かれた落書きを！　一寸あいつの首を絞めただけで、あいつは俺に『一反以上ある木綿』などと書きやがったのだ。信じられぬだろ!?」

桂男やいったんもめん以外にも、皆口々に喜蔵への不平不満を述べ始めると、

「分かる分かる、俺もそう思った。……うんうん、そうだよなあ、まったく閻魔馬鹿とき

たら……いやいや、それはひどい話だ、うん」

小春はそんな風に調子よく相槌《あいづち》を打った。その様子を横目で見つつ、喜蔵は苦虫を噛み潰したような顔をして古道具を直していた。もはや、一々反論するのも面倒だったのだ。

「ひどかろう？　だが、閻魔商人の無慈悲の鉄槌《てっつい》を受けているのは、我ら怪だけではない。同胞にまでそういう風なのだから、これはもう直る直らないの問題でもないのだ」

手の目の言葉に、小春は「うわあ」と大仰に仰け反った。

「何、こいつ人間相手に何かやらかしたんだ？　じゃあ、とうとう綾子に手を……それとも、また深雪を泣かしたのか？　うへえ、ひどい奴！　外道！」

「誰が手など出すものか。……それに、『また』というのは一体いつのことだ？」

三月くらい前の花見の席で泣かした覚えはあったが、その時小春はいなかったはずだ。少なくとも、いないことになっていた。何しろ、小春自身がそう仕向けたことであったからだ。「あ」と失言に気づいた様子の小春は、

「えっと……その……まあ、三十年くらい前かな？」

ともごもごと言って、ぴゅうっと口笛を吹いた。

「馬鹿鬼。俺もあれも生まれておらぬではないか」

そう答えつつ、喜蔵は息を吐いた。ごまかし方が下手過ぎると、問いつめる気も起きぬものである。ふふ、と横で笑いを漏らしたのは、茶杓の怪だった。

「女を泣かせる甲斐性など、この男にあるものか。まあ、泣きたいほど怯えているのは老

若男女問わずであろうがな。だから、とうとうあんなものまで書かれてしまったのじゃ」

「あんなものって何？」

そう問うた小春が首を傾げた時、喜蔵ははっとして振り返ったが――遅かった。ばさばさと小春の目の前に紙の束を投げたのは、硯の精である。喜蔵の顔色が変わったのを見てにやりとした小春は、その手紙の束を腕に抱え込み、裏へ走り去って行った。その素早さといったら、喜蔵が身動きすら取れなかったほどである。しばらくしてから戻ってきた小春が腹が捩《よじ》れんばかりに笑っていたので、喜蔵は更に険しい顔になった。

「ぶはははははっ！　何だ、これ!!　お前人気者だなあ、こんなに名前たくさん書いてもらって……『怖い顔をしないでください』ってそんなの地顔なんだから、無理に決まってんのに！　何で自分の悪口など募ったんだ？　少しは直す気あるのか？」

遠慮なく笑い続ける小春に、喜蔵は怒りもせず頷いた。

「――そうだ。これは悪口だろう？」

「あん？　紛うことなき悪口じゃねえか」

納得した様子の喜蔵に、小春は変な顔をして笑いを止めた。大家と硯の精から「これは単なる悪口ではない」と言われたことに、喜蔵は納得が行かなかったのである。

「そ奴は悪口を募ったわけではない。大家がより良き町内作りを目指し、裏店の前に目安箱を設置したのだが、そこに入っていたのがそ奴のことが書かれた紙ばかりだったのさ」

「目安箱……へえ、そんなもんが置いてあんのか？　いつだったか、征夷大将軍の命でそんなもんが町に置かれていた時代もあったな。それの真似？」

小春が昔を懐かしむような顔つきで言うと、「吉宗《よしむね》公の時だな」と硯の精は頷いた。こういう瞬間にふと、彼らが長い時を生きている者たちだということを喜蔵は思い出す。

「しっかしなあ……目安箱に人外の者が投書するなんて、流石は文明開化だ」

「……どういう意味だ？　お前らのお仲間がそれらすべてを書いたのか？」

聞き捨てならぬ台詞を放った小春を、喜蔵はキッと睨んだ。

「馬鹿言うな。何で妖怪がこんなもんせっせと書くんだよ。嫌がらせならもっと分かりやすくやる！　お前が持っているそれ一枚だけな。それも投書なんだろ？」

小春が指差したのは、喜蔵の懐に差し込まれていた「約束」が記してあった紙だった。

「これは妖怪が書いたものだというのか？」

「一寸、貸してみろ」と喜蔵から紙を奪った小春は、文字が記された辺りをくんくんと嗅いで小首を傾げた。

「あれ？　妖怪じゃない？……微妙だな。でもまあ、普通の人間じゃねえことは確かだ」

「人間ではないが、妖怪とも言い切れぬということだな？――役立たずめ」

侮蔑の視線を投げつけられた小春は、真っ赤になって喚いた。

「お前なんて妖怪のよの字も浮かばなかったくせに！……で、当然当てはないんだな？」

喜蔵の脳裏を過ぎったのはあの老女だったが、「老女は人間だ」と一年前に小春がはっきり断言していたのだ。喜蔵が何も返さぬことを肯定と受け取った小春は、勢いよく飛び起き、ふんぞり返ってこう宣言した。

「よし――一宿一飯の恩だ。俺がその事件を解決してやろう！」

一年前に聞いた台詞とほとんど同じだったため、喜蔵は思い切りげんなりとした表情を浮かべた。何しろ、一宿一飯も恩返しも解決もすべて真っ赤な嘘なのだから。

「さてさて、まずはその目安箱が置いてある場所に行くぞ！」

「一人で行け」と言って喜蔵は動き出そうとしなかったが、それが無駄な抵抗であることを重々承知していた。小春の手招きがあれば否応なしに身体が動き、連れて行かれてしまうのだ。ずるずると引きずられながら向かった先は、小春が宣言した通り目安箱が設置された場所だった。喜蔵の家に持ってきた後、又七は再び裏長屋の塵捨て場の横に置いたらしい。小春は物珍しげにそれを眺めていたが、すぐに飽きたらしく再び歩き出した。

「家は逆だ」

「何言ってんだ、まだなーんもしてないだろ？」

「何もするな」とすかさず返した喜蔵に、小春はにいっと意地の悪い笑みを浮かべた。

「またまた、困っているくせに。俺ってば慈悲深い大妖怪だから、困っている閻魔を放ってはおけないんだよなあ」

調子外れの口笛を吹きつつ手招きをする小春を見て、喜蔵は早くも諦めの溜息をついた。次に向かったのは、又七の家である。話は出来たものの、目新しい事実は何もなかった。

「……納得がいかぬ」

大家の家から離れた途端、喜蔵は呻くように言った。

「まあ、こんなもんだ。だって、ついさっき聞いたばかりなんだろ?」

振り返った小春の愛らしい顔を見て、喜蔵はますます眉間に皺を寄せた。喜蔵が納得いかなかったのは、大家の態度である。喜蔵の前ではあれほど不機嫌だったというのに、一目小春を見た途端に嬉しげな笑みを零し、歓待したのだ。当然、喜蔵は面白くなかった。

「なあ、腹減らねえか? 俺はそろそろ減りそう」

「減らぬ」

「お前なあ、もう少し考えてから返事しろよ。まるで、切り捨て御免の侍みたいだぞ。大体そんなつれない返事をしたところで、結果は変わらないってまだ分からないのかねえ?」

「結果がどうであれ、お前のいいように返事をしてやるなど真っ平御免だ」

「負けず嫌い~」と歌った小春は、弾むようにして歩き、後ろ手に手招きをしてきた。手を斬り落とす以外に、どうにか止めさせることは出来ぬものか——喜蔵にそう考えられていたなど、小春は知る由もない。

そうして、二人が向かったのは「くま坂《さか》」だ。くま坂というのは、浅草で美味い上に安いと評判の繁盛牛鍋屋である。

「毎度毎度よく飽きぬものだ」

そう文句を言った喜蔵こそ、この店の常連だった。喜蔵は牛鍋が一等の好物というわけではないが、とある理由があってここに三年も通い続けているのである。店の前まで辿り着いた時、戸ががらりと開いた。

「あら？　お兄ちゃん？」

そう言って目を見開いたのは、喜蔵の妹の深雪だ。数ヵ月前から共に暮らし始めた新米の兄妹であるが、互いに深く想い合っている仲である。そもそも喜蔵がこの店の常連になったのは、この妹の顔を見にくるためだった。

「よお、達者だったか？」

小春はそう言いながら、喜蔵の横からひょいっと顔を出した。すると、深雪はぽかんと口を開け、ぎゅっと太腿をつねった。

「痛い……」

呟いた深雪に、「そりゃあ、そうだろうな」と小春は頷いた。そこで戸を閉めたら喜蔵とまったく同じだったが、深雪はまじまじと小春を見つめ、にっこりとした。

「あたしは元気よ。小春ちゃんは元気にしていた？」

すんなりと現《うつつ》を受け入れた深雪を見て、喜蔵はむすりとした。

「元気元気。そりゃあ、もうすこぶる元気。今なら牛鍋百杯は食える」

「ふふ、良かった。節分以来会っていなかったから、心配していたのよ」

喜蔵ははっとして深雪を見たが、深雪は少しも動じることなく「ねぇ？」と喜蔵に同意を求めた。（そう来たか）と了承した喜蔵は、首を横に振った。

「ね、お兄ちゃんも心配していたって」

「どういう解釈をしたら、今のが心配になるんだ？」

小春は呆れたように深雪を眺め、頭をぼりぼりと掻いた。こうして深雪に強く言えぬのは、何も小春だけではない。荻の屋に居つく妖怪たちも、そして兄の喜蔵でさえも、深雪にかかっては形無しなのだ。

「でも、小春ちゃんって本当にいい時に現れるわね。すごいわ」

「何？　良い肉でも入ったのか？　それとも、良い葱《ねぎ》？」

万歳をしかけた小春に、深雪は悪戯っぽい笑みを浮かべて言った。

「お肉でも葱でもないわ。食べられないけれど、嬉しいと思う」

「へえ、何だろ？　じゃあ、早速入って確かめてみよっと！」

体の良い理由を見つけた小春は、喜び勇んで暖簾《のれん》を潜《くぐ》った。無言の笑みで促してくる深雪に負け、喜蔵はその後に続いたが――。

「――お前……！」

鋭い声音を出した小春に、店にいた全員が振り返った。急いで小春の横に躍り出た喜蔵は、一瞬で小春が出している殺気の理由が分かった。

「やあ、あんたたちも食べに来たんだ？　奇遇だね」

のんびりとした口調で言った者は、杯を持っていない方の手をひらひらと振った。着物や帯など、身につけている物は派手派手しいが、目鼻立ちなどは至って地味な男である。

ただ、一つに束ねられた艶《つや》やかな黒髪と、ぞっとしてしまうほどに美しい声音のせいで、ある種独特の魅力を身につけてもいた。

「何が奇遇だ……一体今度は何を企んでいやがる!?」

獣のような唸り声を出した小春に、杯を持った相手――多聞という男は驚いたような顔をしてみせた。肩を竦《すく》める仕草一つとっても、どこか芝居がかっている。

「企むだなんて心外だな。俺はただ、友と牛鍋を突つきながら話をしようと思っただけさ」

「……高市《たかいち》、お前もそいつの仲間なのか!?」

今にも飛びかからんばかりの小春に、声を掛けられた高市はびくりと肩を震わせた。高市という縦にも横にも大きいこの青年は、半年前愛宕《あたご》神社でたまたま出会い、それから荻の屋の常連客となった男である。体格の割に小回りが利き、日本各地の噂を集める記録本屋を生業としている。非常に愛想がよく、気のつく性格なのだが、気がつきすぎて「危うい」と思った途端それを回避しようとする傾向があるらしい。この時も、小春が鋭い声音を出した瞬間から、高市は訳も分からぬまま頭を抱えて身を隠していたのである。

「す、すみません……!　ご、ご無沙汰しております!!」

慌てて身を起こした高市は、その場でがばっと頭を下げた。たかだか十三くらいの子どもも相手に深々と頭を下げるなど、傍から見れば非常におかしな光景だろう。だが、あまりに小春が鬼気迫っていたせいか、その場は静まり返ったままだった。

「無沙汰などどうでもいい。仲間か、そうでないのか答えろ」

冷たく言い放った小春に、高市はますます平身低頭した。

「な、仲間……？　ええっと、仲間ではないですよね……さっき知り合ったばかりですし。ああ、でも多聞さんが『友』とおっしゃってくださったので、友です、友！」

途中で止めておけばよいものを――喜蔵が溜息をついた時、小春は暗い瞳のまま口元にだけ笑みを浮かべた。

「――そうか。ならば、俺たちの敵だな」

「……えええ!?」

ひっくり返った高市を見かねた喜蔵は、高市を起こしてやりながら口を開いた。

「さっき知り合ったばかり、というならば、仲間ではあるまい」

「何で都合よく知り合うんだ」と不機嫌丸出しの小春に、喜蔵は落ち着いた声音で述べた。

「どうせ、酒を水のように飲んでいる奴の幻術だろう」

喜蔵の言を聞いた小春は、その相手を胡乱《うろん》な目つきで見た。多聞の周りには徳利が何本も転がっていたが、少しも酔った顔をしていなかった。愉快そうな表情を浮かべ、まるで他人事のように小春たちを眺めていたのだ。

「……とりあえず、飯を食う」

小春が渋々そう言ったのは、喜蔵の顔があまりに平静だったことと、その後ろで深雪が心配げな表情をしていたからである。どしどしと威勢よく歩いて行った小春は、高市の横に陣取って座った。じろりと見据えられた高市は、額から汗を流し、助けを求めるように周りに視線を送っていた。少々気の毒に思いながら多聞の横に腰を下ろした喜蔵は、「いつもの」と深雪に注文した。

「俺は、肉と葱と飯を特大の大盛り。樽《たる》酒丸々一つ」

「阿呆《あほう》。おい、飯だけ大盛りにしてくれ。酒はいらぬ」

気が立っていてもちゃっかり図々しいことを言う小春を制し、喜蔵は深雪に言った。

「すぐに用意しますので、少々お待ちください。美味しく召し上がってくださいね」

深雪はそう言ってゆっくり一同を見渡すと、さっと踵を返して勝手に入って行った。姿がすっかり見えなくなった頃、多聞は抱えた足に顎を載せて、くすくすと笑い出した。

「深雪さんはやはり大物だねえ。美味しく食べろということは、飯が不味《まず》くならぬように仲良く食べろということだろう？　健気な娘さんの意向を汲んで、どうかこの時だけ友のように楽しく語り合おうじゃないか。ねえ、ご両人？」

そう言って杯を掲げた多聞を、小春は険のある目で睨み据えた。

「お前と友など真っ平御免！……だからと言って、暴れたりもしねえけど」

「少しは分別を覚えたのだな」

感情のこもっていない声音で言った喜蔵を、小春は足を伸ばして蹴った。

「お前こそ、何でそんなに落ち着いていられるんだよ！」

顔を顰めただけだったが、喜蔵だとて腸《はらわた》が煮えくり返っていた。だが、小春が先に烈火のごとく怒り出してしまったので、怒りを発露する機を逃してしまったのである。小春は苛立ち、喜蔵も顔を顰め、多聞が笑いつつ口を閉ざしている中、

「あのう……そのう……すみません。俺、皆さんのお邪魔をしてしまったようで……」

高市は意気消沈した様子でそう述べると、深く頭を下げた。肩をがくりと落とし立ち上がりかけた高市に、「そんなことないよ」と声を掛けたのは多聞だった。

「せっかく楽しい話をしようとしたんだ。あんたが帰ることないさ」

「ですが……」

ちらりと様子を窺ってきた高市に、小春はふうっと息を吐いた。

「……悪かった。高市に怒っているわけじゃないから、座れよ」

胡坐《あぐら》を掻いたままぺこりと頭を下げた小春に、高市は慌てて両手を振った。

「そんな！　いや、俺の方こそ何だか間が悪かったみたいで……」

ここで謝ってしまうところが高市である。その様子を見て、小春はすっかり毒気を抜かれてしまったようだった。安堵の息をついた喜蔵は、ふと視線を感じて隣を向いた。

「喜蔵さんとこうして飯を食うの、何だか懐かしいね」

多聞はまじまじと喜蔵を眺めて懐かしそうに言った。

「もう二度と願い下げだ」

鼻を鳴らして答えた喜蔵に、多聞は眉を持ち上げて苦笑した。

（……何だ？）

その笑みがどこか弱々しいような気がして喜蔵が眉を顰めると、多聞は喜蔵の視線から逃れるようにして、高市の方を見て言った。

「高市さんとは本当にさっき知り合ったばかりなんだ。ねえ？」

「そ、そうなんです！　俺、実はさっき荻の屋さんに伺ったんですよ。そうしたら、いらっしゃらないみたいだから、待つか帰るか迷って戸の前に立っていたんです」

着物を抓《つま》んでぱたぱたと涼をとっていた高市は、慌てて居住まいを正して頷いた。小春たちとちょうど入れ違いになったのだろう。そこへ声を掛けてきたのが、多聞だったという。

――お兄さん、荻の屋さん開いていないのかい？　困ったな、俺も見たかったのに。あれ、お兄さん背負《せお》い籠《かご》から何か飛び出ているよ？　へえ、随分と変わった道具を持っているんだねえ。俺はそういうの集めるの趣味なんだけれど、もしやあんたも好きなのかな？

「胡散《うさん》臭い」

ぼそりと呟いた小春の声音は、高市には聞こえなかったようだ。胡散臭いとは思わなかった高市は、そこで多聞と立ち話に花を咲かせて、あまりにも話が合うものだから「昼飯でも」ということになり、このくま坂へ来たらしい。

「良い道具があったら、売ってもらおうと思ってね」

「買ってどうするのだ？　また、命を削って遊ぶのか？」

喜蔵はそう言って、鋭い目線を多聞に向けた。以前、多聞は荻の屋で付喪神が憑いた道具を買い漁り、そこに宿っていた命を削り取ってとある物を動かすという試みをしていたのだ。知らぬうちに片棒を担いでしまった喜蔵は、未だにそのことを悔やんでいたが、多聞はそんな喜蔵を見てぷっと吹き出した。

「もうしないよ。喜蔵さんに怒られるのは嫌だし、何より飽きたからね」

多聞は、死ぬほど退屈が嫌いらしい。喜蔵や小春からするとまるでふざけた理念だが、多聞にとっては一等大事な指針だというのだ。

(……根本的に違うのだ)

妖怪だとか人間だとか、そういうことではないところで、喜蔵たちと多聞は相容れぬ。だから、幾ら話しても平行線のままなのだ。それは小春も感じ取っていたらしく、何か言いかけたものの、むっと口を噤んだ。

「お待たせしました」

そう言って鍋や具材の載った皿を持ってきたのは、深雪とマツだった。マツは相変わらず多聞を好いているようで、顔を赤くしながら鍋の準備をしている。深雪はその間に小春と高市の鍋の世話をしたが、喜蔵はといえば誰の手も借りず一人で鍋の準備を終えた。

「高市、まだ食うのかよ」

小春は高市がすでに食べ終えた皿を見ながら、思い切り呆れた声音を出した。

「いやあ、三皿くらい普通ですよ。多聞さんだって、三皿目ですよ?」

大食漢め、と唸った小春だが、実にうらやましそうな顔をしていた。

「奢《おご》ってやろうか？」

多聞の誘いに「いらねえ！」と即答したものの、小春は悔しそうに歯をぎりぎりとさせた。その様子を見て、深雪と高市はほっと息を吐いていた。少しだけ緊張状態が和らいだおかげで、何となく常よりも静かだった店内にも活気が戻ったようだった。それから、醤《しょう》油《ゆ》と砂糖と油の相まった良い匂いが漂ってくるまでには、そう時間は掛からなかった。

「どうぞ……召し上がってください」

恥ずかしそうに目を伏せながら言うマツに、多聞は視線も寄越さず「ありがとう」と礼を言った。マツは寂しそうな顔をしていたが、深雪と共に違う客の元へ去って行った。

「幻術は、解いたのではなかったのか？」

「嫌だなあ、喜蔵さん。惚《ほ》れるように仕向けたりしないさ。そういうのは面倒だから、俺への好意はなかったことにしたんだけれどね……どうも、彼女には効き目が悪いようだ」

喜蔵の嫌味に少々辟易したように答えた多聞は、「それだけ想いが強いんだろ」という小春の言葉に目を丸くした。

「へえ……あんたは相変わらず人間っぽいことを言うんだね」

「へんっ馬鹿だなあ、お前は！　人間だろうと妖怪だろうと、関係ねえよ。想いの強さっていうのはな、別段恋情のことだけ言うんじゃない。恨みでも憎しみでも同じことだろ。想いがなければ叶わないし、想いが行き過ぎれば壊れちまう。お前も覚悟しておけよ？　今は好意でも、それがどうなるかなんて分からねえんだから」

ひひひ、と意地悪く笑った小春に深く頷いたのは、なぜか関係のない高市だった。

「へえ、高市さん。何かそういう心当たりがあるんだ？」

「……高市が女と……!?」

にこにことした多聞とは対照的に、小春は怯えたように言った。「信じられぬ」と顔には書いてあったが、高市は気を悪くした様子も見せず、照れたように頭を掻いた。

「俺は多聞さんと違って、そっちの方面はからきし……いや、今小春ちゃんが言った『想いが行きすぎれば壊れてしまう』というような話を、正に聞いてきたばかりなんですよ。また、旅先の話なんですが……」

高市はつい三日前まで、東北の与野生《よのお》という地にいたという。そこで、記録本屋という噂集めの仕事に粉骨砕身取り組んでいたのだ。もっとも、高市は変わった古道具集めが人生第一の楽しみなので、旅先でもそれを謳歌《おうか》するために早く仕事を形にしてしまおうと張り切っていたのだ。目的の村に着いた高市は、与野生の磐木《いわき》村にある磐池《いわいけ》という場所に向かったという。

「名前はごく普通に土地の名からついただけですが、何しろ形が髑髏《どくろ》なんです。水も濁っていましてね。こう、一寸不気味なんですよ……日が暮れてから近づくなんて、俺は御免だなあと思いましたね。明るいうちでも、人がいなかったら少し怖いかもしれません」

そんな場所に、いわく話がないわけがない。高市が磐池に向かったのも、幾多の噂を辿ってきた結果である。

「高市は怪談話を集めているのか？」

肉と飯と葱を上手いこと交互に食しながら、小春は小首を傾げて訊ねた。

「そういうわけではないんですが……まあ、何でもござれではありますね。ただ、怪談めいた話や不思議な話というのは、その裏で政事《まつりごと》やら陰謀やら何かしら事件が隠されているもの。それらから目を逸らせるために、作られたという方が正しいかもしれません」

池の噂も、確かに人外が関わる不思議な話だったという。高市はその話を磐池近くに住んでいる男から聞いたのだ。

――あの池はな、その昔竜神が住んでいて、その神さんのために人身御供《ひとみごくう》が大勢投げ入れられていたんだよ。村人は当然泣く泣くやっていたんだが、九十九年目に勇猛な若者が現れて、龍神に戦いを挑んだんだ。三日三晩戦いは続いたが、結局勝ったのは竜神だった。すると、百年目から生贄《いけにえ》の数はそれまでの倍となっちまってな。村人は戦ってくれた恩も忘れてその若者を恨むと、その若者の墓を暴いてぐちゃぐちゃにし、骨を袋に詰めて池に投げ入れたんだよ。異変が起きたのは、それからすぐだったそうだ。まるで煮えくり返った鍋のように、ぐつぐつ泡が立ってくると、どんっとすごい音が響いてな――池の水が、すべて外に出てきてしまったんだ。そこにいた村人のほとんどは、全身に火傷《やけど》を負って死んだらしい。運よく生きていた奴らは、恐る恐る水のなくなった池の傍、死んだ者たちの近くまで寄っていったんだ。すると、そこには幾つもの角の生えた髑髏があったんだと。

「え……村人たち、鬼だったのか!?」

黙って話を聞いていた小春は、角と聞いて思わず叫んだ。

「さあ、実際はどうなんでしょうね……ただ、その事件があってすぐ、村に大量の雨が降ったといいます。まるで、空《から》になった池に水を入れるため、天から注いだみたいに――」

そして、再び湧《わ》き上がった池は、まるで陽のごとく輝いたという。竜神がその身に秘めていた宝が、その池に降り立ったのだ――という話になったそうだ。

「人間というのは本当に現金な生き物ですよ。それまで滅多なことでもなければ近づきもしなかったのに、宝がそこにあると聞いた途端、こぞって池を探りに行ったんですから」

「そうそう、人間っつーのは本当に現金だよな！　そんで、宝は見つかったのか？」

小春の問いに、高市は「いいえ」と首を振って答えた。

「その池はね、実は底なし沼だったんです」

そうとは知らずに入って行った大勢の村人たちは、全員沼の中に沈み込んでしまい、二度と上がってくることはなかった。そして、竜神も再び姿を現すことはなかったという。

「随分とまあ、ご都合主義というか、因果応報な話だな」

小春の呆れたような呟きに、「出来すぎだ」と喜蔵もつまらなそうに応じた。

「そうなんです。出来すぎなんですよ。でも、それでいいんです」

「どうして？」と訊ねたのは、黙って聞いていた多聞だった。

「俺たち記録本屋は、聞いた話をつづっていくだけなので、それが本当でも嘘でも、別段構わないんですよ。俺にとっては虚構でも、他人にとったら真実だってことは幾らでもありますからね。何でもそうですが、見方によってそのもの自体の意味が変わってしまうでしょう？　俺はそれが面白くて、色々な話を聞いて回っているんです」

高市はそう述べると、美味そうに飯を掻き込んだ。

「……確かに、面白いねえ——高市さんは」

多聞は感心したように言ったものの、目は笑っていなかった。小春はけん制するように多聞をぎろりと睨んだが、気づいていない高市は照れたように頬を掻いた。

「いやいや、面白いのは人間の作った伝承の方ですから。でもね、不思議だったんですよ。永遠の命なんて、そんなに欲しいかなあって。ああ、その宝というのが、実は『永遠の命』だったらしいんです。永遠の命を欲しがって、皆死んだんですよ。何だか一寸滑稽《こっけい》ですよねえ。俺だったらいらないけれど、皆さんはどうです？」

その場の空気が一瞬凍ったが、高市は気づかず、にこにこと笑って答えを待っていた。

「……そりゃあ、その御仁に訊くのが一等いいぞ」

小春がそう言って顎で指し示したのは、とっくに食べ終えて酒を舐《な》めていた多聞である。

「高市さんと一緒で、俺もそれが欲しいと思ったことなど一度もないよ」

多聞の答えに、小春はすぐさま「嘘つけ」と言って呆れたような半目をした。

「じゃあ、何だってお前は『そう』なんだよ」

「そう」というのは、多聞こそ永遠の命の持ち主であるからだ。もっとも、当人が明言したわけではない。凄まじい妖力と途切れることのない命を持っている——妖怪たちの間で噂になっている百目鬼という妖怪こそ、この人間のような容姿をした多聞である。すでに四百年生き続けているらしいが、これからもその命は止みそうに見えなかった。

「喉《のど》から手が出るほど欲しいと願っている者には、案外手に入れられぬものさ。その逆もしかりだけれどね」

「は？　つまり、お前は……いや、だから嘘つけって！」

小春は一瞬目を見開いたものの、すぐに面白くなさそうな顔をした。本心だとは思わなかったのだろう。多聞の言葉を額面通りに受け取ると、「永遠の命などいらぬ」ということになってしまうからだ。喜蔵も多聞の真意が分からず思わず睨み据えたが、「そうですよねえ」と返事をしたのはまたしても高市だった。

「俺もそう思うんです。そういう人知を超えたものがあるとしたら、欲がない人のところへ行くんじゃないかって。俺が神さまだったら、そうしますよ。だって、何だか癪《しゃく》に障るし、悪用されそうでしょう？　欲がない人がいいな、絶対」

「欲がない人間なんてこの世にはいねえよ」

小春がそう言って鼻を鳴らすと、高市は太い首を微妙に左右に傾げた。

「そうですかねえ……喜蔵さんも多聞さんもなさそうですけれど。あと、深雪さんとか綾子さんもまるでなさそうだな」

「おい、つまり俺とか彦次にはあるってことだな？」

あはは、と笑ってごまかす高市に、小春はむうっと頰を膨《ふく》らませた。

「俺もね、永遠の命を持った存在の話を一つ知っているよ」

酒の追加を頼みながら、多聞はおもむろにそう言った。小春と喜蔵は少々ぎょっとしたが、高市は無邪気に「どんな話ですか？」と問うていた。多聞はちらりと小春と喜蔵を見遣ると、まるでこれから悪戯を仕掛ける子どものように無邪気な笑みを浮かべ、ぞっとするほど艶やかな声音で語りだした。

「それは、とある生き物なんだ。時折人前に姿を現すんだけれど、それの正体を知っている者はほとんどいない。知りたいと思っても、叶わなかったんだろう。何しろ、それは不思議な生き物でね――」

人々を助けるような託宣を告げたかと思えば、その半年後に人々を皆殺しにするような災厄を振りまくという。おまけにそれは、土地も人も選ばぬらしい。ただ、立ち寄った場所で、同じことを繰り返すだけなのだ。短く大した話ではなかったが、多聞の悠々とした語り口のせいか、何か恐ろしさが感じられた。

「それは一体何者なんでしょう？」

高市が思わず声を潜めて訊ねると、多聞はゆっくりとその名を口にしたのである。

「――アマビエ」

その言葉を聞いた瞬間、喜蔵はぞくりと背筋に冷たいものを感じた。

（一体何なのだ……）

その謎はすぐに解けた。喜蔵の向かいから、強い妖気が漏れ出ていたからだ。それが妖気だと気づかぬ高市は「あれ、何だか冷や汗が」と言いながら慌てて顔の汗を拭《ぬぐ》い出した。

「どうしたんだ？　怖い顔をして。可愛い顔が台無しじゃないか」

多聞がからかうように言うと、小春はますます妖気を強めたが、

「如何《いかが》ですか？」

深雪が茶を載せた盆を持ってくると、張り詰めていた緊張感がふっと失せた。喜蔵が顔を上げると、深雪は眉尻を下げて小春と多聞を見ていた。

「ありがとうございます。いや、ちょうど茶が欲しかったんです。何だか妙に汗を搔いちゃって。汗も滴る何とやら……ははは」

高市がいの一番で茶に手を出すと、「もうすぐ夏ですからね」と言って深雪は笑った。

深雪が再び裏に戻って行くと、喜蔵は多聞を見て問うた。

「お前は、そのアマビエという者と会ったことがあるのか？」

「え」という声を出した高市をよそに、多聞はすんなりと頷いた。

「これって多聞さんの経験された話なんですか？　いつ？　どこで会ったんです？」

背負い籠の中から矢立を出しかけた高市に、「もう忘れたよ」と多聞は苦笑した。

「遠い――遠い昔のことだからね」

そう言った多聞は、台詞の通り遠い目をしていた。そうしていると、ますます普通の人間に見えたが、見えていないだけで今も腕にはあの無数の目がついているはずである。

煙管《キセル》を口にくわえた多聞は、おもむろに立ち上がって座敷から降りた。

「――逃げるのか？」

前を向いたまま、多聞の裾を摑んだ小春は低い声音を出した。喜蔵は少し息苦しくなって、きっちり合わせていた襟《えり》を少し開いた。見れば、高市もまた冷や汗を搔いていた。涼しい顔をしているのは多聞だけで、喜蔵と高市の体調をおかしくさせるほどの妖気を出していた小春は、子どもらしからぬ厳しい表情を浮かべていた。

「迷惑になるからね。周りをごらん。昼の営業はもうとっくに終わっているよ」

多聞の言葉に、小春たち三人は店を見回した。すると、大勢いた客たちがいつの間にか店から消えていた。

「すみませんねえ、せっかくのお話をお邪魔してしまって」

見計らったかのように、女将のくまが申し訳なさそうに厨房から顔を出した。そうは言わなかったが、ずっと小春たちが帰るのを待っていた風だった。

「皆さん、どうもありがとうございました。またいつでも寄ってくださいね」

慌てて支払いを済ませて出てきた四人に声を掛けたのは、外まで見送りに来てくれた深雪である。深雪は皆それぞれに礼を述べると、じっと小春の顔を見て訊ねた。

「小春ちゃん、今日の晩御飯は何がいい？」

小春は目を瞬かせた後、腕組みをしてうーんと唸った。

「ええっと……鰻《うなぎ》の吸い物が食べたい」

「はい」と頷いた深雪は、明るい笑みを浮かべて店の中へ戻っていった。

「なぜ、こんな餓鬼に訊ねるのだ？　主を差しおいて……」

ぶつぶつと文句を言う喜蔵の後ろで、高市は哀しげに言った。

「深雪さん、俺には訊いてくれなかった……俺もご相伴《しょうばん》に与《あずか》るのに」

「お前なあ……一見慎み深そうなのに、思いのほかちゃっかりしているよな」

小春が呆れたような声音で言うと、高市は照れたような笑みを浮かべて返した。

「えへへ、一人増えたところでそんなに変わらないでしょう？」

「お前が言うな」と小春が言えば、「お前こそ言うな」と喜蔵は冷たく述べた。三人がやいのやいのと騒いでいた隙に、多聞は一人歩き出していた。

「――おい、本当に逃げんのか!?」

小春が声を上げると、多聞はぴたりと立ち止まったので、小春は「え」という顔をした。声を掛けたはいいが、そのまま振り向きもせず行ってしまうと思ったのだろう。喜蔵も存外に思ったが、結局多聞は振り返らぬままこう述べた。

「ずっと追いかけてきてくれるというなら、逃げるよ？」

「誰がお前など追うか！　向かってくるから仕方なく相手してやってんだよ！」

「そう。じゃあ、また俺から行くよ」

多聞はそう言うと、ひらひらと手を振って再び歩き出した。追わぬと言いつつ、追うのではないか――喜蔵は小春の発する妖気を感じ取って内心はらはらとしたが、小春は多聞が去って行った方角を少しの間睨みつけただけだった。

「何というか、不思議な人ですねえ……俺のこと面白いって言っていたけれど、あの人の方が余程面白いですよ」

高市は多聞に好意を抱いたようで、言葉の通り愉快そうに言った。古道具について語り合おうとしたそもそもの目的は、どうやらすっかり忘れてしまったようである。

「あれは面白いんじゃない。ただただ、不快なだけだ！」

小春が一人憤る中、隣にいた喜蔵は多聞の消えた方を眺めながら考えていた。

（今回は一体何が目的で現れたのだ？）

偶然高市と会った——本人はそう言ったが、そんなことは有り得ぬだろう。多聞はいつも「理由など何もない」という体で動いているが、そこには何か大きな理由があるのではないかと喜蔵は思っていた。もっとも、そうであった方がまだいい……というだけなのだが。ただの気まぐれでからかわれて遊ばれているのでは、癪に障って仕方がない。しかし、そういう希望を抜きにしても、今日はどこかおかしかった。

（……何がだ？　あいつはどこか普段と違っていたような気がしたが——）

「ああ、腹が立ったら腹が減った！」

小春の叫び声で、喜蔵は一気に意識を現実に引き戻された。そして、何も考えぬうちから「お前の胃袋こそ底なし沼だ」と嫌味を口にしていたのである。

くま坂を後にした小春たち三人は、その足で八百屋へ向かった。胡瓜《きゅうり》を買い、神無川へ寄るというのが、もはや決まった道順となってしまったようである。八百屋が目に入るか否かという時、小春は「さつきだ」と言った。喜蔵と高市には見えなかったが、八百屋に到着するとそこには確かにさつきが店番をしていた。長身でほっそりとしたさつきは、小春に負けず劣らず――それよりもずっと威勢のいい女子である。そのさつきが珍しく肩を落としてうつむいていたので、小春と喜蔵は顔を見合わせた。

「さつき……どうした？　何かあったのか？」

小春が気遣わしげに声を掛けてしまったのも無理はない。喜蔵も驚いて一寸目を見開いたし、普段のさつきを知らない初対面の高市も、顔を上げたさつきの暗い表情に気づいたらしくおろおろしている。いつものさつきは、本当に元気すぎるくらい元気な娘だ。喜蔵相手にも物怖じしないし、平気で罵詈雑言《ばりぞうごん》を浴びせてくるほどの度胸の持ち主である。勝気な性格はその表情にもよく表れていたが、今はその辺の娘よりも気弱そうな有様だった。

「……また、胡瓜？」

ぼそっと訊いてきたさつきに、小春は頰を搔きながら問うた。

「そう、胡瓜……あのさあ、お前大丈夫か？」

「うん。今日の胡瓜は出来がいいから、きっと美味しいよ」

話を聞いていないのか、さつきはぼんやりとしながらそう答えると、喜蔵から金を受け取って胡瓜を小春に渡した。

「いや、胡瓜じゃなくてお前のことなんだけれど」

「だから、美味いって。あたしが保証するよ。じゃあ、また寄ってね」

さつきは結局最後まで話を聞いていない様子で、そのまま奥へ引っ込んでしまった。

「……なんだあ、あいつ」

小春の呆れた声音だけが響き、喜蔵と高市は顔を見合わせた。釈然としない気持ちのまま歩き出した小春たちは、それから四半刻もしないうちに神無川へ辿り着いた。

「弥々子～！」

小春が川に向かって叫び出したので、高市はぎょっとした顔をした。

「お～い、弥々子～棟梁さまさま～」

「大丈夫ですか？」と小春を指差しながら小声で確認してくる高市に、「もはや手遅れだ」と喜蔵は答えた。

「……分かったよ！　先に土産が欲しいっつーことだな!?」

なかなか出てこぬ弥々子に痺れを切らした小春は、手にしていた胡瓜の半分を豪快に川へ投げ入れた。

「うわあ、何するんですか!?　食べ物を粗末にしたら、化けて出られちゃいますよ！」

悲鳴を上げた高市は無視して、小春はその場にしゃがみ込んで再び声を掛けた。

「ほれ、満足しただろ？　さっさと姿を現せって……おーい。弥々子？　聞こえてないのか？　おーい」

「喜蔵さん……小春ちゃん、一体どうしちゃったんです!?」

泡を吹く勢いで詰め寄ってきた高市から身をかわし、喜蔵は小春の隣に近づいて言った。

「留守だろう」

「えー？　だって、いつも必ずいるぜ？　ここらは弥々子の縄張りだから、滅多に離れることないんだぞ」

「以前たまたま訪れた時もいなかった」

「いつの話だよ？」

「四日前だ」と少々言い辛そうに述べた喜蔵に、小春は目を丸くした。

「わざわざ四日前にここに来て、弥々子に呼びかけたのか？……お前が？」

「たまたまだ」

喜蔵はそう言い張ったが、それが嘘であることは疑いようもなかった。荻の屋から四半刻もかからぬ地にあるといえど、ここは浅草の外れである。わざわざ来ない限り立ち寄れぬ場所だし、そもそも声を掛けるのが「たまたま」なわけがない。小春はぽっかりと口を開け、首筋をすりすりと撫《な》でた。

「……まあ、いいけど。本当に出てこなかったのか？　弥々子以外の河童も？」

こくりと頷く喜蔵を見た途端、小春はむっと顔を顰めた。何でも、弥々子も他の河童も総出で留守にしてしまうなど、これまでだったら有り得ぬ事態だという。

「河童は、妖怪の中でも特に縄張り意識が強いんだ。己の領地に余所者を侵入させる隙など、むざむざ与えたりはしないはずなんだけれど……」

　小春はぶつぶつ呟きながら、土手を上がり始めた。何か不穏なことでも起きているのだろうか？――喜蔵は眉を顰めつつ、小春の後に続いた。

「も、もういいんですか……？　あの、一体どうされたんです？」

　おどおどしながら訊ねてきた高市に、小春はちらりと振り向いて言った。

「お前、この川の由来を知っているか？……この川には、古くから伝わる話があってな。ある頃、この川の近くに、大層太った男が住んでいたそうだ。そいつには好いた女がいたんだが、太りすぎていたので見向きもされなかった。世を儚《はかな》んだ男は、『この世に神などいない』と言って、この川に入水《じゅすい》したらしい」

「ああ……だから、神無川！」

　納得したように呟いた高市に、後ろで聞いていた喜蔵は呆れた顔をした。

「男は死んだが、執念というものは数百年経ってもなくならぬものらしい。男は己の身体を憎みながら死んでいったんだ。だから、同じように太った者を見ると呪い殺すんだよ」

「……ま、まさかあ」

　高市はそう言いながら、思わず身を引いた。小春はそんな高市をまじまじと見つめて、はっと息を呑《の》んだ。

「……お前、足どうした!?」

「え、な、何です？」

　高市はあたふたと己の足を見たが、別段いつも通りだった。だが、小春は真っ青な顔をして、たじろいだ素振りを見せつつこう言った。

「お前……まさかそんな……膝から下が透けているぞ！」

「う、嘘……!?　え、え……ええ!?　ありますよ、感触は……え、見えませんか!?」

高市の問いに、小春は驚愕の表情を浮かべながら頷いた。呪いを解く方法は一つだけ――痩《や》せることだと小春は語った。小春の話をすっかり信じてしまった高市は、帰り道ずっと腹の肉を押さえながら歩いていた。呆れて物が言えなかった喜蔵は文字通り黙っていた。

「川の言い伝え話はすべて嘘だぞ」

小春がそう言ったのは、夕餉が始まって少し経った頃だった。

「ええ……嘘なんですか!?　俺の足、ちゃんと見えていますか、綾子さん！」

「え、ええ。もちろん見えていますよ？」

鬼灯の礼に――と夕餉に呼ばれてきた綾子は、隣の高市を見ながら答えた。然程おどおどしていないので、どうやら高市にはすっかり慣れたらしい。綾子はあまりに美しいため、昔から男に言い寄られて困っていた。だから、大抵の若い男には強い警戒心を抱いていたが、高市に対してはそれがない。

――高市さんって、狆《ちん》に似ていますよね。お会いするたび、似てくる気がします。

飯の支度中、綾子が深雪に言っているのを聞いた喜蔵は、高市を少し哀れに思った。

「深雪さんも見えますか!?　喜蔵さんも!?」

兄妹が頷くのを見て、高市はやっと安堵の息を吐いた。

「もう……どうしてそんな嘘をつくのかな……」

ほとほと疲れきったように言った高市は、やっと茶碗と箸《はし》を手にした。痩せるしかない、と言われたので、夕餉は我慢しようとしていたらしい。しかし、手つかずだった夕餉は、すでに三分の一ほど小春に奪われていた。

「だって、お前太りすぎなんだもん。身体によくないから、摂生させてやろうと思ったんだ。心底優しいからさ、俺ってば」

喜蔵の漬けたぬか漬けをばりばりと噛み砕きながら、小春は得意げに言った。

「俺、そこまで太ってはないですよ。他人よりほんの一寸でかいというくらいで」

「おいおい、何がほんの一寸だ？　綾子と深雪足しても、お前の目方には及ばないのに」

「お二人が痩せすぎなんです！　ほら、進んでいらっしゃらないではありませんか！」

「どうぞどうぞ」と言って高市は自分で作ったわけでもないのに、まだ中身が残っていた鍋を二人の女の前に押し出した。

「ありがとうございます……たくさん食べるのは良いことですよね。元気な証ですもの」

礼を述べつつとりなすように綾子が言うと、小春は渋い顔をして煮物を頬張った。

「甘いぞ、綾子。誰も言わないから、こいつ見るたびどんどん太っていくんだ！　そのうちでかくなりすぎて戸から入ってこれなくなったら……お前ならどうする？」

「戸が壊れるのは御免こうむるので、外で立ち話ということになるな。俺は帳場から動く気はないが」

至極真面目な様子で答えた喜蔵に、尤《もっと》もだという風に小春は何度も頷いた。高市が泣きそうな顔をして、「俺ってそんなに嫌われていたんですね」と呟くと、流石に哀れに思ったのか、にこにこと笑っているだけだった深雪が口を挟んだ。

「そんなことないですよ。小春ちゃんもお兄ちゃんも、高市さんのことを心配しているから言うんです。どうでも良かったら、二人は何も言わないと思いますよ」

「そ、そうですか!?」

顔をぱっと上げた高市に、小春は呆れたように言った。

「だから、言っているじゃねえか。お前のことが心配ゆえなんだって。そんなんじゃあ嫁さんもらえないぞ。これもお前のためを思ってのことだからな?」

高市の皿から料理を素早く奪い取った小春は、誰に止められる間もなくあっという間にそれを食べ尽くしてしまった。

「……いいんですよ。俺は好いた女もいないし、自由気儘《きまま》な今の生活が楽しいんです」

唇を尖《とが》らせて言う高市に、深雪は小首を傾げて訊いた。

「旅先でいい出会いなんてないんですか?」

「ないですねえ。綺麗な人も可愛い人も大勢いるんですが、好いた人となると……」

女の見目に惹かれることはよくあるものの、それ以上の気持ちにはならぬという。

「分かった。お前、色々と面倒なんだろう? 彦次を見習えよ。あいつの女に対するまめさったらないぜ? 何しろ、人生棒に振るくらい女に心を傾けているんだから」

小春の言う通り、彦次は滅法女に弱く、これまで何度も女で身持ちを崩してきた。十四の時、画の師匠の娘に手を出し破門されて以来、自棄《やけ》になったように妓《おんな》遊びを続けているのである。なまじ見目がいいので、寄ってくる女が多いのも悪循環を繰り返す要因だった。

「でも、彦次さんは真面目ですよ。昔はどうだか分かりませんけれど、今はしっかり画の道を究めようとされていますもん。そうじゃなきゃ、わざわざ余所の国に修業になんて行かないでしょう？」

「は？　修業？　あいつどっかに修業しに行ったの？」

寝耳に水だった小春は、驚きの表情で高市と喜蔵を交互に見た。

「五日ほど前に『少し旅に出る』と言っていたような気もするが――詳しくは知らぬ」

むすりとしながら、喜蔵は答えた。彦次は幾ら邪険に扱われようとも、三日に一度くらい喜蔵の元に顔を出しているのだ。その時、彦次は喜蔵にちらりとそんな話をしていた。

「俺は知っていますよ！　何で知っているかというと、実は旅先で偶然お会いしまして」

「お前、幾ら何でも偶然が多すぎやしねえか？……まあ、いいや。それでどこで？」

小春が促すと、高市は「心得た」とばかりに胸を張って話し出した。

「余所の国といっても、さほど遠くではないんですが」

高市が東北から東京に向かう途中、立ち寄った海辺で声を掛けられたという。

――高市っちゃん！　驚いたな、こんなところで会うなんざ。

そう言いながら彦次が岩の陰から出てきたので、高市は腰を抜かすくらい驚いたそうだ。

一体なぜこんなところに——疑問が顔全体に広がった高市を見て、彦次は事情を説明し出した。何でも、どうしても描かねばならぬものがあったので、遠出してきたのだという。今の今まで描いていたという画を見せられたが、高市はそれが何なのかよく分からなかった。一体何なのか、と問うと、彦次はこう答えたという。

——尼彦《あまびこ》って奴だよ。

「尼彦だと……!?」

いきなり立ち上がった小春に、一同はぎょっとした。

「それ、どんな画だった!?」

詰め寄ってきた小春に驚きつつ、高市は慌てて背負い籠を探りだした。

「ご覧になりますか? 俺、彦次さんに記録帳に描いてもらったんですよ。何だかよく分からないから、気になって……あ、これです、これ」

籠の中から記録帳を取り出した高市は、ぱらぱらとめくり、皆に見えるように差し向けた。

「……なんだ、これは」

喜蔵が出した訝しげな声音は、そこにいる者の心を代弁していた。そこに描かれていたのは、何だかよく分からぬ生き物だったのだ。全体的に丸みを帯びた姿形をしていて、まん丸の顔の下の方にある口らしきものは鳥の嘴《くちばし》のように出っ張っていた。丸みを帯びた肩を下へ辿ると、人間でいうなら太腿の辺りににゅっと手らしきものが生えており、更に下へ行くと申し訳程度に足がついていて、つま先だけきゅっと尖っていた。身体を覆っているのは、どうやら鱗《うろこ》のようだった。だが、とても水中を泳げそうな姿はしておらず、かといって地を歩くのも下手そうに見えたのである。

「何だか可愛い」

深雪はそう言って、ふふっと笑った。確かに見ようによっては可愛くなくもない。とろんとした目が、この生き物の印象を余計にとぼけたものにさせているのだろう。皆がぼうっと見入る中、高市は「うーん」と唸って頭を搔いた。

「やはり、何だか分かりませんよねえ……気になって俺も彦次さんに訊ねたんですよ」

しかし、結局分からずじまいだったという。何しろ、描いていた彦次自身が、尼彦のことをよく知らなかったからだ。何でも、彦次は「尼彦を描いてくれ」と誰かに頼まれたらしい。場所はまだしも日時まで指定されるという、どうも妙な依頼だった。流石の彦次も少々怪しんだようだが、前金をもらってしまったので、引き受けざるを得なかったのだ。

「あいつはどうしてそんなに馬鹿なんだ……」

呆れ返ったように言った小春に、喜蔵は首を縦に振った。何度も騙《だま》されているくせに、彦次はまったく懲りる気配がない。小心者のくせに自ら危ない橋を渡ろうとする彦次を思って、小春と喜蔵は同時に嫌そうな溜息を吐いた。

「心配しなくても、彦次さんは大丈夫ですよ。俺と一緒に無事帰ってきましたから」

「そうなんですか？」

綾子の問いに、高市は福々しい笑みを浮かべて答えた。

「はい。ちょうど描き終わったところだったので、その夜は宿で酒を飲みながら過ごして、翌日には連れ立ってこちらに来たのです」

彦次とは浅草に着いた辺りで別れたという。それを聞いた喜蔵は、ふんっと鼻を鳴らし、いかにも皮肉めいた口調で言った。

「あいつが無事だろうとなかろうと、どちらでも構わぬ。ただ、厄介ごとにこちらまで巻き込まれてしまっては、堪ったものではないだけだ」

喜蔵が素直ではないことを重々承知していた皆は、ふっと笑った。なぜ笑いが起きたか分からぬ喜蔵が変な顔をすると、高市は慌てて「そうだ！」と言い、両の手を強く叩いた。

「皆さんにお土産があったんです！　土産といっても、買ったものじゃあないんですけれど……すみません、実は旅先で銭を切らしてしまいまして」

高市はまたしても背負い籠を探り出すと、中から小さな巾着袋《きんちゃくぶくろ》を取り出した。そして、中身を手の平に載せると、皆の前に差し出してみせた。

「まあ、きれい」

綾子が呟くと、深雪も「本当に」と嬉しそうに頷いた。

「何だ、食べられる物じゃないのか……」

哀しげに零したのは小春で、喜蔵も微妙な顔つきをした。

「彦次さんと偶然お会いした海辺には、こんなのが結構落ちていましてね。この四つは、彦次さんと拾った選りすぐりの物です」

　高市の厚みのある手の平の上にあったのは、大中小四つの、それぞれに形が違う貝殻だった。親指ほどの大きさの貝殻は二つあったが、それは両方とも桜貝のようである。半透明で薄桃色をしていて、文句のつけどころがなく可愛らしい。中で一等大きな貝殻は、海星《ひとで》によく似た形をしている。表面はざらついておらず、光沢がある見目通りつるっとしていそうだ。面白い形だが、まだ愛嬌があると言えるだろう。そして、中で一際目を引いたのは、残る一つの貝殻だったが――。

（……これは貝か？）

　喜蔵がその貝殻をまじまじと見ていると、高市は「お」という顔をして手渡してきた。

「これ、綺麗ですよね！　喜蔵さん、お気に召しましたか？」

　誰が気に入るものか――喜蔵は口元を引きつらせた。丸い円を押し潰したように平べったいそれは、両面に幾本も筋が入っていた。手触りはざらざらとしているものの、筋の凹んだ部分だけ柔らかな弾力がある。形や手触りはまだいいとして、妙だったのはその色だ。白か薄桃色か茶か黒か……大体想像しうる貝の色ではなく、それは目に痛いほど真っ青だったのだ。これが貝でなければ、美しい色だと思えたかもしれぬ。だが、こんな貝が海の底にあったら思わずぎょっとしてしまうだろう。

（浜辺にこんなものが落ちていたら、俺ならば拾わぬ）

　美しいというよりいっそ禍々《まがまが》しく、ずっと見ていると、どうも居心地が悪くなってしまうようなどぎつさを湛えていたのだ。喜蔵は高市の前に貝を返したが、それと同時に小春はその貝を掴むと、素早く喜蔵の手に握らせた。

「遠慮するなって。俺たちは他のにするから。よかったなあ、気に入ったのがもらえて。さ、お二人さんはどれがいい？」

「私はこの薄桃色の貝がいいな」

深雪が言うと、「私も」と綾子は恥ずかしそうに言った。

「じゃあ、俺はこの海星っぽいのにしよう。何だ、喜蔵？　礼ならいいぞ？」

誰が礼など言うものか、と喜蔵はむすりとした。大方、小春もこの貝殻は気味が悪いと思って、喜蔵に押しつけたのだろう。その証に、小春は喜蔵を見てにやにやと笑っていた。

「――そうそう、前にお話しした百山《ももやま》さんというお爺《じい》さん、覚えていますか？　ひと月くらい前、訪ねていったんですよ」

夕餉が終わり、皆で茶を飲みながら談笑していた時、高市は懐かしい人物の話をし出した。百山というのは、高市が京《きょう》で出会った偏屈な老爺である。彼は無人の山の頂《いただき》に居を構え、狩りをしながら孤独に暮らしていた。無口で無愛想で人嫌いだったが、実のところ性根の優しい男で、高市には気を許し、珍しい古道具を譲ってくれたのである。しかし、その後、高市が訪ねていくと、彼は住んでいたあばら家ごと姿を消した。

「駄目元でと思ったのですが、やはりそこには家すらなくて……」

「そうなんですか……それは、残念でしたね」

綾子が眉尻を下げて言うと、高市はにっと口元に笑みを浮かべた。そして、記録帳を開くと、不思議そうな顔をした皆にある項目を音読し出したのである。

「『桃山《ももやま》には、珍しい古道具をたくさん持った老爺がいた。だが、老爺は今古道具を持っておらず、桃山にも住んでいない。その老爺は古道具を抱えて、婿《むこ》に入った。嫁入り道具ならぬ、婿入り道具である。相手というのは大層な美人で、若い娘だそうだ。随分と歳の差があるが、古道具のおかげか、同じ酒豪という性のおかげか、御神酒徳利《おみきどくり》のようにどこへ行くにも一緒で、それは仲睦まじくやっているらしい。その嫁は随分と焼きもちな性分らしく、旦那が一目でも違う女を見ると、本気で首を絞めるらしい。うらやましいのか、そうじゃないのか、分からぬ話である』……こんな噂を市中で聞いたんです」

小春と喜蔵は驚いた顔をして、顔を見合わせた。二人の脳裏に浮かんだのは花見の席で会ったあのりつという女怪だった。だが、そんな上手い話があるだろうか？——二人がまったく同じことを疑問に思ったのは当然だった。

「嘘か本当かは分からないし、それが百山さんだとも限らないんですが、俺はそう思うことにしました。百山さんには幸せになって欲しいので……」

そう言った高市自身が、幸せそうな笑みを浮かべた。あの一件を知らぬ深雪と綾子は「よかったですね」とにこにこするばかりである。

「幸せねえ……本気で首絞められたり、酒に眠り薬入れられたりしなけりゃいいけれど」

「……今頃、酒瓶に吸い込まれて酒になっているかもしれぬぞ」

小春は頰をぼりぼりと掻き、喜蔵は顔を顰めながらぼそっと述べた。小春と喜蔵は共に毒気を抜かれたような顔をして、次々に旅の話をする盛りあげ上手な高市を眺めていた。

戌《いぬ》の刻頃、高市が荻の屋を後にすると、綾子も暇《いとま》を告げて裏店へ戻っていった。よく話し、よく食べたため、疲労が溜まったのだろう。深雪は早々と「お先におやすみなさい」と言うと、布団を敷いて横になった。小春も喜蔵も同じで、常よりも早く寝床に入った。

「……おい、起きているか？」

深雪の寝息が聞こえてきた頃、小春の小さな声音が居間に響いた。喜蔵が微かに身じろぐと、小春はぼそぼそと話し出した。

「あいつ、一寸変だったと思わないか？　いつも通り人を食ったような態度だったし、何考えているんだか分からぬところも毎度のことだけれど、何かさ……」

小春はそこまで言うと、言いあぐねたように黙り込んでしまった。小春は「あいつ」が誰だと言わなかったが、喜蔵にはそれが多聞を指していると分かった。喜蔵も小春と同じような印象を抱いていたからだ。飄々《ひょうひょう》として、余裕があって、人をおちょくって楽しんでいるのは常と同じだった。しかし、どこか違和感を覚えたのだ。

（だが、それは何だ？）

明確にそれだと言えるものはなかったが、喜蔵の頭に浮かんできたのは、どこか寂しげな多聞の笑みだった。

（……寂しい？　一体何がだ？）

ぐるぐると考え込んでいるうちに、喜蔵はいつの間にか寝入ってしまった。そして、翌朝——喜蔵は多聞のことなどすっかり忘れ、別のことが頭を占めるようになったのである。

三、嘘と夢

──つまり、貴方はまた嘘をつかれていたというわけです。

嘲笑《ちょうしょう》混じりの声が響いたのは、夢の中だった。

*

「あーあ、雨か……せっかく調査しに行くっていうのに、ついてねえなあ」

ぶつくさと文句を言いながら、小春は合羽《かっぱ》を着込んで外に出た。朝餉を食べ終え、深雪はすでにくま坂へ出掛けていた。元猫である小春は、水が苦手だ。特に、乾くとべたつく雨が嫌いで、降りしきる空を見て顔を顰めた。

「そうは言っても、出かけぬわけにはいかないし……」

昨日はほとんど出来なかった調査を、今日はなるべく進めたいところである。もちろん一人では出かける気などない小春は、後ろを振り返って手招きをしようとしたが──。

「おお、お前今日はいやに素直じゃないか。感心感心」

小春はそう言いながら、傘を持って自ら外に出てきた喜蔵の腕をぽんぽんと叩いた。すると、喜蔵はぐっと眉を顰め、小春の手を振り払ったのである。何か小言が降ってくるかと小春は思わず構えたが、喜蔵は無言だった。

(……なんだあ?)

少し妙に感じたものの、傘を開くのを見て(気のせいか?)と思い直した。

「まずはどこに行くかねぇ――やはり、あそこかな?」

小春は水溜りを避けながら、すいすいと進み出した。ちらりと後ろを見ると、喜蔵はしっかりと後についてきている。しかし、常の無表情ではなく、どこかむすっとしているようだった。

(分かった――腹下し中なんだな)

そう納得した小春は、目的の場所へと歩き出した。向かった先は、岡場所《おかばしょ》近くのボロ長屋だ。神無川からもそう離れていないところで、つまりは東京の片田舎にある。

「頼も～」

つぎはぎ戸――以前小春と喜蔵が壊した――の前に立った小春は、決まり文句のごとくそう言うと、戸をどんどんと叩いた。「はいよ」とすぐに返事があったにも拘わらず、相手が姿を現すまで小春はそれを続けた。

「うるせえ!　一度叩けば分かるっつーのに……あ、あれ?　小春じゃねえか!」

額に青筋を立てて出てきた彦次は、小春を見て驚いた表情をした。「無駄に男前」と皆から揶揄されるその男は、相も変わらず凛々《りり》しい顔をしていた。目鼻立ちすべてがすっと整っており、顔や身体の肉付きもほどよく均整が取れていて、まるで画に描いたような色男なのだ。しかし、「無駄に」と言われるくらいだから、中身は外見とまるで釣り合っていない。気が弱く、優柔不断で、金にだらしなく、女と遊びが大好き——見目だけに才が余ってしまったのだと喜蔵はよく言っていたが、それを悪口と言い切れぬところのある困った男なのである。

「よお、達者だったか？　すっとこどっこいの色情魔」

「なんつう呼び方だよ……あ、おい中に入るな！」

小春は挨拶をするや否や、戸と彦次の間に出来たわずかな隙間から中へ入りこもうとした。なかなかに素早い動きをする彦次は、慌てて身体で制したのだった。

「いいだろ、ケチ臭い男だな。減るもんじゃないんだから入れろよ！」

「へ、減るかもしれねえから言ってんだよ！　急に頼まれた画があってな、急いで色塗っているんだ。だから、そこらじゅうに画具が散らばっていてだな……」

「分かった分かった」と適当な相槌を打ちながら、まるで分かるつもりのない小春は、彦次を押しのけて中へ入っていった。

「ちょ、一寸待て……駄目だって!!」

慌てた様子で腕を摑んできた彦次に、小春は怪訝な表情をして振り向いた。

「何だよ、見られちゃ困るもんでもあるのか？」

普段なら散らかっていようが、彦次は何だかんだ文句を言いつつ、すぐに長屋の中に入れてくれるのだ。これほど駄々をこねるのは初めてのことだった。

「そ、そんなもんは断じて……ない……！」

彦次は顔を青くさせながら、台の上をちらりと見遣った。大きな風呂敷が、何かを隠すようにしてかぶさっている。あからさまに怪しい様子の彦次を、小春はじとっと睨む。

「な、何だよ、その目は……！」

彦次がたじたじとなって小春に相対している隙に、喜蔵は彼らの横を素通りして畳に上がり、台の上に掛かっていた風呂敷をばさりと取りさった。

「あー！　や、やめろ……！」

彦次は叫びながら慌てて喜蔵の元へ駆け寄ったが、時すでに遅く、画はその全貌を露にしていた。そこには何かしら重大なものが描かれているはず――そう思っていた喜蔵と小春は、思わず怪訝な表情をして顔を見合わせてしまった。描かれていたのは、若い娘の画だった。

「何だよ、尼彦じゃねえのかよ」

てっきり、高市が見せてきた尼彦画だと思っていた小春は、拍子抜けしたように息を吐いた。娘の画を取り上げて体の後ろに隠していた彦次は、小春の声にふと顔を上げた。

「尼彦？　何でお前そのこと知っているんだ？　あ……高市っちゃんか？」

「そうだよ。高市から聞いて、わざわざこんな辺鄙《へんぴ》なボロ長屋まで参上してやったんだからな。有り難いと思えよ？」

えらそうに言った小春は、呆れ顔の彦次にずいっと迫った。

「俺が訊きたかったのは、お前が誰に頼まれて尼彦なんて描いたかってことだ」

「誰にと言われても分からねえなあ。だって、そいつ俺の家に急に訪ねてきた見知らぬ奴だから……うう、そんなに怖い顔するなよ！　分かっていることは全部話すから！」

思い切り顔を顰め、口元をひくつかせた小春に、彦次は怯えながら語り出した。

その男が彦次の長屋にやって来たのは、今から十日前のことだった。細い目鼻立ちに、丁寧な物腰。綺麗に刈られた総髪に、鶯色のさっぱりとした着流し。如才《じょさい》なさそうな目元に、口元にのみ浮かんだ微笑――その男を見た瞬間、彦次は（さては取立てか!?）と恐れ慄《おのの》いたという。どこぞの商家の番頭といういでたちだったが、彦次には見覚えがなかった。

――突然お訪ねして申し訳ありません。実は、折り入ってお願いしたき儀がございまして。

そう言って、菓子折りを差し出してきたので、ひとまず取立て屋ではないことが分かった。そして、深々とお辞儀した男を無下《むげ》には出来ず、彦次は長屋に招き入れたのである。見れば見るほど己とはまるで接点のなさそうな相手だったが、男は彦次の不躾《ぶしつけ》な視線も気にせず、挨拶もそこそこに語り出したという。

――貴方の技量を見込んで、描いて頂きたい画がございます。それが、少々変わったものなのです。端的に申し上げますと、人外のものです。人間でもなく、かといって獣でもなく、それどころかこの世に属さぬ者——尼彦という生き物を貴方に描いて頂きたいと思ってこちらへ伺った次第。

画の依頼と聞いて喜んだのもつかの間、彦次は男の言葉にひっくり返るほど驚いてしまった。冗談を言うような雰囲気ではなかったので、彦次は思わず問うた。

——な、何でそんなもんを俺に……!?

相手はそこで初めて晴れやかな笑みを見せて、こう答えた。

——貴方しか描けぬからです、彦次どの。

その笑みを見た彦次は、(こいつこそ、その人外のものなのではないか?)と疑いを抱いた。だが、どんなに様子を窺っても、結局は分からなかったのだ。

「はあ？　何で分からないんだ？　お前は臆病すぎて、そういうものに敏感じゃねえか」

小春いわく、彦次は臆病が過ぎて妖怪を見てしまったり、とり憑かれてしまう性質なのだ。臆病と言われたことに関しては怒りもせず、彦次は何度も頬を撫でた。

「それが——最近何だかはっきりとは分からなくなったみてえでさ。これまでだったら、出くわす前からはっと気づいたくらいだが、ここひと月前くらいからどうもそういう勘が鈍ったようでな」

「ふうん……でも、お前小さい頃から見える性質だったんだろ？　きっかけもなしに、急にその勘が鈍ったりするもんかな……ひと月前、何か変わったことなどあったか？」

小春の問いに、彦次は少し考えこむような顔をし、首を横に振った。

「そういう関係は、何もなかった。平穏そのもの……じゃあまったくなかったな。今も昔も毎日毎日妖怪大騒動だ。本っ当に、誰かさんたちのせいでな」

彦次に恨めしげな目で見られた小春は、そっぽ向きつつ、くんくんと臭いを嗅いだ。

「確かに今も随分うようよいるみてぇだな。妖怪を飼いすぎるのは程々にしておけよ？」

呆れた表情をした小春に、彦次はほとほと嫌そうな顔をして「お前が言うな」と答えた。

彦次の長屋には、幾多の妖怪たちが住み着いている。彦次が好んで飼っているわけではない。ちょうど一年ほど前、小春が彦次を驚かせるために呼び寄せた妖怪たちが、彦次の臆病さを気に入ってそのまま長屋に居ついてしまったのだ。

「でも、一年も経ったわけだし、少しは慣れただろ？」

「馬鹿、あんな恐ろしげなものに慣れるか！　毎日怖くてろくに眠れやしねぇよ」

小春の言にそう答えた彦次だったが、傍《はた》からすると口とは裏腹な心を持っているように見えた。何しろ、長屋の中にはこれまで彦次が出会った妖怪たちを描いた画が至るところに散らばっていたからだ。嫌だ苦手だと言いつつも、絵師としてこの世ならぬ存在に強く惹かれてもいるのだろう。

「お前が変に相手するから、奴らも喜ぶんだよ。だから、お前のせいだな」

「相手にしたくてしているんじゃねえよ！　暮らしていくのに仕方なくだ！……それに、何で俺のせいなんだよ！　お前のせいに決まっているだろうに」

「あー聞こえぬー情けない色魔の声なんて聞こえぬー」

耳を塞いで「あー」と声を出した小春に、彦次は「この餓鬼！」と飛びついた。だが、小春は一瞬のうちに身を翻し、逆に彦次へ飛びついて関節を固めた。

「いでででで……てめ、小春！　他人の家来て何やってんだ！　いでで！」

「お前が変なこと言って、変な真似しようとするのが悪い！」

ぎゃあぎゃあと騒ぐ二人を眺めていた喜蔵は、わずらわしげに溜息をついた。しかし、その喜蔵こそが、小春を唆《そそのか》して彦次に妖怪を差し向けた張本人なのである。

「ともかく、そいつは人間だか妖怪だか分からなかったわけだな？　そんな怪しい奴なのに、なぜお前は依頼を承諾したんだ？」

じゃれ合いを止めた小春が咎《とが》めるような顔つきで言うと、彦次は情けない表情になってぼそぼそと話し出した。

「『こんなことを言い出す者を怪しむのは無理もないことです。ですが、それを描けるのは貴方しかいないと私は考えました。貴方以外の者では、私の望むものは決して描けません』……そんな風に言われちゃあ、誰だって引き受けぬわけにはいかねえだろ？」

「ただの世辞だ」

喜蔵が冷たく言い放つと、彦次は泣きそうな顔をした。だが、「あ」と何かを思い出したような声音を上げると、箪笥の上にある行李《こうり》の中をごそごそと漁り出したのである。

「何やってんだ？　そこに依頼してきた奴でも入ってんのか？」

「き、気味悪いこと言うなよ！　そいつがな、俺に渡してきた紙があるんだよ。尼彦が出てくる時の詳細が書かれた紙がさ……あ、あった！」

男の熱意に絆《ほだ》され、仕事を引き受けると返事をすると、男は「これが依頼内容です」と言って、彦次に紙を差し出してきた。彦次からその紙を引っ手繰るようにして奪った小春は、すぐさま声に出して読み始めた。

「『六月二十九日、午《うま》の刻。御宿《おんじゅく》町岩和田《いわわだ》の浜辺、西の岩場にて待つこと。海より現れし尼彦を写し取るべし』……随分とまあ、細かい指定をしてくる奴だな。お前、よく素直に引き受けたな……」

小春の呆れ返った表情と声音に、彦次は頭を掻きまぜながら呻くように言った。

「う……俺だって、怪しいと思ったんだよ。何だよ、これ？　ってさ。でもなあ……」

しかし、結局彦次は指定された日時に、指定された場所へ行ったのである。男の真摯さと前金の羽振りの良さに負けた、と彦次は言ったが、「どうせ後者だけだ」と喜蔵はまたあっさりと切り捨てた。

「……お前は会話に参加しねえくせに、俺の悪口だけは言うんだからなあ」

彦次がぶつぶつと零すと、喜蔵はまだ壁に寄りかかったまま、じろりと彦次に一瞥《いちべつ》をくれた。彦次は「ひっ」と短い悲鳴を上げて後ずさりしたが、台にぶつかり画を落としそうになって、慌ててそれを支えた。

「それで、尼彦はどうだったんだ？」

小春はちらりと喜蔵を振り返って見つつ、一寸低い声音を出して彦次に問うた。

「ああ……この画の通りだったよ。渡した画とは別に、自分用に描きとめておいたんだ」

ほら、と言って彦次が差し出してきたのは、高市が見せてきた尼彦の画とほとんど同じものだった。違うのは、こちらが背景の海や浜辺まで細かく描かれていたことと、彩色が施されていた点である。彦次はちゃらんぽらんだが画の腕は確かすぎるほど確かだ。素人目から見てもその画は非常に端麗に描かれていたが、だからこそ尼彦の風体の異様さが際立っていた。

「俺はさ、怪しいもんは何でも怖い性質なんだが、こいつのことは怖いとか恐ろしいとか思わなかったんだ」

そう言った彦次は、その日のことを思い出すように宙に視線をやった。約束の日時に岩場に潜んでいた彦次は、己でも驚くほど緊張していたという。心臓が張り裂けそうなほど早鐘を打っていたのは、単なる臆病さだけではなく、尼彦がどういう者なのかさっぱり分からなかったせいもある。依頼してきた男は、結局紙に書いてある場所と日時くらいしか教えてくれなかったのだ。「見れば分かる」という一点張りで、彦次はその尼彦についてほぼ何も知らなかった。不安と恐怖に駆られながら待っていると、あっという間に紙に書かれた刻限が訪れたという。

「海より現れし、と記してあったから、俺は一応指定時刻の四半刻前からじっと海を眺めていたんだ。奴が現れたのは紙に書かれていた時間ぴったりだったし、確かにすぐそいつが尼彦だって分かったよ」

初めは、何か「物」が流れてきたのかと彦次は思った。しかし、物にしてはどうも動きがおかしい。それというのも、その流れてきたものがばたばたと盛んに手足を動かしていたからである――そう、その物には手足が生えており、よくよく目を凝らしてみると、つぶらな目があって、鳥の嘴のように出っ張った唇があって、身体の全体に鱗が生えているのが見えたのである。身体を構成するすべては丸で、鋭利な部分は一つもなかった。それは、まるで泳ぎを覚えたての犬のように、半ば溺《おぼ》れかけながら、彦次のいる浜辺の方に泳いできていたのだ。

(物じゃねえ……生きているんだ、ありゃあ)

これが尼彦か、と悟った彦次は、少し拍子抜けしてしまった。

「この画、どうにも間が抜けているだろう？　尼彦って奴はこの画のまんまなんだが、実物はもっと間が抜けていてな……愛嬌があるというか、何というか」

彦次は画を手でなぞりながら、ふっと苦笑した。浜辺に辿り着いた尼彦は、彦次を認めるとよたよたと近づいてきて、少し距離を置いて立ち止まると、画の通りの格好をしたという。肩を竦め、短い両腕を軽く持ち上げると、彦次に問いかけるように小首を傾げたのだ。まるで、『描いてくれ』と言っているような立ち居振る舞いだったので、彦次は仰天しつつ、慌てて尼彦を画の中に写し始めた。一寸滑稽さもある風貌のおかげで、恐ろしいとか怖いとかいう感情は浮かばなかったが、それでも相手は人外の者である。どんな行動に出られるか分かったものではないので、彦次は怯えながら画を描いた。しかし、尼彦は置物のように固まったまま動かなかったので、四半刻経った辺りから彦次はほとんど緊張を解き、悠々と尼彦を描くことが出来たという。尼彦がにわかに踵を返したのは、彦次の画が半分以上完成した時だった。もう後は尼彦がいなくても出来る範囲の作業だったが、それを察したのか否か、尼彦はよたよたと歩いて海に入っていってしまったのである。帰りの泳ぎは行き以上にひどいもので、彦次には尼彦が本当に溺れてしまったように見えたらしい。

「でも、そんなわけねえよなあと思って、俺は続きを描いたんだ。それからどのくらい経ってか、高市っちゃんを偶然見かけてな」

その後共に宿屋へ行き、翌日もう一度浜辺に行って、二人で貝殻拾いをしたという。

「あ、そういや貝殻もらったか？　それぞれ綺麗だったろ？　青いのだけは一寸不気味だったけれど」

「……もらった。それで、その後はどうしたんだ？」

気軽な様子で訊いてきた彦次を睨みながら、小春は問うた。

「うん……高市っちゃんと別れてこの長屋に帰ってきたんだが、そうしたらいたんだよ」

彦次によると、尼彦の画の依頼者が長屋の前に立っていたという。画が出来たら渡す約束だったが、いつ頃とは言っていなかった。相手は正に狙ったかのように、画を受けとりに来たことになる。

——ありがとうございます……夢で見たものとまったく一緒の素晴らしい出来ですね。

画を受け取ってにやりと笑うと、男は長屋にも上がらず暇を告げた。結局、彦次は相手の名や素性は聞かぬまま、その男と別れてしまったのである。

「でも、もう渡しちゃったわけだし、俺はこうして無事だから別段問題はねえだろ？」

そう言って彦次がふにゃりと情けない笑みを浮かべると、小春はばっと立ちあがって一歩前に飛びだすと、その勢いのまま彦次の額を手で小突いた。

「うっ!!　いってえなあ……！……お前、何でさっきからそんなに怒っているんだよ？」

小春が話の途中で苛々し出したことに、彦次は一応気づいていたらしい。

「お前なあ、ちっとは己を省みろよ。これまで何度も騙されたり、いいように利用されたりしてきただろう？　誰でも信用して、ほいほい仕事受けるんじゃねえよ！　本当、お前とこいつが半々に掛け合わされればちょうどいいのに……」

小春はそこまで言いきると、口をへの字に曲げてどしっと座りこんだ。小春からすると、他人をすぐ信じてしまう彦次と、他人を信じなさすぎる喜蔵は、どちらも厄介な存在である。ぶつくさ文句を垂れる小春に、「一緒にするな」と喜蔵は小さな声音で言い返した。考えこむように顎に手を当てていた彦次は、おもむろに姿勢を正し頭を下げた。

「……心配してくれてありがとうな」

「心配などしていない」と口を揃えて言った小春と喜蔵は、顔を見合わせてすぐに逸らした。彦次は苦笑しながら、すっかり馴染んだ散切り頭を撫でた。

「俺もさ、分かっているんだよ……そう簡単に他人を信用すべきじゃねえってことくらいさ。でもさ、やっぱり頼られると弱くてな。こんな俺でも誰かの役に立つなら嬉しいし、俺の画で喜んでもらえたら本望なんだよ」

「その画がまた妙なことに使われていたとしてもか？」

喜蔵の放ったきつい一言に、彦次は絶句した。彦次は多聞に騙されて、巷《ちまた》を騒がせる妖怪を筆で生み出したことがある。喜蔵同様に知らずにやっていたことだったが、喜蔵以上に深く関わっていた彦次はひどく傷ついていた。

「……そりゃあ、そんなことがあったら、許せねえよ。でもさ、俺はやっぱり信じちまうんだよな。騙されるかもしれねえし、既に騙されているのかもしれねえ。それでも、俺を必要としてくれるなら力になりてえと思う。騙されるかもしれねえって他人を疑ってばかりじゃあ、俺のやりたいことなんて何も出来ないんだよ」

悪いな、と彦次は二人に向かって、今度は深く頭を下げた。

「……お前がそんなんだから」

駄目なのか、馬鹿なのか、腹が立つのか、心配なのか――小春は続きを言おうとして、途中で止めた。どんな言葉で表したらいいか、よく分からなかったからだ。彦次は人を信じすぎるきらいがあるが、小春は何だかんだと言いつつ、そんな彦次が好ましくもあるのだ。しかし、だからこそ心配でもあった。

「いつまでもそんな風なら、いつかひどいことに巻き込まれるだろう」

壁に寄りかかったまま微動だにしない喜蔵は、小春の気持ちを代弁するかのようにぼそっと零した。小春はぱっと喜蔵を振り返ったが、喜蔵はちらりとも小春を見なかった。どんより——言葉で言うならそんな風に重苦しい空気が流れ出し、それを敏感に察した彦次は、慌ててとりなすように話し出した。

「……大丈夫だって。俺には神の加護があるからな！　俺は見たんだよ、この目でご来迎を！　あ、朝日のことじゃないからな？　あれは、陽が沈んだ頃だった」

尼彦を描く前日、彦次は宿屋に入る前に海辺を散策した。岩場の位置を確認してから、何とはなしに歩いていた時、にわかに海が光り輝き出したのである。

「何と言えばいいのかな——その時は言葉も出なかったよ。見渡す限りの海が、まっさおにきらきらと輝きだしてな、まるで夜空に浮かぶ星が海に落っこちてきちまったみたいな……ああ、こんな画を描けたらいいなあと思うような風景だったんだ」

彦次がうっとりした声音で言うと、小春は彦次の胸倉を摑みあげて静かに問うた。

「その尼彦って奴、結局海へ帰ったきりなんだよな？」

「お、おお!?　そ、そうだと思うけれど……どうしたんだ、いきなり!?」

「だよなあ……いっそ、お前が捕まえてくれていたら良かったのに」

「は？　何の話だ？」

目を白黒させた彦次を畳に放り出して、「何でもない」と小春は投げやりに答えた。喜蔵はそんな小春を睨んでいたが、当人は気づくことなく、彦次に人差し指をずいっと差し向けて言った。

「お前の性分は重々承知しているが、用心くらいしろ！　他人を信じる優しさは悪くねえが、お前は普通の人間とは違うんだ。毎日妖怪に囲まれて、俺なんかともこうして口を利くくらいなんだから、普通じゃねえことくらい分かるだろ？　心配で言っているんじゃねえぞ。お前の行動によって迷惑を被るのが、お前だけじゃないかもしれないってことくらい覚えておけって言うんだ」

小春の説教を聞いた彦次は、はっとした顔をしてそのままうつむいてしまった。

「そうだよな……俺が危ないことに巻き込まれたら、俺と関わりのある人間もそこに巻き込まれる可能性があるってことだものな……分かったよ。誰かを巻き込まねえように、これから重々気をつけて行動する――」

「阿呆」と彦次の言葉を遮《さえぎ》ってそう言い放ったのは、喜蔵だった。

「巻き込まれることだけを言っているのではない。お前が危険な目に遭った時、お前と関わりのある人間がどんな思いをするかをまず考えろ。そんなことすら分からぬのか？」

「おお……お前が言うと、まるで真実味がないな」

驚いたように小春が言うと、喜蔵は何か言いたげに小春に一瞥をくれ、すぐに逸らした。

小春がいよいよ違和感に気づき始めた時、「そうか」と彦次は呟いた。

（……一体何なんだ？）

「……そうだよな。俺だって、そうだもの……大事なのは当人の意思だけじゃねえ。親しい奴に何かあって哀しむのも、哀しませるのも御免だよな。……今度こそ分かった――俺

は お前らを哀しませるような真似は絶対にしねえ」

顔を上げてそう宣言した彦次は、珍しくきりりとした意志の強い表情を浮かべていた。彦次の言を受け、小春と喜蔵はほとんど同時に言った。

「だから言ってんだろ？　俺は別段お前の心配なんかしていないって。うぬぼれんなよ」

「俺が言ったことには、俺は含まれていない。お前を心配する人間など、せいぜいお前の家族くらいだろう。妓どもは違うぞ。あれは仕事だから好いた振りをしているだけだ」

「ひでえなあ」と返しつつ、彦次は満面の笑みを浮かべた。それを見た小春と喜蔵はひどく腹が立って、それぞれ近くにあった鍋と薬缶を彦次に投げつけた。

「いて、いて！　餓鬼じゃねえんだから、乱暴な照れ隠しするのやめろよ……いて！」

喜蔵が投げたしゃもじが頭に命中した彦次は、額を押さえて呻いた。

「うう、容赦《ようしゃ》ねえな……そういや今回は何しにきたんだ？　また縄張りの偵察か？」

「……そうだよ。俺はお前と違って、いっそがしい身だからな！　こんなところで油売ってらんないんだ。俺はもう仕事に行くぞ！　邪魔したな」

「油売りに来たのは誰だよ……」

言うだけ言って長屋から出ていった小春に続き、喜蔵も歩きかけてふと振り向いた。

「……お前もあ奴に嘘をつかれたな」

「え？　嘘って何だ？」

彦次が訊ねた時には、喜蔵の姿はすでにそこになかった。

彦次の長屋を出た二人は、その後浅草付近の川を転々と見て回った。

「まったく、あの色ボケ絵師ときたら、本当に情に流されやすい奴だ。今後、絶対痛い目に遭うぞ。あと、描いていた画——あれはきっと新しい女だ！　でも、商家の子女っぽかったからなあ……さては、本気と見た。可哀相に……きっと、彦次の片恋だぜ？　だって、あんなに儚げで大人しそうな面をした女子があいつに振り向くわけないもん」

一刻半もの間、彦次の悪口を言ったり、高市の痩せ計画を勝手に練ったり、綾子のおっちょこちょいを直す手立てを考えたり、と小春は一人で話していた。なぜなら、共にいた喜蔵がほとんど一言も口を利かなかったからだ。

「なぜ川へ行く？」

喜蔵がやっと口を開いたのは、九つ目の川を後にした時だった。

「え？　ああ、さっきの彦次の話が一寸気になってな。ほら、ご来迎ってやつ……何か変だろ？　もしかしたら、こっちの川でもそれが起きるかなあと思って」

喜蔵の問いに、小春はそっぽを向きつつ答えた。拾った小枝を振り回しながら歩いている姿は、やんちゃな子どもそのままである。そんな小春を睨みながら、喜蔵は更に訊ねた。

「そのご来迎とやらが何なのか、お前は知っているのか？」

「いや……そういや彦次の家に行ったのに、割と近い神無川へ行かなかったな。今度は神無川へ向かうか！　昨日は会えずじまいだったし……せっかく胡瓜やったのになあ。あの後、ちゃんと受けとっていたらいいけれど、もしかしたら勿体無い妖怪が出ているかも」

そう言って話を逸らした小春に、喜蔵は立ち止まって冷たく言い放った。

「嘘つきの土産は受けとらぬのではないか？」

目を見開いて振り返った小春に、喜蔵はふんと鼻を鳴らした。不遜《ふそん》な顔で笑っていたが、目元には素直に怒りが表れていた。

「嘘つき？　一体何の話だよ？」

「己の胸に手を当てて、よく考えれば分かるだろう」

「……つまり、嘘つきって俺のことを言っているのか？」

胸に手を当てるまでもなく問い返した小春に、喜蔵は間髪容れずに答えた。

「小うるさい小鬼以外に誰がいる？」

「——俺は小うるさくもないし、小鬼でもない！　物静かで威厳に溢れた大妖怪だ！　それに、嘘なんてついてねえよ！」

一瞬呆《ほう》けた顔をしたものの、小春は腰に手を当ててわあわあと喚いた。一方の喜蔵は、腕組みをして深い息をついた。

「大妖怪のくせに、姑息《こそく》なことだ。世話になっている者を騙しつづけ、何とも思わぬとは……その醜い性根はやはり妖怪らしいな」

あまりの言い草に小春は喜蔵を睨みつけたが、怒っているにしてはその顔が不自然なことに気づいて、ふと表情を和らげた。

「……何で絡んでくるんだよ。お前朝から妙に機嫌悪いよな？　普段から機嫌が良い例しなんてなかったが、それにしたって今日は変だ。何があったんだ？」

喜蔵の顔は怒っているというよりも、どこか寂しげだったのだ。もっとも、どちらにしろ素面が怖いので、それは些細《ささい》な表情の差であった。けれど、小春はそう思ったのだ。だが、喜蔵は小春に気遣われたのに、少しも態度を和らげることなく答えた。

「あれにえらそうに説教を垂れていたくせに、己のことは少しも分かっていないのだな」

「……別段、えらそうになんてしてねえよ。大体、お前だって説教垂れていたじゃねえか！　俺なんかより、よほど知ったかぶっていたぞ？　他人の思いを考えろ、なんてでお前らしくねえことまで言っていたじゃねえかっ」

寂しげというのは気のせいだったのかもしれぬ——小春は半目をして、喜蔵にびしっと指を差し向けた。その指を邪険に払いのけながら、喜蔵は更に小春の悪口を続けた。

「あれはお前へのあてつけだ。えらそうに言うのに腹が立ったから、わざと嫌味を言ってやったまでのこと。あ奴を想う気持ちなど知ったことではないし、あ奴のために言ったわけではない。俺がそんな真似をして、何の得になる？」

「……そうだよなあ、お前はそんな優しい奴じゃねえものな。寄せられた心配も拳で付き返すような奴だもの。あーあ、損した！」

「心配返せ心配返せ」と呪いを唱えるように近づいてきた小春に、喜蔵は浮かべていた嘲笑を引いて真面目に言った。

「心配している奴が、嘘などつくわけがない」

小春と喜蔵はそこで長い間睨み合った。先に視線を逸らしたのは、喜蔵だった。

(……あれ?)

小春は思わず目を瞬かせた。そこにあるべきは、己と同じ不機嫌な表情のはずだったが、見えたのは苦悶《くもん》の表情だったのだ。

「ど、どうした?」

慌てて問うた小春に、喜蔵はゆっくりと答えた。

「お前が何をしようとどうでもいいが、一つだけ許せぬことがある」

喜蔵の目には、先ほどまで浮かんでいた苛立ちは見えなかった。しばし考えこんだ小春は、首を傾げながらおずおずと問うた。

「……それが、嘘をつくことだって言うのか? だったら、教えてくれよ。俺、お前に何か嘘ついたか? 本当に覚えがないんだよ」

「アマビエ」

喜蔵が一言述べると、小春はびくりと肩を震わせた。

「一寸見回りに来たなど、なぜ嘘をつくのだ」

「何で、知ってんだ? え、俺何も言ってないよな?」

頭を抱えて悩みだした小春だが、喜蔵の責めるような目つきを見て、はっと我に返った。

「……あのな、何で知っているか知らないが、嘘ついていたわけじゃない。ただ、言わなかっただけで——いや、何というかさあ……分かった分かった！　初めから話すよ！」

　そう言って橋の下まで歩いていった小春は、雨に濡れていないそこに座りこんだ。そして、手を上下させて喜蔵にも隣に座るようにすすめた。胡乱な目をしながら渋々近づいて腰を下ろした喜蔵を見遣って、小春はふうと息を吐いた。

「言い訳じゃねえが、本当に嘘ついていたわけじゃないんだよ。アマビエを捜しに来たのは確かなんだが、アマビエが本当にここに現れるのかと半信半疑だったからさ……このまま現れなかったら、言わないで帰ろうと思ったんだ。だって、何も起こらなかったら、なかったのと同じだろ？」

「屁理屈だ」とあっさり切り捨てた喜蔵に、小春はむくれた。

「屁理屈じゃねえよ。いらぬ心配など、かけぬ方がいいじゃねえか。お前だって、そんなもんわざわざかけられたくねえだろ？　まあ、お前はどうでもいいけれど、深雪ちゃんとか綾子とか可哀相じゃねえか。あ、彦次もどうでもいいや」

　つまり、小春は心配をかけたくなくて言わなかったのだ。小春の妖怪らしからぬ気遣いを聞いた喜蔵は、馬鹿にしたような嘲笑を浮かべた。

「お前は本当に阿呆だな。いらぬ心配と言うが、結局のところ露見しているのだから、それは単なる嘘だ。それに、妹やあの人がそんな気遣いを喜ぶと思うか？」

「……思わねえな。綾子はどの道泣いて心配しそうだし、深雪なんて笑いながら凄まじく怒りそうだ」

深雪の怒りを想像した小春は「くわばらくわばら」と鬼らしくない文言を唱えた。

「人間らしい気遣いをしたつもりか知らぬが、お前は人間ではないのだから、そんな真似をするのはやめろ。気味が悪くてたまらぬ」

「はいはいはい……分かったよ！　せっかく慈悲を見せてやったというのに……もう二度と見せてやらねえからな！　後で悔いても遅いんだからな！……馬鹿らしくなってきたから、もうすべて話すぞ？　後から言うの、面倒だし」

喜蔵が笑いを引っ込めたのを見て、小春はこたびの一件を話しだした。

――アマビエという存在を、お前は知っているか？

そう問われたのは、小春が青鬼相手に修業をしていた時だった。必死に攻撃を繰りだしていたのに、対峙する青鬼は涼しい顔で突拍子もないことを述べてきたので、小春はむっとしてますます力を込めた。

――アマビエくらい、誰でも知っているだろ！　あいつは名だけは知れわたっているからな！

小春が蹴りと共にそう返すと、それを受け流しつつ青鬼は頷いた。

――そうだ、アマビエはその正体がよく分からぬ存在だ。一応我らの同胞だと言われているが、もしかすると違うのかもしれぬ。あの者は、こちらとあちらの海をふらふらと行き来して、行く末の定まりのなき者……気まぐれに誰かの前に姿を現しては、その身を絵にうつさせる虚栄心の持ち主かと思えば、誰かに一目認められただけでその地へは二度と現れぬようなところもある。奴の仕業か定かではないが、嵐を呼び寄せ、雷で海を裂くこともあるらしい。物を申さぬので、何を考えているかますます分からぬ存在だ。

青鬼はそう言ったが、小春は首を傾げた。人間たちの記録によると、アマビエは確か口を利くはずである。小春がそれを指摘すると、青鬼は「否」と答えた。

──奴は口が利けぬ。人間たちが勝手に作った話だ……そのアマビエが、ここ最近人間の世に現れだしたとの報せがあった。初めは蝦夷《えぞ》の付近にいたらしいが、東の方へ近づいてきているらしい。段々と速度を緩めているので、そろそろ特定の地へ降り立ちそうなのだが、不味いことにそれが我が縄張りの範囲内であるようなのだ。

それは確かに不味い、と小春は思った。何しろ、毎度ではないにしろ、アマビエが降りたった地には数ヵ月後何らかの病が広がるのだ。

──人間たちがどうなろうと構わぬが、縄張りを荒らされるわけにはいかねえな。

そう言った小春に満足したように、青鬼は珍しく表情らしき表情を寸の間顔に浮かべた。おまけにそれが笑みと似ていたので、小春は大層驚いてしまった。青鬼は、普段まるで仁王像そのものというように、顔や表情や身体がぴっしりと固まっているのだ。

──そう申すならば、それをさせぬように踏ん張ることだ。明日、お前はあちらの世へ行き、アマビエを見つけだし、必ず俺の元へ送ってくれ。

そして、青鬼の命を受けた小春は、今こうして喜蔵の前で片膝を立てているのである。

「本当にアマビエが現れるのか、来るまで半信半疑だったんだ。何せ、気まぐれな怪だからな。けれど、こちらへ来て高市や彦次、それに百目鬼の話を聞いたおかげで確信に至ったぜ。もっとも、百目鬼には感謝していないがな！」

わはは、という豪快な小春の笑い声だけが、橋の下に空しく響きわたった。

「……昔、アマビエに会ったという人間が、こんな画を書いて皆に配ったらしいぞ」

そう言って小春が懐から出したのは、折り畳まれた半紙だった。それを受けとって開いた喜蔵は、少しだけ目を見開いた。そこに描かれていたのは、彦次が描いた尼彦の画にそっくりだったのだ。

「『数ヵ月後、この地へ未曾有《みぞう》の病が蔓延《まんえん》する。それを避けたくば、我が身を写しとり、それを皆に配るべし』とアマビエは言ったらしいが、青鬼によるとそれは人間のついた嘘らしい。多分、それで商売しようと思ったたんじゃねえかな？　たくさん刷って、護符のごとく売りさばく——人間というのは何でも商売にするからな」

喜蔵は半紙をじっと眺めると、眉を顰めてこう呟いた。

「……これは、尼彦ではないのか？」

「アマビエは、尼彦とも呼ばれているらしい。実を言うと、同じ者なのか違う者なのか、こちらへ来るまでよく分からなかったんだ。でも、彦次が見た尼彦はアマビエに間違いなさそうだからな……どうやら同一妖怪らしい。まあ、どっちが本当の名なのか、俺は知らねえけれど。もしかしたら、てんで違う名なのかもな？」

小春が「尼彦」と聞いた時に目の色を変えたのは、そのせいだったのだ。喜蔵は何か考えにふけるようにして、しばし爪を嚙んでいた。それを止めると、久しぶりに正面から小春を見据えて問うた。

「やはり、あ奴はこの件に絡んでいるのか？」

「さあな……あいつの口からアマビエの名を聞いた瞬間はそうだと思ったけれど、今はよく分からねえな。どうも様子が変だったし……大方、俺がアマビエを捜しに来た話を聞きつけて、面白がってからかっただけじゃねえかと思うけれど」

二人ともその名を口にはしなかったが、互いに多聞のことを考えたのである。

「このアマビエというのは、病を予言する怪なのか？」

「いや――さっきのあれは、やはり作り話じゃねえかと思うんだ。そういう存在がいたとしても、アマビエじゃない別の奴とかさ……俺は見たことないんだが、青鬼はアマビエに会ったことがあるらしいんだ」

青鬼は全妖怪の中でも十指に入るほどの力の持ち主だ。そんな者に出会ったら、誰でも怯えたり、萎縮《いしゆく》したり、何らかの反応を示すはずである。しかし、たまたま地獄の川で行きあったアマビエは、何も言わず、青鬼の周りをゆったりと旋回するように泳ぐばかりだった。白く濁り、人間や妖怪の髑髏が浮いたその川がきらきらと青く光り輝いて、どうにも妙な景色だったらしい。青鬼はいつも落ち着きはらっているが、その時ばかりは「少々心乱された」と語ったという。

「青鬼の周りを泳ぐだけ泳いだら、アマビエはどっかに泳ぎ去ったらしい。地獄の川はあらゆる川と繋がっているから、あちらの世の海川へ行ったのか、こっちの海川に来たのかは分からなかったそうだ」

「では、この紙は実際効き目はなかったのか？」

喜蔵は小春にアマビエの描かれた半紙を返しながら問うた。

「それが、少しはあったようなんだ。厄除けってわけじゃねえと思うけれど……何しろ、奴自体がその病を振りまいているようだからな」

小春が言った言葉に、喜蔵ははっとして続けた。

「……そして、永遠の命も持っていると？」

小春がうっそりと頷くと、喜蔵は忌々しげに舌打ちをした。多聞の言には、やはり偽りはなかったのである。苦々しい表情を浮かべた喜蔵を見遣って、小春は眉を顰めて呟いた。

「一体何が目的なんだろうな……あいつの場合も、アマビエが欲しいってわけじゃないだろうし。だって、恐らくあいつ自体命に切れ目がないんだぞ？　あいつのお仲間もそのようだし。わざわざ苦労してアマビエなんて捕まえる理由はないわけだ。それに、もしも捕まえたいなら、俺らにわざわざ話さないよな？」

ぶつぶつと言う小春に、喜蔵は何も返さなかった。

「……まあ、そういうわけで、俺は川へやって来たんだけれど、目安箱の件は忘れたわけじゃねえぞ？　こちらの方が急を要するようだから先にしているだけで、こっちが解決したらそっちの方もすぐ――」

「いらぬ」と喜蔵が即答すると、小春は口を噤んだ。しばらくして、小春は小さく「すまん」と言った。

「癪に障るから、一度しか謝らねえからな？　有難く受け取れ」

「謝罪しておいてえらそうなことを申すな。本当に口の減らぬ餓鬼だ」

そう言った喜蔵の顔は、もう苛立ってはいないようだった。それを確認した小春は、「よっ」と掛け声を発しながら跳ね起きた。

「じゃあ、弥々子のところへ行くか！」

「行く気はまったくないが、今から店を開いてもしようがないので、同行してやる」

喜蔵の述べた理由はまったく言い訳になっていなかったので、小春は小さく噴き出した。あちこちを歩き回り、しばらく話し込んでいたため、刻限はすでに昼九ツ半をすぎていた。雨は弱くなるどころか、徐々に強さを増しているようである。橋下から出た小春たちは、土手を登って神無川へと歩き出した。

「しかし、高市といい多聞といい、二人して『永遠の命』なんて口にするから、何だか気味悪くなっちまった」

小春が嫌そうな表情を浮かべて言うと、喜蔵はまるで興味がなさそうに問うた。

「お前は欲しておらぬのか？」

「そんなもんいるかい！　ただでさえ長生きなんだぞ？　鬼なら、皆百五十年は普通に生きる。まあ二百二、三十年も生きたら大往生だな。俺はそんなに生きなくていいけれど」

「なぜだ？」という風に首を傾げた喜蔵に、小春は胸を張って答えた。

「俺は立派な妖怪になることが目標なんだ！　いつまでも死なないなら、絶対だらだらと修業しちまうだろ。いつ死ぬか分からねえからこそ、今を懸命に生きようと思うんだよ」

「懸命に遊んでいるというわけか」

そう言いながら喜蔵は侮蔑の視線で、小春を上から下まで眺めた。小春の着物は、襟元から裾まで泥が転々とついていた。雨が嫌いなくせに水たまりがあると、思わず何度も踏みしめていたからである。小春は知らぬ顔をしつつ、逆に喜蔵に問うた。

「そういうお前こそ、永遠の命が欲しいのか？」

「そんな面倒なものいらぬ」

喜蔵らしい簡潔な答えに、小春は高らかに笑った。

「でも、他の人間はどうなのだろう。目が眩《くら》むほどの力や財があったら、永遠に生きたいと思うのかね？」

「力も財もいつかは尽きる。命が永遠だとしても、それらが先に絶えてしまうのでは、それらを支えに生きていこうとした者はどうなる？」

支えがないのに命があるならば、それこそ地獄であるはずだ。

「やっぱり、永遠なんてないんだよな。そういう触書のものでも、いつかは必ず滅びる時が来るんだろう」

あいつら以外は、と小春は少し悔しげに言った。小春も喜蔵も、永遠の命と聞くと、どうしたって多聞一味を思い浮かべてしまうのだ。そして、二人はしばらく無言で歩きつづけた。考えていたことは同じだったが、それについて相手と語り合いたいとは思わなかったのだ。語り合ったところで、答えなど出ぬことは分かっていたのである。

「おっかしいなあ」

神無川に着いて少ししてから、小春は呟いた。今日こそは、と意気込んできたものの、昨日に引きつづき弥々子の姿は見えなかったのだ。数度名を呼びかけた小春は、しゃがみ込んだ体勢のまま、立っている喜蔵を見上げた。

「なあ、一寸お前呼びかけてみてくれよ。お前だったら、あいつは出てくるかもしれぬ」

弥々子は小春を毛嫌いしているものの、喜蔵のことは恩人の男——喜蔵の曾祖父と瓜二つのせいか、気に入っている様子なのである。喜蔵は眉間に皺を寄せながら、「おい」と川に向かって小さい声音を放った。

「何だよ、その蚊の泣くようなちっさい声は。もっと、腹から声出せ！」

小春が大声で言うと、喜蔵は耳を押さえながら先ほどよりもほんの少しだけ声を大にして「弥々子」と女河童の名を呼んだ。喜蔵に名を呼ばれたらすぐに出てくると踏んでいた小春は、まるで変化の現れぬ水面を見て「ええー」と気の抜けた声を出した。

「何で出てこないんだ？　喜蔵を無視するとは考えがたいから、やはりまた留守にしているってわけか？　でも、何だってまた……」

川に身を乗り出していた小春は着物の袂《たもと》が濡れていることにも気づかぬほど、その場で深く考えこんでしまった。考えたところで答えが出ぬと思った喜蔵は、することがなくなって川沿いを歩いてみた。雨のせいで川はいつもより増水しており、幼子だったら簡単に飲みこまれてしまいそうだった。神無川の近くには農家が数軒立ち並んでいるが、土手が高いためもっと水位が上がっても、被害に見舞われる心配はないだろう。神無川は海に近づくにつれて、川幅が広くなっていく。喜蔵は知らぬが、その名も途中で変じているのかもしれぬ。

（海……尼彦……アマビエか）

神出鬼没であるらしいので、もしかするとここらに出てくる可能性もある。海が見えた辺りで立ち止まった時、鋭さばかり目立つ喜蔵の目がかっと見開かれた。

（あれは――！）

喜蔵は急いで小春の元へ駆け戻っていった。喜蔵の足音が近づいてくることに気づいた小春は、立ち上がると小走りで喜蔵に寄っていった。

「そんなに慌ててどうしたんだ？　何か面白いもんでも見つけたか？」

悠長に聞いてきた小春の腕を摑んで、喜蔵は来た道を走り出した。

「うお、何だよ？　がしゃ髑髏の大群が地獄踊りでもしていたのか？」

喜蔵に引っ張られながら走り出した小春は、喜蔵の切羽詰まった様子に首を傾げた。喜蔵は結局小春の問いには答えず、そうこうしているうちに先ほど喜蔵が足を止めた海の入り口まで辿り着いたのだった。

「おお、もう海か。あ、もしやアマビエがいたとか――ええっ、弥々子!?」

能天気な表情をしていた小春は、海の方を見た途端顔色を変え、叫んだ。喜蔵は小春の反応を見て、己の見ている景色が間違いでなかったことを知る。二人の目の前――といっても、四間ほど離れた海には、弥々子がいた。そして、弥々子の仲間の河童たちもいた。それから、海海女《うみあま》に大川獺《おおかわうそ》に磯天狗《いそてんぐ》に貝吹坊《かいふきぼう》など……そこには、弥々子と同じ水の怪たちも大勢いて、それぞれ激しい小競り合いをしていたのである。

「何してんだ、あいつら……弥々子がいるっていうのに、何で戦なんか……」

信じられぬ、というような顔をして小春は呟いた。弥々子たち水の怪は、地上に住まう怪たちよりも、純然とした縄張り意識があると小春は話していた。ここ数十年それを巡る争いが起きていないのは、弥々子のように強い力を持つ怪がいるおかげであるらしい。だが、今小春たちの前で繰り広げられているのは、紛れもなく争いだった。

「縄張り争いではないのかもしれぬが……一体なぜだ?」

喜蔵の呟いた問いに、小春は口を開けたまま、答えられなかった。水の怪たちは、入り乱れて戦っていたため、どの怪たちが優勢で劣勢なのか、傍目からではよく分からぬ。見える範囲では、弥々子に大した傷はないようだったが、周りの怪たちはほぼ満遍《まんべん》なく怪我をしていた。ある者など頭から出血していて、その血が海に流れて赤く染めていたのだ。二人がその戦を見ていた時間は、たった二、三分くらいのものだった。戦をしていた当人たちが、にわかに雲散霧散《うんさんむしょう》したからである。

「……一体、何だったのだ？」

「……青鬼からはアマビエのことしか聞いていなかったから、こんなの寝耳に水だ」

今度は喜蔵の問いに答えた小春は、執拗《しつよう》に首筋を撫でていた。先ほどまでの騒乱はきれいに消えさっていたが、そこはかとなく血腥《ちなまぐさ》い空気が漂っているようだった。

「俺は一寸情報を仕入れてくる」

小春はそう言うや否や走り去ったので、喜蔵は仕方なく一人荻の屋へ帰っていった。日が暮れる前には着いたものの、今更店を開ける気にもならず、喜蔵は珍しく居間に寝転がった。先程の情景が生々しく蘇《よみがえ》ってきて、少々気分が悪くなった。

「美味そうな匂いがしますね」

そう言ったのは、恐らく桂男だろう。「己の血ではない。吸ったら殺す」と喜蔵が答えると、「ひえっ」という情けない声音を出してどこかに去っていったようだ。

「誰の血の匂い？」

声の主は分からぬが、喜蔵は「知らぬ奴のものだ」と答えた。弥々子以外は知らぬので、その答えは間違ってはいなかったが、知らぬ者の血の匂いをさせているという事実に気づくと、どうも居心地が悪い気がしてしまった。腕に鼻を近づけて嗅いだものの、喜蔵にはよく分からなかった。恐らくは、妖怪にしか分からぬほどの匂いなのだろう。そうであってくれてほっとする気持ちと、どこか疎外感のようなものを感じる気持ちとが湧き上がってきた喜蔵は、ごろりと横になった。

（……あいつが来るとろくなことがない）

ろくでもないというのに、思いだすのは小春の無邪気な笑顔ばかりだった。喜蔵はまたしてもふつふつと怒りを覚えた。心にも身体にも傷がつくことばかりだというのに、それでもまた会うことを考えてしまう己に一等腹が立ったのだ。ずきずきと疼《うず》いたのは、胸だけではない。

（無駄なことばかり考えていたせいだ）

朝の夢から覚めてからその予兆はあったものの、にわかに頭が痛みだしたので、喜蔵は目を閉じた。しかし、痛みは広がるばかりで眠ることも出来ず、結局身体を起こしたのである。小春はいつ帰ってくるか分からぬし、深雪もまだくま坂で働いている時間である。夕餉を作るには早いので、店の掃除でもしていようかと思い立って、そちらへ歩きだした時、ふと喜蔵は目眩《めまい》を感じた。

（……何だ？）

それは一瞬だったが、次に目を開けると心なしか辺りが暗くなったような心地に襲われた。首を傾げながら店に出ると、戸の向こうから小さな声音が響いた。

「ごめんください」

聞き覚えのある声音に、喜蔵は眉を持ち上げた。普段であればまだ店が開いている刻限である。どうせ暇であるから、と喜蔵は出入り口まで歩いていくと、鍵を開け戸をがらりと横に引いた。

「お約束の物を頂きに参りました」

そう言って明るく笑んだのは、一年前に会った老女だった。喜蔵は横に身を引いて、彼女を中に招きいれた。

(……本当に来たのか)

喜蔵は内心驚いたが、なぜかその感情は表に出てこなかった。老女は一年前よりも更に時間をかけ、足を引きずりながら店の中に入ってきた。喜蔵は杖と反対の方に手を差し伸べたが、老女は「ありがとう」と礼を言いつつ、その手を取ることはなかった。心なしか、最後に会った時よりもまともに歩けているようである。老女はゆっくりと店の中を歩いていくと、常なら引き返す場所で足を踏み出し、居間へと上がった。

(他人の家に勝手に入るなど、一体どうしたというのだ……)

喜蔵はむかむかと腹が立った。しかし、やはりそれは表に出せず、まるで老女の従者のように静々と後に続いたのである。

「……枯れずの鬼灯はどこかしら?」

居間にようやく上がった老女は、弧を描くように頭を回した。以前より歩ける様子に見えたが、やはり不自由さは変わらぬらしい。老女はじっくりと居間を見回し、箪笥の上に置いてあった行李を見つけると、「あ」という形に口を開けた。

「あれを取ってください」

言われるまま、喜蔵は手を伸ばしてそれを取ると、老女に差し出した。

「開けてください」

またしても、老女はそう頼んできた。（なぜ俺が）と思いつつ、喜蔵はその行李を開いた。中には、祖母が大事にしていたお守りに祖父が記した書、深雪が父からもらったという笄《こうがい》に、喜蔵と深雪のへその緒や高市からもらった土産の貝殻が入っていた。老女はじっと行李の中を覗くと、青く平べったい貝殻を指差した。喜蔵がそれを取ってやると、老女は両手の中にそれを閉じこめて、まるで娘のように無邪気な笑みを浮かべたのである。

「ありがとう――これがずっと欲しかったのです」

*

（何だ、今のは……）

喜蔵は、気づくと居間に立ち尽くしていた。己が何をしていたのか皆目分からず、しばし混乱の中にあったが、目の端に映った行李を見て、はっと我に返った。居間の中にも店の中にも誰もおらず、店の戸は閉じきったままである。喜蔵は恐る恐る行李に近づいていくと、ふたを開けてその中身を見遣った。

「……ない」

漏れてしまった己の声を聞いた喜蔵は、それが現であることを知った。

(否――先ほどの一件は夢であったはずだ。現は今だ……)

真実そうなのか――そう己に問いかけたが、答えは返ってこなかった。しかし、行李の中からは、高市からもらった貝殻がなくなっている。

(枯れずの鬼灯が欲しいと言っていたのに、なぜ貝殻を……?)

本当に老女が持っていったかも分からぬのに、喜蔵は考え込んだ。

「うわ……なんじゃ、この金は!」

帳場の辺りから、茶杓の怪の歓声が湧いたので、喜蔵は行李を置いてそちらへ向かった。

「何を騒いでいる?」

「うわわわ、これが騒がずにいられるものか!」

喜蔵の問いに、茶杓の怪は手先だけ露にしてその指を右方に差した。すると、見慣れぬ風呂敷の上に、金が積んであったのだ。喜蔵が確かめてみると、それは茶杓の怪が悲鳴を上げるのも無理はないほどの大金であった。老女が貝殻と引き換えに金を置いていったのだろうか？　しかし、それではやはり夢ではなく現だったことになる。

「ここに置いてあったのか？」

「そ、そうじゃ……最初は包まれておったのじゃ。気になって開けてみれば、こんなものが。一体どこから手に入れたのだ？　また、あの多聞とかいう羽振りのよき者か？」

茶杓の怪の言葉に、喜蔵ははっとした。多聞は妙に羽振りのいい男で、財布の中には常に大金が納まっている。「ありゃあきっと木の葉だ」と小春は馬鹿にしていたが、多聞が持っていたのはちゃんとした金だった。これほどの金をひょいっと置き去るのは、ただの人間ではなく、多聞の方がふさわしく思える。

「あの人を唆したのは、やはり多聞か……？」

「違いますよ」

独り言に返事があったため、喜蔵は身を強張らせた。店の中から返ってきたならば、妖怪のうち誰かが言ったかと思うところだったが、聞こえてきたのは戸の向こう側からだったのだ。喜蔵がごくりと喉を鳴らした時、鍵の掛かっていない戸が、すらりと開いた。

「それは、多聞の仕業ではありません」

そう言いながら入ってきたのは、はるか昔から多聞と行動を共にする男――四郎《しろう》だった。

「なぜ、お前がここに……？」

不審を露にした喜蔵に、四郎は薄い嘲笑を浮かべた。

「俺だとて来たくはありませんでしたよ。あんたのせいで、来ざるを得なかっただけだ」

綺麗な浅黒い肌に眦《まなじり》のつり上がった目。薄い唇にほっそりとした肢体――どことなく狐を連想させる風貌である。喜蔵は初めて四郎をじっくりと見つめ、やっとのことで答えた。

「俺はお前など呼んでいないが」

すると、四郎は嘲笑を引きながら、ゆっくりと帳場に近づいてきた。

「……多聞は時折、悪い癖を出す。面白い奴を見つけると、しばらくの間付きまとうのだ。

喜蔵さん、今はあんたがその相手なんですよ」

知ってはいたものの、多聞の身近な存在に言われると、思っていた以上に傷つくものだった。それに、四郎の冷め切った表情がいやに凄みがあるせいで、喜蔵は纏《まと》っていた緊張感をますます濃くした。それでも、喜蔵は気づけばこう返していたのである。

「迷惑極まりない話だ」

どんな時でも勝手に出てきてしまう皮肉な口調に己で驚いていると、

「そう……本当に迷惑だ」

と四郎は吐き捨てるように答えた。そんな四郎の様子を見て、喜蔵は眉を顰めた。

(こいつはこんな奴だったか……?)

多聞に付き従う者のうち、これまではこの四郎が一等穏やかで人間らしく見えていたのだ。だが、今喜蔵の目の前にいる彼は、気性が激しそうな勘介《かんすけ》よりもよほど話が通じなさそうだった。そして、元々意思の疎通がままならぬできぼしよりも、更に扱い辛そうでもあった。一体何があったのか——まじまじと見てくる喜蔵に気づいた四郎は、その視線を真正面から受けてこう言った。

「多聞はあんたを気に入っているようだが、俺はあんたが嫌いだ」

あまりにはっきり言われたので、喜蔵は腹も立たなかった。無表情を崩さぬ喜蔵に四郎は余計に苛立ったようで、額に掛かった髪をうっとうしげに搔き上げると、その勢いで一気に語り出した。

「……他人のせいにしてばかりで、己で動くことがないあんたの何が面白いのか俺には分からない。この前も、その前も、あんたは周りに引っ張られて動いていただけだ。一人では何も出来ぬくせに、文句ばかり言うところも姑息で見苦しい——愛しい人間を救いだすこともしないで、ただ手をこまねいているところなど虫唾《むしず》が走るほどだ」

四郎の言葉をすべて聞き終えた喜蔵は、こう思った。

（……こいつは人間なのではないか？）

元人間の妖怪——多聞と同じくそういう不明瞭な存在らしいが、喜蔵には四郎が人間に思えてならなかった。見目に少しも妖怪らしさがなく、放つ気にも妖力が感じられぬという点のみならず、根っこの部分が妖怪とはかけ離れているような気がしたのだ。なぜかと言えば、今四郎が放った言葉は、嫌がらせや悪口の類ではなく、分別のある人間の言葉だったからだ。そこにあったのは、純然たる嫌悪の気持ちだったかもしれぬが、それでも支離滅裂ではなかった。だからこそ、喜蔵はどこか図星を指されたような気がしてしまったのである。それでも、そんな気持ちはおくびにも出さず、喜蔵はこう述べた。

「そんなことをわざわざ言いに来たのか？」

四郎は一瞬拍子抜けしたような表情をしたものの、すぐに苛立った顔に戻って言った。

「ああ、そうだ……言ったところで、もう止められぬというのに——馬鹿らしい」

「止める？　一体何をだ？」

四郎は帳場を見遣ると、喜蔵に視線を戻してにやっと皮肉な笑いを浮かべた。

「高市という男に感謝だな。労せず大金を手にすることが出来たわけだ」

「……金は返す」

己がそんな大金をもらう謂《いわ》れはない、と真面目な喜蔵は思っていた。四郎も喜蔵が金に頓着《とんちゃく》しないことを知りながら、嘲るように鼻を鳴らした。

「その人の居場所も分からぬくせに？　あんたはそうやって口ばかりだ」

吐きだすように言い捨てて踵を返した四郎は、一度も振り返らず外へ出ていった。

（……本当に、何をしに来たのだ？）

喜蔵はしばし立ち尽くしてしまった。結局、四郎は憎まれ口を叩くだけ叩いて、嵐のように去っていったのだ。喜蔵に対する悪感情はいわずもがなであるが、貝殻を持っていかれたことと、大金を受けとったことにひどく立腹しているようだった。

（しかし、あいつに何の関わりがある？）

四郎とそれらに共通点は見られない。ここで多聞が出てきたなら、また何かを企んでいるのだと思うところだが、四郎にはそういう企みがあるようには見えなかった。それに、多聞のように絡んでくるのではなく、四郎はただ怒りを喜蔵にぶつけてきただけだったのだ。

「な～に突っ立ってんだ？」

ひょいっと戸の隙間から顔を出したのは、小春だった。喜蔵が安堵する間もなく、小春は顔を顰めて走り寄ってくると、喜蔵の隙だらけの腹を殴った。

「お前、あいつの仲間入れたな！」

殴られたところは然して痛くなかったが、頭ごなしに怒られたのが癪に障り、喜蔵は角の部分を避けて小春の頭を両手でぐりぐりとした。

「好きで入れたわけではない」

「いでででで……！　ななな何すんだよ！」

ぎゃあぎゃあと喚く小春を存分に懲《こ》らしめてから、喜蔵はようやく手を放した。四郎に対して別段腹が立たなかったと思ったのだが、ただ単に怒りが湧いてくるのが遅かっただけのようだ。

「お前の軽い頭でも少しは役に立つな。すっきりした」

「俺の頭を腹いせの道具にすんじゃねえ！　この横暴般若むっつり閻魔商人！」

小春はしばらく悪口を言いつづけたが、喜蔵はまるで上の空だったので、そのうち諦めて息を吐いた。

「……もう、いい。そんなことより、何があった？　多聞の手下が来たということは、また何か仕掛けてきたのだろう？」

途端に鋭い表情になった小春に、喜蔵は少し前の出来事を端的に話した。

「……まとめるとだな、まず婆さんが来て、高市の土産の貝殻を持って帰った。その後、四郎が来て、お前の悪口を言うだけ言って帰っていった。そんでもって、多聞は関係ない……って、何じゃそら!?」

頭を抱えこんだ小春に、喜蔵は唸るように言った。

「……よくよく考えると、あの人が来たというのは恐らく現の出来事ではなかった。あれが現でのことだったら、何の疑問もなしに他人からもらった土産を差し出すはずがない」

「まあ、そうだよな……でも、現じゃないってことは、やはり多聞が見せた幻か？」

小春はむっと顔を顰め、今にも戸の外に飛びだしていきそうな体勢をとった。それを止めたのは、喜蔵の冷静な言葉だった。

「あの時はまだ陽があった。あいつの幻術は、夜のうちしか使えぬはず」

多聞は昼のうちには他人の心を操り、夜のうちは他人に幻を見せるという力を持っている。いつぞやの花見のように、異界との境が曖昧《あいまい》な場所であったら、その制約もなくなってしまうようだが、荻の屋のようなごく普通の場所では普段通りしか使えぬらしい。足を前に出しかけていた小春は、喜蔵の言を聞いた後、腕組みをして唸りはじめた。

「うーん……あいつの幻術じゃなくて、現でもない……異界に紛れこんだわけでもなく、もののけ道が通りすぎたわけでもない……何より、あの婆さんは人間だものなあ……」

後ろに反り返りすぎて体勢を崩した小春は、後ろの台にどんっとぶつかった。

「痛いぞ、小春」

台の上に陣取っていた硯の精に文句を言われた小春は、台によりかかったままひらひらと手を振った。

「悪い悪い……なあ、お前は何か知っているか？」

「我はその老婦が来たのを見ていない。だから、現ではなかろう。もののけ道は通っておらぬし、異界に紛れこんでもない。幻術に掛けられたとすれば、我には分からぬが……そうでないとしたら、残るは一つしかないのではないか？」

目を瞬かせた小春に、硯の精は一言「夢だ」と答えた。

「夢ぇ!?　ちょ、一寸待ってろよ！」

そう言って、小春は慌てて居間に入ると、行李を漁った。しかし、そこには目当ての物は見つからず、言の通りすぐさま硯の精の元に戻ってきた。

「夢じゃなく現だったようだぞ。だって、あの貝殻はないもの」

真面目にそう言った小春に、硯の精は心なしか困ったような顔をして言った。

「お主の言う、頭で見る夢ではないのだ……我は、件《くだん》の夢のことを申しておる」

「件の――夢……！」

小春ははっとした顔をして、喜蔵を振り仰いだ。対する喜蔵は、小春ほど驚いてはおらず、その証に「やはりそうか」と呟いたのである。

「今朝見た夢とはまるで趣きが違うものだったが、あ奴の見せる夢はどこかしら現とは違う感触がある」

喜蔵の言葉を聞いた小春は、見る間に真顔になった。

「……今朝見た夢？」

小春の呟きに、喜蔵は一瞬詰まったものの、渋々答えた。

「昨日の夜から今朝に掛けて、俺は件に夢を見せられていたのだ」

啞然として口をぽっかり開けた小春に、喜蔵はその夢の内容を語った。

――ご無沙汰しております。今日は貴方にお教えしたいことがあって、こうしてまいりました……小春についてです。

姿は見えぬものの、そう言ったのが件であると喜蔵はすぐに分かった。寝たはずの喜蔵が目を覚ましたのは、蠟燭《ろうそく》が四方にあるいつぞやと同じ狭い部屋だったのだ。

――……話せ。

喜蔵がそう言うと、息を吞んだ気配があったが、件は高らかに笑って話しだした。

――驚きました。随分と素直になられたのですね。話が早く済みそうで何よりです……実は、小春は貴方に嘘をついています。あれがこちらに来たのは、縄張りの視察などではありません。永遠の命を持ち、立ち寄った場所で人々に災厄を振りまくというアマビエという怪が、じきにこちらの世に現れることになっています。小春はそれを保護するためにこちらへ来たのです。

そして件は、小春の思惑やアマビエについて事細かに喜蔵に話をしてきたのだ。過去のことはもちろん、明日――つまりは今日起きることまでも、件は語った。もっとも、予言については彦次の家を訪ねていく部分しか喜蔵は覚えていなかった。他にも言われた気がしたのだが、起きた時には忘れてしまっていたのだ。大体を語り終えた件は、喜蔵にこう言って嘲笑ったという。

――つまり、貴方はまた嘘をつかれていたというわけです。

喜蔵は腹が立ったが、それは件に対してではなかった。

すべては嘘をついていた小春に対して思ったことだ。他人から指摘されて発覚する嘘ほど腹の立つものはない。喜蔵は夢の中で苛立ちながら、ふと気になって訊ねたという。

（あの小鬼め……）

――……だが、なぜお前が俺にわざわざそれを教えに来たのだ？

――私が取る行動は、すべて私が見た先見によるもの。その中には、私でさえ（なぜこんなことを）と思うものもあるのです。それでも、私は未来の為に全うしなければならない……くれぐれも、貴方の為を思ってやっていることではありませんので、悪しからず。

件はそう言ったきり、話さなくなった。薄暗い部屋で本当の一人きりになってしまった喜蔵は、またしてもいつの間にか朝を迎えていたのである。

「お前が件に夢を見させられていたのだと気づいたのは、一体いつ頃だ？」

話を聞き終えた小春は、静かに問うた。対する喜蔵も、常のごとき無表情で答えた。

「夢の中で気づいて、それからずっと覚えていた」

「……はあ!?」

大声を出した小春は、元々大きな目を更に大きくさせ、己の頬肉を力いっぱい抓んだ。

「いってえ！……夢じゃない。いやいや、これこそ夢だろ。でなけりゃあ、何で今になって言うんだよ。他妖に『嘘つくな』とか言っていた奴が、嘘つくはずなんてないだろ」

ぶつぶつと言いだした小春に、喜蔵はそっぽを向いて述べた。

「俺は嘘など申しておらぬ」

「嘘つけ！『何でアマビエのこと知っているんだ？』と訊いた時、お前言わなかったじゃねえか！」

「敢《あ》えて言うまでもないと思ったのだ――お前はそう申していただろう？」

「この、屁理屈大明神！　お前はいつまで経っても口が足りない男だな！　訊かれたから言う、訊かれなかったから言わない、じゃなくて、己で考えて話せよ！」

「……同じようなことを申すな」

あまり関わりのない四郎に言われただけで堪えるものがあったのに、小春にまで言われては喜蔵の立つ瀬はない。だんまりを決めこんでしまった喜蔵を見て、小春は続けようとした言葉を飲み込んだ。

「む……分かった。今度から、何でも死ぬほど問いつめてやる。そうしたら、言わざるを得ぬものな。覚悟しておけよ！」

口振りは生意気この上ないながら、結局折れて許してしまっていることに気づいていない小春に、店にいた妖怪たちは同時に（甘っちょろい）と溜息を吐いた。

「それで……お前の方は、何か有益な話は聞けたのか？」

喜蔵の問いに、小春はぐっと詰まった。その様子を見た喜蔵は（何も聞けなかったのか）と思ったが、予想に反して小春は言った。

「ああ——青鬼は知っていたが、敢えて俺に言わなかったらしい。何しろ、戦の渦中にあるのが俺の長年の知己だからな」

戦、そして長年の知己——喜蔵の脳裏には先ほど海で見かけた女怪の姿が浮かんできた。喜蔵が察したことを感じとったのか、小春は大きく頷いて言った。

「そうだ。あいつが……否、あいつら水の怪がアマビエを得るために、血で血を洗うような戦を繰り広げているらしい」

なぜ——と喜蔵が問おうとした時、勢いよく戸が開いて、小春と喜蔵は同時にそちらに顔を向けた。そこにいた者を見た二人の反応は、それぞれ違うものだった。喜蔵はすっかり驚いた様子で、しかし半信半疑でもあるような顔をしたが、小春は唇をわななかせ、蚊の鳴くような声でこう言ったのだ。

「——逸馬《いつま》……」

なぜ生きているのだ、と小春は口の中で呟いた。

四、雲に隠された星々

「逸馬……」

小春が口にしたのは、喜蔵も聞き覚えがあるものだった。何しろ、喜蔵の曾祖父の名だったからだ。喜蔵は居間へ視線をやったが、位牌《いはい》が置いてある仏壇はよく見えなかった。だが、そんな確認をせずとも、喜蔵の曾祖父は喜蔵が生まれる前に死んでいるのだ。喜蔵が本当の父以上に慣れ親しんだ祖父が、その曾祖父の話をよくしていたのである。

――あの人はな、ひどいお人好しだった。あちらへもこちらへも情を寄せるものだから、いいように利用されることもしばしばだったのだ。だが、あの人は一度だって誰かを恨むことなどなかった。哀しそうに笑うばかりで、また誰かを助けてしまう……そんなことばかり繰り返していたので、騙す方が音を上げた。後年、詫びを入れに来た者は多かった。罪人相手に、あの人は「ありがとう」と礼を返すのだからな……誰もあの人には敵わぬというわけだ。

祖父は曾祖父のことを尊敬し、そしてとても愛していた。普段は喜蔵と張り合うくらい無愛想だというのに、曾祖父の話をする時ばかりは目尻を下げ、穏やかな微笑を浮かべていたのだ。だから、喜蔵は父や親戚よりも、亡き曾祖父の方に親しみを覚えていた。会えるはずもなかったその曾祖父が、今己の目の前にいる――だが、喜蔵は喜ぶどころか、顔を顰めた。

（……瓜二つではないか）

見目が己と非常によく似ていたので、喜蔵はがらがらと想像が崩れ去っていく音を聞いた。喜蔵は己の姿かたちが好きではない。怖い――とは流石に当人なので思わぬが、無愛想できつい顔立ちであることは承知している。祖父の話のおかげで曾祖父を美化していた喜蔵は、まるで鏡を見ているような心地になって、げんなりとしてしまった。

「――なぜ、そんな形《なり》をしてここに来たんだ？」

小春はうつむいたまま、先ほど出した弱々しい声音とはまったく違う、ぴんっと張った針金のような鋭い声音を出した。喜蔵は言葉の意味が分からず、首を傾げた。小春の言い方だと、ここへ来るのは構わぬが、姿かたちがいけぬらしい。だが、逸馬は単衣《ひとえ》一枚しか羽織《はお》っておらず、ごく普通の形だ。

「おい、一体どういう意味だ？」

喜蔵が訊いても、小春はまるで喜蔵を見ようとしなかった。小春の視線の先にあるのは、逸馬ただ一人――。

（否、これは――）

喜蔵は我が目を疑い、目をこすった後、眼前にいる者をもう一度見つめた。逸馬はそこにはもういなかった。身体から鱗が剝《は》がれ落ちるようにして、違う姿へと変貌を遂げていたのである。喜蔵はしばし呆然としたが、すぐに居間へとって返すと、晒《さらし》を持って戻ってきた。治療をしてやろうと手を伸ばすと、相手は「いい」と首を振った。

「これほどの怪我を負っているのだ。いくら妖力が強かろうと、自然に回復はすまい」

「いいんだよ……どうせ、またすぐに戦に身を投じるんだから」

全身傷だらけで、そこらじゅうから血を流していた者は、喜蔵の提案をあっさりと拒否した。逸馬に変化していたのは、神無川の河童の棟梁である弥々子だった。

「……何で、逸馬の姿に化けたんだよ。そりゃあ、川からここまで来るには人間に化けて来なけりゃならないだろうけれど……死んだ人間に化けて往来を歩くなど、無用心にもほどがあるぞ」

小春は弥々子を心配した様子も見せず、不機嫌極まりない声音で言った。

「……そうだったか？　気づかなかった……とっさに、化けたからね」

弥々子は胸を忙しく上下させながら、途切れ途切れに述べた。無意識のことだったらしく、不思議そうな顔をして小首を傾げた。弥々子はいつも余裕綽々《しゃくしゃく》で、不遜な態度ばかり取っているが、今は見る影もない。身体がぼろぼろのせいだけでなく、気力も奪われているように見え、喜蔵は眉を顰めて問いかけた。

「……しかし、つい半刻前にはそれほど怪我も負っていなかったではないか——もしや、あの後アマビエが出たのか？」

まだ詳しいことは聞いていないが、小春は今しがたこう言っていたのだ。

──あいつら水の怪がアマビエを得るために、血で血を洗うような戦を繰り広げているらしい。

「……やはり、あの時川と海の境にいたのはあんたたちだったんだね」

弥々子は顔を歪《ゆが》めるようにして笑った。戦いの最中にあっても、弥々子は二人の存在に気づいていたらしい。

「俺たちが見たのは、お前らがしっちゃかめっちゃかに戦っていたのと、それから間もなくして皆海に消えてしまったところだけだ。あれからも小競り合いは続いていたのか？」

顰め面を崩さぬまま、小春は腕組みをしながら弥々子に問うた。

「あたしたちは水の怪だよ？　水の中に引っ込んでからが本当の勝負さ」

「それで、そんな傷を負わされたというわけか。へっ、お前弱くなったんじゃねえの？」

小春の情のない言い振りに喜蔵は驚いたが、言われた弥々子の方は平素のままだった。

「あたしは変わっちゃないさ。だが、周りがね──言いたかないが、強くなった。数年前に出雲《いずも》の方から流れてきた連中が、特に先鋭揃いでね。あたしの仲間はあたしより格段に力が劣るが、連中は仲間内の力が拮抗《きっこう》しているんだ。一人一人なら大したことないが、奴らが集まって一斉に攻撃し出すと、力は何倍にもなる。あれじゃあ、あたしの仲間は敵わない。だから、あたしは皆を庇《かば》いつつ戦わなければならないんだ」

弥々子の傷は、仲間を守って出来たものらしい。喜蔵が感心しかけた時、「甘っちょろいな」と言ったのは小春だった。

「お前一人なら奴らを負かすことだって出来るだろう？　そいつらを倒したいなら、自分の手下を捨て駒にしてでも、己の力を出しきることを考えろよ。お前が倒れたら、どの道お前の手下の奴らは殺されるか、行き場を失くして野垂れ死ぬんだぜ」

さばさばと言いきった小春を、弥々子は鋭い三白眼で睨み据えた。いつも「甘っちょろい」と言われるのは小春の方だったので、傍で聞いていた喜蔵は違和感を覚えたが、言った当人は二人の視線に臆することもなく、つまらなそうに耳をほじっていた。

「あんたこそ、甘いよ。あたしたちは、群れの中にいなければ生きていけぬ怪だ。そうやって生きてきたし、これからもそう生きていく。仲間がすべて死んで棟梁が生き残ったとしても、共に生きる者がいなければ意味がないんだ」

その逆もしかりで、棟梁が死んで仲間がすべて生き残ったとしても、彼らはどこにも行けぬという。小春の言う通り、野垂れ死ぬしかないのだ。

「あたしたちは情で結ばれているわけではなく、命で結ばれているんだ。つまり、皆で一つの命を保っているんだよ。あんたがよくやる甘っちょろい念からやったんじゃないさ」

そう言い放った弥々子と、それを真正面から受けた小春の間には、目には見えぬ緊張感のようなものが漂っていた。二人を黙って眺めていた喜蔵は、内心首を傾げていた。いつもの小春だったら、傷ついた友を見て、喜蔵以上に心配するはずである。仲間を庇っての傷だと知ったら、「しようがない奴だ」と言いつつ、嬉しそうな顔をするはずだ。そして、頼まれもしないのに、助力までしてしまうかもしれぬ。小春は、人間よりもずっとお節介でお人よしの怪なのだ。だが、今はそんな面が片鱗も見えなかった。同情を寄せるどころか、冷たい言葉を放ってくる小春を睨んでいた弥々子は、なぜかにやりと笑った。

「――あんた、やはり強くなったね」

弥々子の言葉が存外だったのは、喜蔵だけではないらしい。小春は不意をつかれたような表情になった。

「さっき、あんたを見かけた時、実は確信がもてなかったんだ。確かにあんたの気ではあったが、これまでのあんたよりもずっと強い妖気が漂っていたからね。奴らが急に海に引っ込んだ理由が分かるか？――あんたのおっかない妖気にたじろいで、新たな敵の参入かと水の中に逃げたんだよ」

弥々子は冗談を言っている様子などまるでなかった。しかし、喜蔵はどうも信じられず、小春をちらりと見下ろした。丸みを帯びた手足に、小さな顔に大きな瞳、細い首――どこをとっても人間の少年にしか見えぬ。本性を見たことは幾度となくあったが、それでも喜蔵にとってはこの仮初《かりそめ》の姿の小春が小春である。強い力を持っていることは知っていたし、それはくま坂でも感じたことではあったが、小春自身が変わったとは思えなかったのだ。

「……お前が俺を褒めるなんざ、初めてじゃねえか？　何の企みがあんだろうな？」

片頬を歪めるような笑みを浮かべて言った小春を、弥々子はまっすぐ見つめた。

「あたしたちが争っているのは、あんたらも知っている通りアマビエのせいだ。ひと月くらい前かね……アマビエがこの世の海に現れたという噂を聞いたのは——」

弥々子は一呼吸空けて語りだした。数年前に出雲から流れてきた鹿川《しかがわ》の棟梁である海坊主《うみぼうず》が、ある日東京の怪たちに「非常事態」というお触れを流し、招集をかけたという。

——東京に住まう同胞さん方、知っているかい？　あのアマビエという怪だか神だか分からぬ奴が、人間が住まう世に最近ひょっこり現れたらしい。今は北の海に遊んでいるようだが、聞くところによると段々東の方へ移動してきているらしいんだ。いつものように気まぐれな行動かと思いきや、今回はどこかしら目的地があるようだ。それはね、どうやら俺たちが支配している東京の川や海の辺りなんだと。

海坊主の口から語られた言葉に、水の怪たちは動揺を隠せなかった。

「アマビエが永遠の命を持っているのは知っているね？　それと同時に、訪れた地に災厄が降り注ぐということも……」

頷いた小春と喜蔵を見て、弥々子は猫のような目を鋭く細めた。

「あたしら水の怪にも、アマビエはよく分からぬ存在だ。だが、その力があまりに大きいことは知っている。あたしも、その昔アマビエを見たことがあるんだ。奴が去っていった数ヵ月後に、その土地の人間どもが死んでいくのも見たよ。何を考えているんだか分からぬ怪だが、分からぬからこそ余計に底知れぬ力を持ちつづけられるのかもしれない」

評判が一人歩きしたわけではなく、その凄まじい力によってアマビエは伝説のように語られつづけていた。それに、今回のように忘れた頃にいきなり姿を現すので、その評判が風化することもなかったのである。海坊主がアマビエの話を持ちだした時、ざわめく場の中で弥々子は非常に嫌な予感を抱いたという。

——なあ、皆さん方。この東京の海川で一等力があるのは、やはり神無川の棟梁さんだろうね？　俺はそう思っているんだが、うちの連中が「納得が行かぬ」と騒ぐんだ。ああ、弥々子姐《ねえ》さん、そう怖い顔をしないでくれ。俺が言ったわけじゃないんだ。皆さん方がご存知のように、うちの連中は棟梁の俺と遜色がないくらいの力を持っている。もっとも、俺自身がそう強くはないってこともあるが、それでも皆が揃えばまあまあな力を発揮出来るというわけだ。だからかな、うちの連中はどうも勘違いしている節がある。皆の力を以ってして、己の力だと思い込んでいるんだね。だから、弥々子姐さんに対してもこんな風に強気に出るんだろうなあ……「あの女河童よりも、俺たちの方がよほど強い。ならば勢力図を塗り替えるべきだ」なんて、毎日のように言われるものだから参るよ。

海坊主は困ったような口調で語ったが、漆黒の全身に浮いた不気味な赤い唇は、終始にやにやと笑っていた。

——ふざけたことを申すな！

そう声を上げたのは、一人や二人ではなかった。河童やひょうすべなどの水の怪たちは、非常に上下関係の厳しい怪である。種が違えど、同じ海川に住まう怪として、それぞれの棟梁は尊敬される存在だ。そして、弥々子はその中でも一目置かれていた。そんな弥々子を軽んじるような言葉を吐けば、その場が乱れることは自明である。海坊主は騒ぎだした皆に困ったような顔をしたが、(それが狙いだったのだろう)と弥々子は思った。

――皆さま方、どうぞお怒りをお収めください。海坊主さんとて、何もこの場を騒がせようとしておっしゃられたわけではないでしょう。わたくしは、そのアマビエの話を持ちだした理由が気になります。海坊主さん、どうか話の続きをなさってくださいませんか？

　喧騒に割って入ったのは、紀《き》久《く》川《がわ》棟梁の瑪瑙《めのう》だった。上半身が人間とそっくりで、下半身が魚の美しい怪である。人間は「人魚」と呼ぶが、当人たちは瑪瑙と名乗っていた。亜麻色の髪と目は異国めいていたが、顔はこの国の人間とよく似たすっとした造作をしていた。戦いから縁遠い風貌をしているが、その実非常に好戦的な怪で、舟を転覆させてはそこに乗っていた人間の肉を生きたまま喰らうという残忍な面も持っていた。瑪瑙の言は正に鶴の一声といった様子で、その場は水を打ったように静まり返った。何しろ、腹が減れば同胞の肉も平気で食べるという噂もあったからだ。

――瑪瑙姐さん、かたじけない。では、続きを……ともかく、同胞は愚かなことに己たちが一等力を有していると思っているようでね。常々「我々がこの東京の海川を支配すべきだ」と言っているんだ。「お前たちが幾ら粋がったところで、勢力争いなど起きない。この海川は太平なんだぞ」と言っても聞かないんだ。まったく、困ったものだと思っていたら、仲間内の一人がアマビエの話を聞きつけてきてね。すると、これまで話していたことが現実味を帯びてきたように思ったらしく、俺の仲間は興奮した顔でこう語るんだよ。

「棟梁、アマビエは非常に大きな力を持っている。水に生きる怪にとっては、何よりの武器だ。このアマビエを手中に収めれば、俺たちが一等強いと示すことが出来るんじゃないか！」……なんてね。

海坊主が語り終えると、黙って話を聞いていた周囲が再びざわついた。

――つまり、あなた方はアマビエをその手に収めるためにすでに行動しているというわけですね？　それを手に入れた暁《あかつき》には、この東京の海川すべてを手に入れると……。

瑪瑙が低く述べた言葉に、川赤子《かわあかご》という、見目は赤子ながら非常に理知的な怪は「愚かしいことを申すな」と静かに非難の声を上げた。

――お前は若造だから存じておらぬのかもしれぬが、長きに亘りこの海川は戦乱の中にあった。ようやく平穏が訪れたというのに、それを下らぬ勢力争いで無に帰する気なのか？

ぼうぼう、と鳴いて頷いていた貝吹坊も、後に続いてこう述べた。

――おいらも、やっと手に入れた安息の地を他妖の私利私欲で踏みにじられたくはないものだ。お前さんたちの力が今の領地と合っていないというなら、お前さんたちこそ他の地へ赴いて力に見合った領地を獲得すればよい話だとおいらは思った。

――川赤子殿や貝吹坊殿の言う通りだ。いきなり招集をかけて、何を申すかと思えば……好き勝手したいなら余所でやれい！

大川獺が憤慨したように言うと、「横暴な種族め」と普段は温厚なひょうすべも悪口を吐いた。途中で仲裁に入った瑪瑙たちだけは最初に確認して以降何も言わなかったが、他の水の怪たちはとにかく海坊主に怒っていたのだ。しかし、当の海坊主はといえば彼らの話の最中ずっとうつむいているばかりだった。皆の怒号が一瞬だけ止んだ時、海坊主は肩を震わせ始めると、そのまま転がったのである。

――……こ奴、おかしくなったのではないかえ？

瀬女《せおんな》が気味悪げに言うと、海坊主は笑い狂いながら答えたという。

――あははははは！　これが、笑わずにはいられるものか!?　これほど平和ぼけしている水の怪など、俺は見たことがない。ふふふ……平穏？　安息？　無欲？　本気でそんなものを求めているのか？　ならば、あんた方はもはや怪ではないな。力がないただの化け物だ。俺はあんた方みたいに腑《ふ》抜《ぬ》けになるのは御免だね。みっともなく生きるくらいなら、華々しく散るよ。怪が安息の地など求めていいはずがない。俺たちが為すべきは、他を驚かせ、怯えさせ、そして害することだ。それなのに、あんた方がやっているのはただの馴れ合いときたもんだ。俺はね、あんた方が何を言おうとアマビエを手にする。それで、この海すべてを支配してやる――もちろん、ここにいるあんた方のこともな。

その場にいた者の大半は、海坊主の言葉が理解できなかった。長らく均衡を保ってきた今日に至ってまさかそんなことを言い出す者がいるとは、にわかに信じられなかったのである。

――わたくしは得心が行きません。

そう言い出したのは、瑪瑙だった。弥々子に次いで力のある瑪瑙の言に、皆は安堵しかけたが――。

――ならば、わたくしたちも、アマビエを手に入れます。わたくしたちだとて、力を欲しているのは同じ……あなた方よりもきっと早く、それを成し遂げてみせましょう。

瑪瑙はそう言ってにっと妖艶な笑みを浮かべた。まさかの言葉に、その場はそれまで以上に騒擾《そうじょう》した。やがて、言い争いは加速していき、摑み合いへ転じると、それぞれ持ち得ていた武器を掲げるというところまで事態は進んでいってしまったのである。

――では、あたしも出よう。あたしが出るんだから、もちろんここにいる皆も出るんだよ。そのアマビエを手中に収めた者が、この海川を好きに出来るということでいいな？

事態を収息させたのは、それまでひたすら沈黙を守っていた弥々子だった。

「……お前も力が欲しかったのか？」

喜蔵は思わず問うた。喜蔵が知っている弥々子は、話に出てきた海坊主や瑪瑙と違って、欲深くない妖怪である。そして、どこか人間臭くもあった。

「ハッ！　持ち物で己の力が増えた気になどなりたくないね。そんな風に強くなっても、己は弱いままじゃないか。そんなの御免さ」

弥々子は吐き捨てるように言った。弥々子が欲に溺れたわけではないと分かり、喜蔵は少々安堵したが、すぐにその気持ちを引っ込めた。いくら弥々子がそう思っていても、結局弥々子が戦に参加せぬわけにはいかぬのだ。海坊主と瑪瑙のどちらかがアマビエを得てしまえば、東京の海はどうなるか分からぬ。アマビエの力を以ってすれば、海どころか地上にまでもその力が及ぶかもしれぬのだ。

「あいつらだけじゃなく、他の怪たちだって分からない……海坊主と瑪瑙の暴挙を止めようと結託したが、いざアマビエを手に入れたらそいつが独り占めして、結局は最悪の事態を生むかもしれないんだ。だから、絶対にあたしが手に入れなきゃならないのさ」

思いつめたような目をして言った弥々子に、小春は訊ねた。

「で？　お前の言い分は分かったが、なぜここへ来た？」

弥々子は一瞬だけ言いよどんだが、すぐに決意にみなぎった口調で言った。

「あんたの力を貸してくれ」

（……まさか、こいつがそんなことを頼むとは――）

喜蔵は存外過ぎて、思わず弥々子を上から下まで見下ろした。どこもかしこも緑色の身体は、湿り気を帯びて鈍く光っている。その身体のところどころにある切り傷が、ぱっくりと開いたままで痛々しい。乾いたら死んでしまうという薄緑の皿だけは、傷一つついておらず、無事だった。猫とそっくりな目元には、これ以上ないほど真剣さが宿っていたが――。

「悪いが断る」

固唾《かたず》を呑んで返事を待っていた弥々子に、小春はあっさりと言った。

「――なぜだ？」

断られるとは思っていなかったのか、眉を深く顰めた弥々子は低く問うた。

「実は俺も、青鬼に頼まれてアマビエを捜しにきたんだ。あいつを捕まえて、あちらの世に連れていくのが俺の仕事だ。だから、お前を手伝ってやることは出来ない――お前が単にアマビエがいなくなることを望んでいるなら別だけれど。それなら、俺があっちに連れていけばいい話だしな」

そう述べた小春に、弥々子は眉間に皺を寄せて首を振った。

「……それじゃあ駄目だ」

「うん。幾らお前自身が望まぬと言っても、すでにアマビエを求めた戦いは始まっているし、血も流れている。そこへ来て俺みたいな奴が急に横取りし、それが河童の棟梁と組んでいた――なんていうことになったら、皆納得しないだろうな」

小春は弥々子の言を継いで言った。弥々子はますます表情を険しくすると、

「……そうだよ。だから、あたしはアマビエを手に入れなきゃならないんだ。あんたにそのまま連れていかれちゃ意味がない」

と呻くように言った。うつむいた弥々子をしばし見下ろしていた小春は、にわかに喜蔵に向き直ると、こんなことを問うてきた。

「なあ、今日の夕飯は何だ？」

凍りついた空気の中で、実に場違いな話をしてきた小春に、「……鰈《かれい》の煮付けだ」と喜蔵は律儀に答えてやった。そこに何か意味があるのかと考えてみたが、

「そうかあ、鰈の煮付けか……うん、美味そう。あ、そういや甘い物も食べたいな。よし、

明日は甘味処へ行くぞ！」

　単なる食欲の発露だったらしい。居間へ上がっていこうとした小春の首根っこを摑んで、喜蔵は低い声で述べた。

「おい……話を終えてから行け」

「話？　アマビエについての話なら、もう終わったぞ？　俺は手伝えない。アマビエは取ったもん勝ち——これですべてだろ」

　けろりと言い切った小春に、喜蔵は何も言い返せなかった。

「……あんたよりも先に海坊主や瑪瑙たちがアマビエを手に入れたらどうするんだ？　あんたの大事にしている人間たちに災厄が降りかかって死ぬかもしれないんだよ」

　弥々子が搾り出すようにして言うと、小春は腰に手を当て胸を張った。

「その心配は無用だ。なぜなら、俺が一等先にアマビエを捕まえるからな！——万が一先を越されたとしても、そいつを倒してアマビエを手に入れたらいい話だ。何しろ、俺は強くなったから、負ける心配などないだろうし。そうだな、後出しで十分かも。そうしよう、その方が楽でいい！」

　小春は機嫌よく鼻歌を歌いながら、今度こそ居間に入っていった。喜蔵はもう止めはせず、店と反対方向を向いて横になった小春の背をじっと眺めていた。その喜蔵の横で、弥々子は「分かった」と呟いた。

「あんたが後出しでアマビエを手に入れた時は、あたしがあんたからアマビエを奪うよ」

微かに音が揺れたものの、小春は鼻歌を歌い続けた。

「……これまで散々面倒ごとを引き受けてやったというのに、あんたはあたしのたった一度の頼みを無下にした。『いつか必ず何倍にもして返してやるから』などと言っていたくせに……」

「嘘つきめ」と憎々しげに言った弥々子は、今度は誰とも知れぬ男に身を変じると、そのまま踵を返して外へ出ていった。小春は鼻歌を続けたまま、追う気配はない。(仕方がない)と己に言い訳をしながら喜蔵は早足で外に出たが、人通りの少ない往来に、変化した女河童の姿はどこにも見当たらなかった。

「どうしたの？」

ぼうっと往来を眺めていた喜蔵に声を掛けてきたのは、くま坂から帰ってきた深雪だった。小走りで近づきながら、喜蔵の顔をまじまじと眺めて深雪はふと眉尻を下げた。

「何か哀しいことでもあった？」

幼子に言うような優しい口調で問われたので、喜蔵は己の顔を撫でた。

「……小春ちゃんはまだいる？」

喜蔵がうっそりと顎を引いたのを見て、深雪はほっとしたような表情を浮かべた。小春があちらへ帰ってしまって、喜蔵が落ちこんでいると思ったのだろう。

(あれがいないくらいで誰が哀しむか)

心の中で言い返した言は、これまでの喜蔵を見ていればまるで説得力がないものだった。

兄妹揃って中に入っていくと、小春は居間に横になったままだった。履物を脱いで居間に上がった深雪は、小春の前に行って顔を覗き込むようにして屈んだ。

「小春ちゃん？　どうしたの？」

「おう、深雪ちゃんお帰り。別段どうもしないぞ？」

片手を上げてへらっと笑った小春に、深雪は笑みを返しながらきっぱりと言った。

「嘘よ」

「……何がだよ？」

「お兄ちゃんも小春ちゃんも、おんなじ表情をしているわよ。まるで、寂しい、哀しいって泣いているみたい」

小春は笑みを浮かべようとして失敗し、「気のせいだろ」と小さく言った。

「俺は何も――敢えて言うなら腹が立っているくらいかな？　寂しくも哀しくもねえよ」

「……なら、どうして腹が立っているの？」

深雪はそう問うと、目を逸らさずじっと小春を見つめた。そのひたむきで強情な視線に負けた小春は、渋々語り出した。最初はかいつまんで話そうとしたようだが、深雪の聞き出し方が巧みなため、終わってみれば結局ほぼすべてを語っていたのである。

(――俺だったらこうはいかぬ)

帳場に座り、二人の会話を聞くともなしに聞いていた喜蔵は、妹の手腕に舌を巻いた。意地っ張りで頑ななところはそっくりだが、それ以外はあまり似たところがない兄妹である。会話が途切れた時、喜蔵はちらりとだけ居間を覗き込んだ。小春は横になったままで、深雪はいつの間にか端座していた。

「それで、小春ちゃんは弥々子さんに『力は貸さない』って答えたのね？」

「今回の一件は、俺にとって大事なことだ。……散々世話をしてやったのに、と恨み言を言われたけれど、大抵は返しているからいいんだよ」

小春はそう答えると、ふああと欠伸《あくび》を漏らした。まったくやる気のなさそうな小春に対し、喜蔵はまた奇妙に思った。頼まれずともお節介な性分を発揮するのが小春であったはずだ。しかし、今はそんな風には少しも見えなかった。深雪もそう思ったのか、困惑した様子で小春を見つめていたが、そのうち思いついたような顔をして言った。

「ねえ、じゃあどうして迷っているの？」

「迷う？　誰が？」

小春は不思議そうな声音で、深雪についと顔を向けた。

「小春ちゃんよ。迷っているじゃない。心に決めて、それをはっきり伝えたなら、迷う必要なんてないのに……小春ちゃん、迷っているでしょう？」

「俺は迷ってなんかいねえよ。だって、こんな大大大妖怪が迷うわけねえだろ？」

わっはっはっと小春は豪快に笑ったが、深雪は一笑もせずに答えた。

「小春ちゃんは優しいから、そうやってたくさん迷うのよ」

「あのなあ……妖怪相手に優しいなんて言うなよ」

小春はうんざりとした様子で答えた。ひどい、怖い、えげつない――人間だったら言われたくない言葉を、妖怪は褒め言葉と思っているのだ。

「俺じゃない他の怪なら、『馬鹿にするな』と怒るところだぜ?」

呆れたように息を吐いた小春に、深雪はふっと笑った。

「だから、小春ちゃんは優しいのよ。前からずっと、小春ちゃんは優しいじゃない」

「……それは俺じゃなく、お前の方だろ」

小春はむすりとしたような声音で、ぶつぶつと零し出した。

「こうやって人外の者にまで心砕いて、慰めようとするなんて……俺ならそんなことしねえもん。だって、俺は己の目的のために、昔からの知己を裏切ったんだぞ? 本当に優しい奴なら、己の信念など擲《なげう》って相手を助けてやるだろ? にべもなく断って、詫びの言葉一つも掛けてやらねえで、そんな奴が優しいわけねえじゃねえか」

(馬鹿め)

話を聞いていた喜蔵は、ふうっと息を吐いた。ごめん、ごめん――と小春の言葉の裏には、弥々子に対する謝罪と罪悪感が表れていた。本当に何も思っていないなら、「裏切り」などという台詞は出てこないはずだ。

「……何がおかしいんだ?」

小春は深雪を睨みながら、低い声音を出した。深雪は少しもたじろぐことなく、にこにこと――それこそ見たことのないくらい晴れやかな笑みを浮かべて言った。

「小春ちゃんは、そうやって心の中では弥々子さんのことを考えているじゃない。本当は助けたいのにそれが出来ないから……それが哀しくって悔しいんでしょう？　だから迷っているのよね？　やっぱり、小春ちゃんは優しいのよ」

小春は身じろぎ一つしなかった。能面のように固まった顔は、よく出来た人形のように見えて、喜蔵はなぜだか少し気味が悪くなってしまった。

「……ああー……何でこう、なあ……俺は——」

小春はいきなり頭を抱え込むと、そのままばたっと倒れて左右に転がった。突然の妙な行動に兄妹は顔を見合わせたが、小春はそれをしばらく止めようとしなかった。

「……一寸頭冷やしてくる」

何度目かのごろごろを繰り返した時、小春はそう言うや否や、すっと立ち上がって居間から出て行った。喜蔵はその姿を目で追ったが、小春は一度も振り返らなかった。

「小春ちゃん。行くのはいいけれど、どっちか持っていって！」

深雪は傘と雨具を持って外まで追いかけていったが、少し経つと両方抱えたまま引き返してきた。小春は雨の中、傘も持たずに出掛けてしまったのだ。確かに頭は冷えるかもしれぬが、それ以上に身体中が冷え切ってしまうだろう。

「……夕飯までに帰ってくるかしら」

帳場の横まで来てぽつりと言った深雪に、喜蔵は首を横に振った。

「今日はもう帰ってこぬだろう」

何の根拠もなかったが、喜蔵は出ていく時の小春の顔を見た瞬間にそう思ったのだ。深雪が言うように、小春は迷いを抱えているのだろう。弥々子には一刀両断でつれぬ返事をしたが、引き受けられぬならばわざわざあんな強い言い方をせずともよかったはずだ。少々こじれるかもしれぬが、幾らでも穏便に済ませる方法があったのに、敢えてその道を取らず憎まれるような言い方をした。

(そうやって突っぱねなければ、断れなかったからではないか?)

小春の不自然な態度を見て、喜蔵は先ほどからずっと考えていた。

「せっかく、お夕飯は鰈の煮付けなのに……」

心細げな声音を出した深雪は、店の戸の方をぼんやり眺めていた。

＊

(はあ……情けねえ)

小春は小雨が降る中、人通りの少ない路地を歩きながら、自己嫌悪に陥っていた。

――……何でこう、なあ……俺は――。

皆まで言わなかったが、深雪も喜蔵も気づいていただろう。

(……深雪の言った通りだ)

小春は迷うことが嫌いだった。白でも黒でもいいから、はっきりとした答えを出し、その答えを実現させるために邁進《まいしん》していくのが好きだからだ。うじうじと悩んだり、愚痴だけ言って同じところに足踏みをしているなど、最も嫌なことだった。誰だって生きていれば悩むことはあるし、迷ってしまうこともある。だが、なるべくなら一瞬で済ませたい。そうして立ち止まることが、勿体無いからだ。妖怪は確かに人間よりもずっと長生きをするが、死は人間と同じでふいに訪れる。寿命が長いからといって、それを全うできるかは分からぬ話だ。限られた時の中を生きているのは、小春とて同じだった。

（もう迷わぬと決めたはずなのに……いつだって、心に迷いが浮かんでくる）

見ぬ振りをして、忘れた振りをして、迷ってなどいないとやり過ごした時もあったが、深雪にまんまと見抜かれてしまい、己に隠し立てすることが出来なくなってしまったのだ。優しいから迷うなどと深雪は言ってくれたが、それは違うと小春は一人首を振った。何しろ、小春はその迷いに真正面から向き合いもせず、逃げたのだ。

「俺は優しいんじゃなく、弱いんだ……」

強くなった、と弥々子は小春を見て言った。小春も少し前までは、以前よりも強くなった気でいた。実際、修業をすればするほど、小春は力をつけた。元々「三毛の龍」と異名がつくほど強い猫股だった小春は、鬼になった時そのほとんどすべての力を失った。一から出直して力をつけてきたが、小春の才を以ってすれば、もっと早い段階で今の力を身につけていたはずだ。小春はその時も迷っていたのだ。猫股を捨てたことを悔いていたわけでもないし、鬼になることに恐怖を覚えていたわけでもない。これ、と指し示すことは出来ないが、小春は確かに迷っていたのである。

――お前が何に迷っているのか、教えてやろう。お前は鬼になりたいと望んだが、結局のところその先は考えていなかったのだ。ただ漠然と、「強くなりたい」と考えるばかりで、なぜ強くなりたいのかなど考えてはいなかった。立派な怪になることが目標だと言ったが、立派な怪とは何だ？　訳も分からず突き進んでいたから、せっかく手にした物もその手の平から零れ落ちてしまうのだ。本来なら、お前は俺に負けるような者ではない。これは世辞でも何でもなく、ただお前を軽蔑した言葉だ。

初めて青鬼と対峙して呆気なく負けた時、小春は青鬼からそんな言葉を投げつけられた。夜行から喜蔵の元に落ち、その後再び夜行に戻っていった時のことだ。（もう迷わぬ）と喜蔵に宣言したばかりだったのに、青鬼は小春がまだ抱いていた迷いを見つけ出し、それをあっさりと指摘した。勝負にも負け、これまでの己の弱さも指摘され、やっと芽生えた決意はぐらりと崩れ落ちそうになってしまった。くすぶっていた己を捨て、新しい道を歩みだそうとした瞬間、その道をすべて破壊されてしまったような気持ちになったのだ。

小春は青鬼に倒され、その場に伏せていたが、なかなか起き上がれなかったのは、傷のせいではなく、心の問題だった。冷たく見下ろしてくる青鬼を見て、その時小春は（ここで死ぬのか）と思った。青鬼と勝負をすれば、勝つか死ぬかしかないと言われていたからだ。しかし、青鬼はこう言った。

――今日から、お前は俺の元で修業をしろ。

一体なぜそんな話になったのか――小春は訳も分からぬまま、気づけば頷いていた。強くなりたいと思ったのは、真の心から出たものである。だが、青鬼が言ったように、やみくもにそれを求めていたのも本当だった。ただの猫だったその昔も、強くなりたいと思っていた。あの頃の小春は何の力もなく、同じ猫相手にすら勝てぬほどだったのだ。生まれつき身体が小さくて、力も弱かった小春は、周りから虐《いじ》められることが多かった。猫相手ならばまだしも、人間相手にそれをされると、小春は悔しくて堪らなかった。

（あいつらは俺よりもずっと身体が大きくて力も強いくせに、非力な相手を甚振《なぶ》って喜んでいやがる……正真正銘の屑《くず》だ）

まともにぶつかりあって負けたなら、何とも思わなかっただろう。あの頃の小春は、誰からも対等には相手にされず、軽んじられていた。それが堪らなく惨《みじ》めだったのだ。

（俺は、一体何のために生きているんだろう？）

大勢の人間の子どもに甚振られたある日、血まみれで倒れていた小春は降りしきる雨を眺めながらそんなことを考えていた。身体のあちこちに生じた痛みよりも、ほとんど無抵抗で何も出来なかった己の不甲斐なさが辛かった。死にたいなどと考えたわけではないが、このままの己では、生きていても死んでいてもそう代わり映えがしないのではないかと思ったのである。傷に染みる雨が恨めしく、小春はその時雨が大嫌いになった。八つ当たりだとは分かっていたが、そうでも思わぬとやっていられなかったのだ。

（ああ……強くなりたい）

その日を境に、小春はただの猫であることを捨てる決意をした。同胞たちがこぞって話をしていた、猫股になろうと思ったのだ。その時はとにかく猫股になることしか考えていなかったので、それからの数十年間はひたすら修業に明け暮れた。脇目も振らず一心に行なっていたから、何が起きても心は揺れなかった。あまりに必死だったので、その頃起きた出来事を小春はあまり覚えていない。現在と同じ時が流れていたはずなのに、まるで瞬き一つしたくらいの時間ですべてが過ぎ去ったかのような気さえしていた。血の滲《にじ》むような努力で、小春は強くなった。誰にも負けぬ、という言葉を使っても、偽りがないほどに成長したのだ。

——愚か者め。

——何を考えているのだ？　わざわざ力を捨てるなど……。

やっとの思いで猫股になったというのに、それをあっさり捨てて力の弱い小鬼に転じた時、小春は方々から嘲笑と訝しむ視線を向けられた。

（うるせえなあ……文句があるなら当人に言えよ！）

皆こそこそ陰口を叩くだけで、小春に直接言った者はいなかったのだ——弥々子以外は。

——あんた、馬鹿だね。何がしたいのか知らないが、そんな真似して楽しいのか？

「三毛の龍は馬鹿だけれど、強い」と言われていたのに、今じゃただの馬鹿だね。

（変な奴……）

小春はただただ驚いた。弥々子は初対面で、真正面から小春にそう言ったのだ。その頃、小春は鬼として再び力を取り戻しつつあった頃で、猫股の頃よりは劣るとはいえ、その辺の妖怪よりは格段に強かった。弥々子だとて強いといえど、その頃の小春はすでに弥々子と同じくらいの力は有していたのである。無鉄砲でもなければ、無邪気ゆえの発言でもなく、単純に小春が嫌いで嫌味を言っただけだった。それに気づいた小春は、いっぺんに弥々子のことが気に入ったのである。

――あんた、本当に馬鹿だね。あたしはあんたのこと嫌いだって言っているんだよ？　それなのに、気に入ったって何なんだよ。それとも、あたしを馬鹿にしているのか？

「友」という言葉を使うたび、弥々子はそう言って怒ったが、小春は本心を言っただけだった。小春は、弥々子の裏表がなくあけすけな性格が好ましかったし、率直に物を言うところも痛快に思えた。何より、困った時に頼ると、文句を言いつつも手助けしてくれたのだ。嫌いだ、二度と来るな、という言葉を投げつけられるのは茶飯事だったが、それを鵜呑《うの》みにしなかったのは、弥々子が素直ではないことを知っていたからである。

――これまで散々面倒ごとを引き受けてやったというのに、あんたはあたしのたった一度の頼みを無下にした。『いつか必ず何倍にもして返してやるから』などと言っていたくせに……嘘つきめ。

そう言った時の弥々子は、一体どんな顔をしていたのか？　後ろを向いて見ぬ振りをしてしまった小春には、分からなかった。

(嘘つきと言われたのは、今日だけで三回だ)

まったく以って不名誉な謂れだが、反論することは出来なかった。

「俺だって、嘘をつきたくてついたわけじゃねえもの……」

独りごちた時、小春はぴたりと足を止めた。じっとりと濡れそぼった身体が、内側からぽっと熱くなるのを感じた瞬間、小春はその場から飛びのいた。

「——誰だ？」

ちっという舌打ちが聞こえて、小春はその声のした方をじっと見据えた。辺りは薄闇に包まれていたが、猫目の小春にはむしろこのくらいの方がよく見える。この時も二つと数えぬうちに、己を襲ってきた相手を木の上で見つけた。

「ああ……お前！」

そう言った小春の脳裏には、半年近く前のことがぱあっと蘇った。

「天狗の下につくあの短気な若天狗だろ？」

小春の言う天狗とは、くま坂に程近い裏山を統べる天狗のことである。その天狗とは百年来の付き合いであるというのに、小春は彼の名前を知らない。この天狗こそ、弥々子の比ではないくらい小春を嫌っていて、最近まで殺そうとさえしていたのである。猫股だった小春にこてんぱんにやられたのを根に持ってのことだったが、半年前に会った時にはその憎しみは少し薄らいでいるように見えた。

「どうした？　あいつが深雪へ宛てた恋文を渡しに来たとかか？」

「そんなわけがあって堪るものか……悪質な冗談を申すな！」

即座に言い返した若天狗は、赤い顔を更に真っ赤にした。

（だって、本当にしそうじゃねえか）

冗談ではなく、嫌味でもなく、天狗は本当にそんな真似をしそうなほど、深雪に恋焦がれているのである。

「本当、妖生も人生も分からんものだよな……まさか、あの堅物が人間の小娘に惚れるとは。まあ、深雪も妖怪から想いを寄せられるとは夢にも思っていなかっただろうけれど」

小春が呆れたように言うと、若天狗はたちまち目の前に降りてきて、ずいっと刀の切っ先を小春の喉元へ差し向けた。

「宗主を愚弄《ぐろう》するような言は慎め……！」

「な～にが愚弄だよ。事実じゃねえか、事実！　お前だって、困っているんだろ？　俺はお前に同情しているんだぜ？　上役のみっともない姿を見て、かつ応援もしてやらなきゃならねえんだから、それはもう地獄の――」

言い終わらぬうちに、小春は深く間合いを取るようにして飛びずさった。避けられることは分かっていたのだろう。若天狗は小春が避けた先に、目にも留まらぬ速さで突きを繰り出してきた。小春はそれも避け、体勢を低くしながら一目散に北へ走り出した。

「逃がすものか！」

若天狗は怒りに震えた声音を出しながらも、小春の足にしっかりとついてきた。そして、薄闇が暗闇になる頃、二人は浅草のはずれの田畑しかない地に立っていたのである。

「……こんなところに何の用がある？」

「ここなら誰の邪魔も入らねえだろ？　さあ、仕切りなおそうぜ」

そう言って小春がちょいちょいと人差し指で誘うと、若天狗は素直に刀を構えた。対する小春は丸腰で、変化するわけでもなく、無防備に仁王立ちしていた。その姿は、まるで相手をひどく侮っているように見え、対峙していた若天狗の怒りは頂点に達した。

「……ちょこざいな！」

低く呻いた若天狗は、ギリッと歯を食いしばると、刀を構えたまま小春に突進してきた。もちろん、真正面からではなく、背中に生えた羽を使って空から奇襲したのだ。しかし、それを見越していた小春は、真上から降ってくる若天狗からさっと逃れた。そして、瞬く間に近くにあった木に駆けのぼっていくと、そこで爪をばっと伸ばして思い切り振り回した。

「ふふ……何をやっているんだ？　俺はまだ地上に――」

勘違いをして失敗したのだと思った若天狗は、言いかけて口を噤んだ。ばたどたばたばたばた、どたっ――凄い音を立てて若天狗の目の前に落ちてきた犯人は、土蜘蛛《つちぐも》という巨大な化け蜘蛛たちだったのだ。すっと笑みを引いた若天狗はその場にしゃがみ込み、倒れている禍々しき模様をした土蜘蛛たちの息を確かめた。

「おいおい、俺は一匹も殺していないぞ」

小春はそう言いながら、ゆっくりと若天狗の元へ戻っていった。若天狗は地に転がった土蜘蛛たちを眺めながら、内心慄いていた。確かに小春は誰一人として殺してはいなかったが、皆急所をわずかに避けた場所を突かれていて、数日間は意識が戻らぬような有様だったのだ。

「お前の差し金――じゃねえよな？　ここに移動してきたのは、俺とお前だけだったし。何か不穏な気配がすると思ったら、こいつらだったんかな？　それにしちゃあ、弱っちょろかったけれど」

小春がこんな辺鄙なところに移動してきたのは、若天狗と対峙した時に北の方から気味の悪い気配を感じ取ったからだった。ここに足を踏み入れた時、漂っていた気配が一層濃くなったのである。小春が目の前に立って見下ろしても、若天狗は屈み込んだまま動かなかった。

「……気づかなかった」

そう零した若天狗があまりに悔しそうだったので、小春はつい宥《なだ》めるような言葉を掛けてしまう。

「それは、ほれ……仕方ねえよ。お前、随分と俺に腹を立てていたからな。天狗の――いや、宗主の仇《かたき》をとってやることばかり考えていたせいだよ。な？」

この若天狗は、宗主と呼ばれるあの天狗に多大なる尊敬の念を抱いている。初めて会った時も、小春が天狗のことを軽くからかっただけで、小春を殺そうとしてきたのだ。若天狗は、顔を上げるとキッと小春を睨みつけてきた。

「お前になど慰められたくない！」

（つくづく嫌われているなあ、俺は……）

弥々子といい、天狗たちといい、小春は同胞にこうして敵意を向けられることが多かった。この姿に変じてからは、人間に可愛がられることは多くなったものの、妖怪にはますます嫌われたのである。傍から見れば、小春も人間の子どものようだから気にくわぬのだろう。見目だけの問題ではないが、小春はそう納得することにした。

「……お前は本当に猫股鬼か？」

若天狗の出した不審げな声音に、小春はついと小首を傾げた。

「確かに巷じゃ猫股鬼と呼ばれているらしいが、俺が名乗ったんじゃねえから分からん」

小春が本性を出すと、猫股と鬼が混ざったような姿になるのだ。

「まったく、安易な呼び名だよなあ……今となっちゃあ、三毛の龍もそうだけれど」

そう言いながら、三毛猫の名残がある頭をぼりぼりと掻いていると、若天狗はすっと立ち上がっておもむろに踵を返した。

「おいおい、何帰ろうとしているんだ？　他妖を巻き込んでおいて」

小春は後を追ったが、若天狗は見向きもせず、背にある翼を広げて飛び立とうとした。

「おい！　何なんだよ……一体！」

切羽詰まった声音が届いたのか、若天狗は宙に浮いたまま振り返ると、小春を見下ろしながら口を開いた。

「……憎らしい輩《やから》がぼうっと歩いていたから、からかってやろうとした。だが、俺は目当ての妖怪ではない奴に手を出したらしい」

「えっ！　俺じゃなかったのか？　誰と間違えたんだよ？」

小春は非難の声を上げ、眉を顰めた。間違いで襲われたのならば、堪ったものではない。

「お前であるが、お前ではない」

禅問答のような返しに、小春は「何だあ？」とうんざりした声音を上げた。そういったまどろっこしいのが、一等嫌いなのである。若天狗はゆるやかに羽ばたきながら、珍しくあの天狗のような淡々とした口調で語りだした。

「お前のことは、以前から知っていた。……宗主を打ち負かすほど強い力がありながら、それをあっさり捨てた愚かな奴だと聞いていたのだ。その話を聞いて以来、俺はお前のことが大嫌いになった」

小春はむすっとしながら頷いた。嫌われていることなど重々承知なのだから、去り際に恨み言を重ねるのは止めて欲しかった。何しろ今、小春は少々弱っているのである。

「――だが、少し好ましくなった」

思わぬ台詞に、小春ははっとして顔を上げた。

(今、何て言った？　空耳か？)

しかし、そうではないことはすぐ分かった。若天狗の顔にあったのは、それまで浮かべていた嫌悪ではなく、愉快げな表情だったのだ。口元に敷いた笑みを深くしながら、若天狗は続きを述べた。

「ぬるま湯に浸かりきってそのまま死ぬかと思っていたが、どうやら元々の残忍な性は失われていなかったようだ。もう少しの辛抱である、と宗主によき知らせが出来た」

(何だ、結局そういうことかよ)

この若天狗の頭には、あの天狗のことしかないらしい。詰まる所、彼が尊敬してやまぬ宗主の好敵手として、小春が認められたということのようだ。しかし、これで若天狗に無闇に突っかかられることはなくなったかもしれないが、結局先々あの天狗との勝負をつけなければならぬということである。

「……わあったよ。あいつと戦う時までにはもっと強くなっているから、『覚悟しておけ』とでも言っておいてくれ!」

投げやりに言った小春に、若天狗は歌うように応えた。

「引き受けた――では、好ましくなったついでに、一つ教えてやろう。先ほどお前が半殺しにした輩たちは、とある者に命じられて動いた捨て駒だ。その者は、裏切り者を狙っているらしい」

「裏切り者?　一体誰だ?」

歩きだしていた小春は、立ち止まって若天狗を振り仰いだ。

「三毛の龍――裏切り者は、昔のお前だ」

若天狗の言葉に、小春は一言も声を出せず、反応も出来なかった。とっくの昔に捨てたはずの名で呼ばれたことにも腹が立たなかったくらい、思考が停止していたのだ。棒立ちになった小春を見下ろして、若天狗はにやにやと嫌らしい笑みを浮かべた。好ましい、などと言ったのは、やはり嘘だったのだろう。

「くく……お前には、恨みを買う覚えがあり過ぎるだろうな。何しろ、猫股の長者を騙して猫股になったのだ。そして、それをあっさりと捨てた。気位が高いあいつらにとって、これほどの罪妖はいない」

「……何十年前の話だよ。報復したいなら、もっと前にやっているに決まっている」

冷静な口振りで言ったものの、小春の思考は未だ動き出さぬままだった。それでも、頭の中にはぐるぐると昔の画が流れていた。

「そうか、貴様は長者が代替わりをしたのを知らぬのだな」

若天狗の言葉に、小春はふと顔を上げた。聞きたくなどなかったのに、またしても口は勝手に開いていた。

「……誰になった？」

「お前が今真っ先に思い浮かべた奴だ」

若天狗は答えを言わなかったが、小春はそれだけで長者が誰であるか分かってしまった。更に固まった小春を宥めるように、若天狗は優しくこう述べた。

「安心しろ。まだ動き出しはしない……なぜなら、奴はお前がもっと強くなるのを待っているからだ。我が宗主のようにな――」

くくくく、とくぐもった笑い声を出した若天狗は、翼を大きく広げて空へ飛び立っていった。残された小春は、その場でしばし立ち尽くしていた。

「ふっ……ふふふ……あははは……！」

そうして笑っているのが己だと気づいたのは、笑い始めてから大分経ってのことだった。何一つ面白いことなどなかったが、小春は笑いが止まらなかった。その場に座り込んで散々笑い転げると、そのまま仰向けに転がった。雨はいつの間にか止んでいたが、地面は当然まだ湿っている。確認をせずとも、背面が悲惨なことになっていることは分かったが、小春はそのまま夜空を見上げていた。

――星が綺麗だな。星というのは、空に輝いている無数のきらきらとしたものだ。分かるか？　私の指先にある、きらきらしたそれらが星だ。

喜蔵の曾祖父・逸馬は夜空を眺めるのが好きだった。小春がまだ猫股になる前の化けかけの猫だった頃、逸馬は荻の屋ではなく狭くて古い長屋に住んでいたので、縁側など当然なかった。だから、星を見るためにわざわざ外へ出掛けていたのだ。小春はその頃彼の首を狙っていたので、いつも後を付けていっていたのである。

――お前は猫なのに、犬みたいだな。ちゃんと付いてくる。賢い子だ。

逸馬はそう言って、とても嬉しそうに笑っていたものだ。

（こいつは根っからの馬鹿者だ。俺に首を狙われているとも露知らず……）

にゃあっと可愛らしい鳴き声を上げつつ、小春は内心ほくそ笑んでいた。出会ってから、どこへ行くにも付きまとっていたが、逸馬は文句一つ言わず、小春の好きにさせていた。もっとも、出会った当初、逸馬は死ぬことばかり考えていたので、小春のことなど目に入っていなかったのかもしれぬ。だが、それを諦めてからも、逸馬は小春を傍に置いた。それどころか、たかだか近くに星を見に行くだけでも、何度も後ろを振り返って小春の姿を確認するのだ。そこに小春の姿があることを認めると、心の底から喜んでいるような笑みを浮かべ、「小春」と用もないのに呼びかけた。

（うるせえな、軽々しく呼ぶなよ！　大体、俺は小春なんて名じゃねえからな！）

猫に似つかわしくない龍という名は、己でつけたものだ。その昔は、気まぐれに名をつけてきた人間もいたが、一、二度呼ばれたきりで、小春もとうに忘れてしまった。誰にもつけてもらえぬなら、と小春は熟考した末、強く逞《たくま》しい名で己を縛った。その名を冠するに値する強い自分になろうと決意したのだ。

――今宵《こよい》も空は美しいだろうか？　なあ、小春。

歌うように言った逸馬に、小春はなおうと適当に鳴いた。空を見上げれば分かることなのに、逸馬は目的の場所に着くまで決して顔を上げぬ。そんな妙なこだわりがある反面、大抵のことは何でも相手の言うことを聞くような男だった。小春が逸馬と共にいたのは、たった一年のことだったが、その間に小春はただの一度も逸馬が怒ったところを見なかった。そして、逸馬は笑顔でいるのと同じくらい、よく泣いた。哀しい時も嬉しい時も、辛い時も――それが己に関してのことではない時ですら、逸馬は泣き、そして笑ったのだ。

(変な人間だ。こんな奴、見たことがない。こいつは多分、人間に生まれるはずじゃなかったんだ)

だからといって、妖怪に生まれるはずだったとは思えぬ。これほどお人よしかつ馬鹿正直で、笑って泣いてばかりいる者が、妖怪になどなれるはずがないからだ。

(神……仏……頼りなさ過ぎて無理だな。それに、獣なんかも駄目だ。こいつに狩りなんて出来ない。飼い犬とかならまだしも――いや、盗人にまで尾を振りそうだから駄目か)

何に生まれても、前途は多難そうである。小春が詮無《せんな》きことについて考え込んでいると、逸馬はまた振り向いて小春の名を呼ぶ。恐ろしげな顔をしているのに、そうして笑うと人が変わったように見えるから不思議だと小春は思っていた。

――着いたぞ。こちらへ、おいで。

逸馬は丘の上に横になると、ひらひらと小春を手招きする。示しているのは逸馬の膝の上だが、小春は一度もそこに納まったことはない。傍らまで近づいては行くものの、伸ばされた手に触れるか触れないかの距離でじっと身を潜めているのが常だった。この日も小春はそうし、逸馬は少し寂しそうな顔をした。

――……今日は曇っているなあ。

空を見上げて、逸馬は言う。小春も同じように見上げて、にゃおんと鳴いた。

(だから言っているじゃねえか。行く前に確認すれば、星が見えぬことなんて分かるんだって。わざわざこんなところに来なくたって済むのに、馬鹿だなあ)

にゃあにゃあ、と不平不満を呟いていると、逸馬はくすりと笑った。

――曇っていても、その向こうに星はある。それを想像しながら眺める夜空は、何と美しいのだろう。

その言を聞いた小春は、鳴くのが馬鹿馬鹿しくなって口を噤んだ。星が見られなかった負け惜しみではなく、本心からそう述べたことが分かったからだ。逸馬という男は、妙な男だった。欲がないかと思えば妙なこだわりがあったり、すぐに挫《くじ》けてしまうくせに存外しぶとかったり、泣くべき場面で笑ったり――共に日々を重ねていく度、小春は逸馬のことがよく分からなくなった。お人よしの単純男だとばかり思っていたので、予想に反することをされる度、混乱してしまった。

（だから、なかなか手を下せずにいるんだ）

情を通い合わせた人間の首を持って帰らねば、猫股にはなれぬ。その条件を満たすためだけに、小春は逸馬に近づいたのだ。始めから、心を一つにしようなどとは思わなかった。情が通い合った気になって、しばらく体よく飼われてやろうと考えていた小春は、ひと月ふた月で逸馬の首をもらって帰る予定だったのだ――しかし、この時すでに十月が過ぎていた。

――今宵もきっと、星は光り輝いているのだろうな……ああ、そうか。

逸馬はそう言うと、ふと小春に顔を向けた。あまりにまじまじと見てくるので小春はそっぽを向いた。睨まれたら、相手が怯むまで睨み返す自信はあった。しかし、好意に満ちた眼差しを向けられると、どうしたらよいか分からなかったのだ。落ち着かぬ心をやり過ごすために毛繕いをしていると、小春はいつの間にか逸馬の腕の中に掬《すく》いあげられていた。

——雲で姿を隠していると思ったら、こんなところにいたのか。お前の目は、本当に綺麗だなあ。

こいつを殺す——小春はその時心にかたく誓った。殺す、殺す、殺す……そう唱え続けていなければ、挫けてしまいそうだった。感じた温もりは、肌と肌が触れ合ったせいでしかない。間違っても、心が通い合ったせいなどではないのだ。

——私にとって、夜空は一日の始まりなのだ。これから来る明日を誰よりも先に見つけて、安堵する……小心者ゆえの妙な儀式だ。そこに星があれば、明日は大安。曇りと雨は……だから、星が見えぬと少しがっかりしてしまうのだ。それでも見ずにはいられぬのだから、臆病者のくせに面倒な奴だ——と自分でも思う。

苦笑した逸馬は、小春の喉を撫でながら、心から愛おしむような声音を出した。

——この先、ずっと星が見えずとも構わぬ……お前が傍にいてくれるなら、夜空を見上げずとも生きていける。

「……俺がいなくとも、生きていけたじゃねえか」

昔を思い出していた小春は、思わずそう呟いてしまって、苦笑した。小春の中で、逸馬は非常に頼りなく、決して一人では生きていけそうにない男だった。しかし、別れ別れになった後、逸馬は誰かと縁を結んで子を生《な》し、立派な店まで建てた。その経過を小春は一度も見ることはなかったが、逸馬が並大抵ではない努力をしたことくらい分かっていた。どん底から這い上がり、幸せを手に入れたと風の噂で知った時、小春は胸が苦しくなった。

――小春や、ずっと私の傍にいておくれ。お前がいないと、私は生きてはいけぬのだ。

（嘘つきめ……）

別れてから、小春は逸馬のことがずっと気がかりだった。生きてはいけぬという言葉を鵜呑みにはしなかったが、確かめるのが怖かった。だから、小春は別れてから一度も逸馬の姿を見にいくことさえなかったのだ。「一度くらい会っておけば良かったのに」と硯の精から言われたことがあったが、小春はこれでよかったのだと思っていた。

（そうしなければ、きっとあいつと会うこともなかった）

頭に浮かんだのは、逸馬に輪をかけて恐ろしい顔をした男である。小春は逸馬への未練があったから、匂いに惹かれて夜行から外れ、喜蔵の元へ落ちてきたのだ。喜蔵と出会わなければ、深雪と再会することもなく、彦次や綾子たちと会うこともなかった。たった一つで終わるはずだった縁が、気づけば繋がっていたのだ。まるで、雲に隠された星々のようだと小春は思った。

＊

「腹減った！　飯！　味噌汁！　あ、昨日の夕餉も食べたい――痛っ!!　何すんだよ!?」

頭を殴られた小春は、その拳骨を食らわせた相手を恨めしげに見上げた。殴った相手の喜蔵も、じとりと恨みがましい目で小春を見下ろした。慣れっこなので怖くない――とはいかず、小春は「うわ」と思わず声を出してしまった。何しろ、喜蔵の顔つきはいつもに輪をかけて更に恐ろしかったのだ。恐らくその主たる原因は、目の下に出来たくまである。ただでさえ顔色がいい方ではないのに、目の周りが青黒いせいで一層どんよりと暗い顔色に見えたのだ。それに、心なしか眉間に寄った皺も深くなっているようである。

「お前、寝てねえのか？　ひっでえ顔しているぞ、いつにも増して」

少々気の毒になった小春は、労わるように述べたが、喜蔵はますます目つきを厳しくするばかりだった。「誰のせいで」とぼそりと零した言葉に、小春は「あ」とその考えに思い至ったものの、

「……分かった――お前、さては腹が減って眠れなかったんだな？」

と茶化すように言って、気づいていない振りをした。小春は結局、昨夜は外にいたきりだったのだ。空が明るくなり始めるほんの一寸前、ようやくこの家の裏戸を潜ったのである。まだ起きるには早い刻限だったため、深雪はすやすやと寝入っていたが、喜蔵は目を覚ましていた。小春のことが気になって、ろくに眠れなかったのだ。しかし、喜蔵はそんなことはおくびにも出さず、無事帰ってきた小春に「そのままあちらの世に帰ればよかったものを」などと憎まれ口を叩くばかりだった。

「それに、誰が腹空かしだ。俺はお前のように意地汚い餓鬼ではない」

「そうかあ？　お前は俺よりもよっぽど子どもっぽいところがあると思うけれど」

にしし、と笑った小春に、喜蔵が蹴りを入れようと足を伸ばした時である——。

「——駄目！」

悲痛な叫び声に、喜蔵と小春ははっとして、声のした方を見た。

「駄目……危ない！」

またしても聞こえてきた叫び声は、居間の右端、小箪笥の横に敷かれていた布団の中から発されたものだった。

「深雪？」

小春は深雪の枕元にしゃがみ込み、小さな声音で問いかけた。

「……あっ……小春ちゃん……？　おはよう……」

深雪は布団から半身を起こし、目をこすりながら言った。

「おはよ。なあ、今の寝言か？　何か叫んでいたけれど」

小春の言を聞いているのかいないのか——深雪は布団の上に座り込んだまま、しばしぼうっとしていた。深雪は非常に寝起きがよく、目を覚まして十も数えぬうちに常と同じ調子になる。朝からてきぱきと動く様は喜蔵のそれとよく似ていたので、寝起きの悪い小春は「流石兄妹」と布団の中でむにゃむにゃ言うのが常だった。しかし、今の深雪は実に眠たそうで、半分近く夢の中にいるような顔をしていた。かといって、眠気でうつらうつらしているでもなく、動かぬ頭で何かを必死に考えているようでもあった。

「……あれは現……？……ううん、夢――夢を見ていたの」

右手で頭を抱えるようにした深雪は、眉根を寄せながらぽつぽつと語り出した。

「夢？」

「どこかの海……川が開けたところに大勢……見たことのない妖怪たちがひしめいていて、それぞれ戦っていたの。青い川がところどころ赤く染まっていて、怖かったわ……でも、きらきらとした光に包まれた瞬間だけ、すごく綺麗だったの。真っ青な光が、その海とそこにいる皆を照らして――そこでその夢は終わったのだけれど、今度は暗くて狭い部屋にあたしは座っていたの」

ここはどこかしら――深雪がきょろきょろと辺りを見回していると、いつの間にか見知らぬ男が目の前に端座していたのである。その男は、うっすら笑みを浮かべると、深雪をじっと見ながら言った。

――本来なら貴女の兄上に見せたかったのですが、眠っておられなかったので、貴女の夢を使わせて頂きました。先ほど見せた画は、貴女が目覚めた日に起きる現の出来事です。

「……その人は髪が短くて、耳が少し尖がっていたわ。細い目は一寸だけつり上がっていたかしら？　着流しだったけれど、商家の番頭さんのようにきちんとした身形だったわ」

――私は未来を予言し、夢を通してそれを伝える者。相手が人間でも妖怪でも、私に見えぬ未来はない。また未来の夢をご覧になりたければ、私をお呼びください。

夢から覚める寸前、男は深雪にそう告げたという。

「海に妖怪にきらきらとした青い光……それに、夢に現れた未来を予言する男というのは――」

男の正体に思い至った喜蔵が視線を寄越してきた時、小春はすでに立ち上がっていた。

「一寸出かけてくる」

小春はそう言うと、そのまま居間から出ていこうとしたが、

「……何すんだよ、この暴力商人！」

喜蔵に着物の裾を思い切り引っ張られたせいで、まんまと転んでしまった。小春は非難めいた目で喜蔵を振り返ったが、喜蔵はそれ以上に鋭い目つきで睨み返してきた。

「お前はここの居候だ。主に許しもなく、勝手をするなど何様のつもりだ？――どこへ出掛けるつもりか言ってみろ。嘘偽りなくな」

「嘘」という言葉に思わずぴくりと反応した小春は、強気な目を少し伏せながら答えた。

「……川と海の辺りだよ。本当に性悪だな。どうせ、聞かなくても分かってんだろ？……って何してんだ？」

答えを聞いた途端、着物を替え始めた喜蔵を見て、小春は目を白黒させた。

「俺も行く」

そう答えた喜蔵に、小春は「はあ？」と間の抜けた声をあげた。

「いいよ、お前は来なくて。店番があるだろ？　あ、閑古鳥《かんこどり》が鳴きすぎて嫌になっちゃったのか？　でも、奇跡が起きて客が来るかもしれねえから、ここにいろって」

「お前は勝手が過ぎる。散々巻き込んでおいて、都合が悪くなると一人でやろうとする。せめて、巻き込んだ責任くらい取るべきだ」

小春の嫌味など聞いていないかのように、喜蔵はずけずけと述べ、帯を結び出した。

「何だよ、責任って……俺はいつだって、尻拭いまでちゃんとするぞ！」

そう答えた小春を、喜蔵はちらりと振り向いた。

（……なんだよ、その顔）

てっきり、また怒った顔をしていると思ったのに、喜蔵は口調と違って柔らかな表情を浮かべていたのだ。それを見た小春は、妙に心の中がもやもやとしてしまい、己の手をぎゅっと握り込んだ。

「以前もこんなことがあったな……あ奴の屋敷へ行く時だ。覚えているか？」

喜蔵の言に、「忘れるかよ」と小春は小さく返した。喜蔵が言っているのは、百目鬼——多聞の屋敷に、攫われた付喪神たちを救いに行こうとした時のことだ。百目鬼は力が強くて得体が知れぬ大妖なので、どうなるか分からなかった。小春は付いてこようとする喜蔵を断固として拒否し続けたが、喜蔵は執拗に食い下がったのである。

「あの時も、お前は足手まといの俺を置いていこうとしたな」

「身を案じてやったんじゃねえかっ——あ……いや、別段お前のためにそう言ったわけじゃねえけれどな！　その、ほれ……そう、足手まといだからに決まっているだろ！」

小春はたどたどしく言い訳をしたが、本心は鈍い喜蔵にだって丸分かりだったのだろう。

「……一度巻き込んだならば、最後までそうしろ」

喜蔵は小春に背を向けながら、ぼそりと言った。小春はしばし迷った末、同じく小声で返した。

「でも、お前は人間だ……俺らとは違う。同じようになど出来はしないだろ?」

こうして共にいるとつい忘れてしまうが、二人はまったく違う生き物なのである。意地っ張りや不器用さなど似たところは多いが、喜蔵は小春のように強い力を持ってはいないし、小春は喜蔵のように寄り添う家族がいない。喜蔵はただ毎日を平穏に暮らせればいいと考えているが、小春は「強くなりたい」「刺激が欲しい」と思って生きている。生きる目的も寿命も、そして何より種そのものが違うのだ。どれほど互いに通じ合うところがあっても、それぞれの性質や性格を無視した付き合いは出来るわけがない。昨夜の出来事があって、小春はますますそれを痛感したのである。今回の一件は猫股が直接関わっていることではないが、だからといって危険がないとは言えぬ。得体の知れなさでいうなら、百目鬼の屋敷へ行く時以上だった。

「――やっぱり、お前は足手まといだから連れてはいけねぇ」

小春は喜蔵の背に向けて、はっきりと答えた。足手まといというのは嘘だった。邪魔だと思う気持ちなど毛頭なかったが、一瞬も目を逸らさず喜蔵を守っていられるかといえば、それは無理な話である。幾ら小春が強いといえど、一対数百の戦いでは、己のことだけで手一杯になる。何より、小春はアマビエを回収し、あちらの世に連れて行く使命があるのだ。

「お前はいつも置いていく方だから、置いていかれる者の気持ちなど分からぬのだ」

怒りの声音が返ってくることを覚悟していた小春は、はっとして喜蔵を見た。腕組みをして横を向いていた喜蔵の顔には、やはりまだほのかな笑みが浮かんでいた。その頼りなく儚げな笑みは、小春をひどく懐かしい思いにさせるものだった。

(やっぱり、似ているんだ……)

小春の中で二人の姿が重なったのは、初めてのことだった。似てはいると思っていたが、それは顔つきや声音の印象だけで、付き合うたびに(はて、どこが似ていたんだっけ?)と分からなくなっていった。だが、今目の前で笑みを浮かべている喜蔵と、小春の記憶の中にいる逸馬はこの時初めてぴったりと重なったのである。

「……お前のことだから、どうせ『せいせいする』とかだろ?……そういえば、深雪ちゃんは?」

小春は湧き上がった気持ちをごまかすように言うと、喜蔵から顔を逸らして辺りを見回した。いつの間にか、深雪は布団から出ていたらしい。喜蔵も言われて気づいたようで、きゅっと眉を顰めた。ほどなくして、台所の方から走ってくる足音が響いた。

「小春ちゃん、これ持っていって!」

居間へ飛んできた深雪が差し出したのは、笹包みだった。受け取った小春は、中にあるそれを眺めて、思わず苦笑した。

（……敵わねえなあ）

大きな握り飯は、凸凹していて不恰好だった。しかし、しっかりと握られていて、とても美味そうでもある。流石の小春でも一つで十分な大きさだったが、それは二つあった。

「お兄ちゃんも朝ごはんまだだから。二人で食べてね」

そう言った深雪は、にっこりと笑みを浮かべた。夢で見た不吉な場所に喜蔵が行くのだ。不安がないわけがない。だが、そんなことは微塵も顔に出していなかった。

（敵わねえなあ……昔っから、この娘には本当に）

己がずっと思い悩んでいたことを、この少女はたった一言で掬い上げてくれるのだ。小春が喜蔵を見上げると、喜蔵もまた小春に視線を寄越してきたところだった。

「……おい、強請《ねだ》るならこうやってやらなきゃ。お前の妹はお前よりずっと上手だぞ？」

小春がそう言うと、喜蔵は腕組みをしてむすっとした。

「……そんなこと言われずとも知っている」

そう言った顔が存外幼く見えたので、小春と深雪は顔を見合わせて思わず噴き出した。喜蔵は何で笑われたのか分からず、ますます顔をむすりとさせた。

五、冷たい手

「いいか、くれぐれも俺さまの足手まといになるんじゃねえぞ？」

そう言って突き出してきた小春の人差し指を、喜蔵は苦い顔をして払いのけた。海へ向かう道すがら、小春はくどくどと喜蔵に注意を繰り返してくる。一々反論するのも面倒だった喜蔵は黙々と歩いていたが、もうすぐ海に着くという頃、ようやく口を開いた。

「この後はどうするのだ？」

「舟を探して、海に繰り出す。お前がいて助かったよ」

小春はちらっと喜蔵を見てにやりとした。舟を借りる金は、やはり喜蔵が払わなければならぬらしい。分かっていたことだが、喜蔵はむすっと顔を顰めた。

「俺はお前の金づるではない。大体、土産を持ってくるくらいならば、世話になる間の金くらい持ってこい。この盗人鬼」

青鬼は土産を持たすような常識はあるが、肝心の活動費について何も言わぬらしい。もっとも、向こうでは人間たちの使っている銭などそもそもないようだ。

「けち臭い奴だなあ。そんくらい出してくれたって罰は当たんねえだろ。深雪は俺が来て喜んでくれたぞ？　『いつまでも好きなだけいてね』と言ってくれたもん」

ふふん、とえらそうに胸を張った小春に、喜蔵は馬鹿にしきったように鼻を鳴らした。

「本音と建前の違いも学べ。いつまでもと言うのは今日限りであっても構わぬということだ」

「いつまでもというんだから、ひと月でもふた月でもいいってことだろ。十年二十年……百年くらい居座り続けて、お前が死んだら俺があの家をもらうんだ」

ケケケと小春は面白そうに笑ったが、喜蔵は口をへの字にするばかりだった。小春は前触れなく荻の屋を訪れ、当たり前のように衣食住を要求し、我が物顔で過ごす。喜蔵は最初こそ（このまま居座られてしまう）と危惧《きぐ》していたが、今ではまったく反対のことを思っていた。

（こいつはいつでも『これが最後だ』と思っているのではないか？）

夜行に帰った時だけは別れの挨拶をしたものの、それも喜蔵が天狗にとらわれていた小春を助けにいかねば叶わなかったものだ。これまで何度も別れを繰り返してきたが、小春はその度別れの言葉をはっきりと言わず、うやむやにしてきた。そして再会する度、小春はまるで以前の日常と地続きであるように振舞い、すっと相手の懐に飛び込んできたのだ。それは小春の元来の性質でもあるのだろうが、喜蔵はどこか疑わしく思っていた。

（そうやって別れなどない気にさせておきながら、急に姿を消す気なのではないか？）

それは喜蔵の想像でしかなかったが、あながち外れたものではないと思える節があった。今もそんな気がしてしまった喜蔵は、「本当に勝手な奴だ」とぼそりと言った。

「勝手だあ？　こんなに優しい妖怪を捕まえて、よくもそんな台詞が吐けたものだな！　お前が泣いて縋《すが》るから、仕方なく連れてきてやったのに。もっと俺を崇め奉れよ」

喜蔵の心情など知らぬ小春はそう言ってむくれたが、喜蔵はすぐさま言い返した。

「衣食住すべてを与えてやっているのは誰だ？　お前こそ俺を崇め奉れ」

「誰が閻魔なんか崇めるかよ。舌抜かれた上に地獄でこき使われるのがオチじゃねえか」

「怖い怖い」と言いながらわざとらしく腕を抱え込んだ小春は、おどけた表情のまま、幾分声の調子を落として続けた。

「……深雪が見た夢は、恐らく今日起きることのほんの一部だろう。その前や先に何が起きるのかは分からぬままだから、よくよく用心しなきゃならん」

喜蔵は素直に頷いた。何か「こと」が起きるであろうことは、感じていたのである。

「しかし、あ奴はなぜ俺や妹に夢を見せてきたのだ？　これではまるで、俺たちを導いているようではないか」

深雪が言っていた「つり目気味の商人風の男」というのは十中八九、件のことだ。夢の中で未来を見せてきて、その中で自在に現れ言葉を述べる男など、他にいるわけもない。名乗りさえしなかったものの、ほとんど正体を明かしているようなものだった。

「導いているんだろ。なぜだかは知らねえが、俺たちをアマビエの元へ連れていきたい思惑があるらしい。へっ、俺たちはいいように操られているってわけだ」

　小春はそう言って地に転がっていた小石を蹴った。操られていると知りつつ、そうせざるを得ぬのが悔しいらしい。件は先を見る能力と、他人に夢を見せる能力を持っている。使いようによっては、凄まじい威力を発揮することが出来るが、喜蔵が以前会った時の件はその力を持て余しているようだった。

　──私の知らぬ未来などない。それもまた侘《わび》しいものだ。

　そう言った件があまりにも暗い顔をしていたことを、喜蔵はよく覚えていた。まるで、長い間絶望に浸り続けていたような表情だったのだ。あの頃から一年近く経つが、その間に何か変わったのだろうか？

「あいつも操られていたりしてな。目だらけ妖怪とかに」

　小春の台詞に、喜蔵は目を見開き、つい口を滑らせた。

「だが……あ奴は今回の一件には関わりないと四郎が申していた」

「ハッ、あいつらの言うことなんざ信用できるか！」

　そう怒鳴りつつ、小春はそれきり多聞のことは口にしなかった。小春も喜蔵と同じように、今回の一件の黒幕が多聞であるとは思っていないのだろう。多聞ならば、もっと分かりやすい罠を仕掛けてくるはずだ。

「海上で件に白昼夢を見せられぬように気をつけろよ？　お前は存外隙があるからなあ」

「隙だらけの小鬼に言われたくない」

軽口を叩き合っているうち、二人は舟置き場に辿り着いた。喜蔵が嫌々財布から金を出し、それを舟主に渡して舟を調達している間に、小春はとっとと舟に乗り込んでしまった。

「金のみならず、漕ぎ手までさせるとは……覚えておけよ」

恨めしげな声音で言いながら、喜蔵は櫂《かい》を手に取った。すいすいと進みだした舟は、後ろに座った喜蔵が一人で漕いでいた。喜蔵に睨まれている小春はどこ吹く風で、

「俺、舟なんて漕いだことないし、これ食わなきゃならねえから」

そう言ってにんまり笑うと、懐から出した深雪手製の握り飯を頬張った。舌でも噛んでしまったのか、むっと眉を顰めたものの、あっという間に食した。それから、もう一つのそれを喜蔵の目の前に突き出して「食え」と言った。腹が減っていたので仕方なく一口頬張ると、それは少し――否、大分塩辛かった。

「現れぬではないか」

海に出てから半刻経った頃、喜蔵は辺りを見回しながら言った。海は静かなもので、喧騒の予兆など少しも見られぬ。昨日見た戦の痕跡もなく、そちらが夢だったかのように思えてしまう。しかし、小春が険しい表情を崩さないため、喜蔵も黙っていた。そして、いい加減ただ待つのにも焦れてきた時、一言漏らした。

「もう少し沖の方へ行ってみるか？」

小春は首を横に振ると、ゆっくりと立ち上がり、右前方を指差してこう言った。

「――来た」

喜蔵が小春の指先に視線をやった瞬間、幾つかの高い水しぶきが上がった。目を凝らすまでもなかったのは、河童に大川獺、ひょうすべに磯天狗、川赤子に貝吹坊、瀬女に船幽《ふなゆう》霊《れい》、海坊主に瑪瑙——あっという間に数百——千は超える妖怪たちが水の中から現れたからだ。皆は上半身を海上に出すような形でそこに佇んでいた。それぞれの種の棟梁が、数十から百数十の配下を従えている図は、遠巻きに見ても圧巻としか言いようがない。海の青は掻き消され、緑や灰、そして黒に染まり——。

「……うおおああああああああああ!!」

そこにいる者たち皆の声が合わさって、怒号が響いた。それが、戦の始まる合図だったのだろう。戦が始まって間もなく、喜蔵は悟った。

(昨日見かけた戦は、ただの小競り合いだったのか……)

すぐにそうと分かるほど、今日の一戦は凄まじかった。何しろ、開始して五分も経たぬうちに、弥々子が棟梁でない河童の一団が全滅してしまったのだ。彼らが沈んでいった場所には、千切れた緑の手足や赤黒い血が浮いていた。喜蔵は思わず息を呑んだが、戦っている彼らはそんなことを気にする間もないようだった。身体の小さい川赤子は、寄ってたかって磯天狗を押しつぶし、その傍らで大川獺は得意の罠を仕掛けて獲物が掛かるのを待っていた。だが、そんな大川獺は船幽霊の舟に轢《ひ》かれ、船幽霊もひょうすべたちに海に引きずり込まれていった。海坊主と瑪瑙は余裕の様子で、双方とも余力を残して戦っているようである。弥々子たち神無川の怪たちは、海上すれすれのところを飛び交う火の玉と対峙していた。こちらもまだ力を出し切ってはいない様子だが、その中で弥々子一人が負担を強いられているのが、戦いに関して門外漢な喜蔵にも分かってしまった。

喜蔵たちは、舟の上から妖怪たちの海上での激しいぶつかり合いを見守っていた。何もしていないのに舟が揺れていたのは、戦によって生じた荒波が打ち寄せたせいである。

「……移動するか。ここにいると、そのうち呑み込まれそうだ」

小春は落ち着いた声音で呟いたものの、表情は硬かった。水が苦手な小春は、彼らのように海を自由に動き回ることは出来ない。それに、肝心のアマビエが現れぬので、手の出しようがなかったのだ。小春の指示を受けて櫂を動かした時、喜蔵は思わず「――うわっ」と声を上げてしまった。両腕を誰かに思い切り引っ張られて、舟から落ちかけたからだ。この時、視界の端に映ったのは、河童を白くしたような小さな怪だった。目が合うと、一瞬のうちに姿を消した。

「うわって何……お、おい!? 喜蔵!!」

振り返った小春は血相を変え、すぐさま喜蔵に手を差し伸べてきた。舟から海に落ちかけていた喜蔵は無事その手を摑んだが――それはまるで無意味な行為に終わってしまった。いくら二人が手を握り合ったところで、舟が直角以上に傾いていたため、そのまま水没するしかなかったからだ。犯人はすぐに分かった。舟の縁に掛かっていた、何十もの白くて小さな手である。水かきの部分が、弥々子と違って浅い。

(先ほど俺を引っ張った怪か……)

絶体絶命の時にこうも落ち着いているのは、諦め癖がついているせいだろう。

「……うわっうわあああ!!」

小春の叫び声を聞きながら海に沈んでいった喜蔵は、少々悪い気になり心の中で謝った。

＊

目を覚ました喜蔵は、己が仰向けに倒れていることを認めると、ゆっくりと半身を起こして横に視線を遣った。

「役立たず」

「うるせえなあ、あれはどう頑張っても無理だろ!　大体、先に落ちたのはお前じゃん」

ちょうど目を覚ましたらしい小春は、うつ伏せ状態から飛び起きた。普通に起き上がればよいものを——と喜蔵は毎度呆れていたが、この時は少し噴き出してしまった。

「な、何笑ってんだよ?」

小春はそう言いながら、喜蔵に指差された己の顔に触ると、無言で数歩先の海まで歩いていき、そこでばしゃばしゃと顔を洗った。触れた感覚で、顔中が砂だらけだということに気づいたのだろう。喜蔵はその間着物を絞りながら、己がいる浜辺を点検するように見回していた。海と反対側、浜辺の向こうは、鬱蒼《うっそう》とした木々に囲まれた小山だった。その中腹には、青い屋根瓦の大きな屋敷がぽつんと一軒だけ建っている。窓が大きいのは、そこから海を見下ろすためだろう。その屋敷へ行くには、どうやら浜辺から続いている緩やかな坂道を登らなければならぬようだった。

「どこだか分からねえから、とりあえずあの屋敷に行ってみるか」

小春は首を横に振って水しぶきを飛ばしながら、喜蔵に近づいてきた。それを避けながら、喜蔵は立ち上がって頷いた。乗ってきた舟が見当たらぬ今、頼りになるのはあの屋敷しかないように思えたのだ。荷車がやっと通れるほど細い幅の道を歩き出した二人は、「役立たず」「お前こそ」と先ほどの応酬を続けながら、みっしり生えた雑草を踏みしめつつその屋敷を目指した。

五分もしないうちに辿りつくと、小春は屋敷を見上げ、唸るようにして言った。

「……うーん？　思ったより立派じゃねえな。でかいだけで、古くてぼろい」

屋敷は確かに大きなだけで、特別凝った造りをしているわけではなかった。屋敷の大きさの割に塀は低く、門もこぢんまりしている。かといって、荒《すさ》みきっているというわけでもなく、定期的に手入れしているような様子が見てとれた。ごく普通であるのに二人して違和感を覚えてしまったのは、以前乗り込んでいった多聞の屋敷が豪奢《ごうしゃ》だったせいだろう。

「あれは幻だった。これは現なので、ちゃんと現実味を帯びている」

現なのに現実味という言葉を使うのはおかしいが、言った喜蔵は気づいていなかった。首を撫でながら、「現ねえ……」と小春はいまいち得心が行かぬような声音を出した。

「確かにここは幻じゃないが、中にいるのは……」

喜蔵は答えを待ったが、小春は何も言わず、代わりにぱんっと一つ手を叩いた。

「よし、いざ行くぞ！」

楽しいところに行くわけでもないのに、小春は足を弾ませて門に近づいて行った。鍵がかかっていなかった戸はすんなりと開き、小春と喜蔵は中に入った。

「……潮の匂いがする」

小春がそう呟いたように、屋敷の中は海のすぐ傍らにあると錯覚してしまうほど、潮の匂いに満ちていた。外観と同じ程度に中も古めかしかったが、埃が溜まっていないところを見ると、やはり誰かが手入れしているのだろう。調度品がほとんどないせいか、大きな柱が目につく。濡れていた小春と喜蔵の身体から、廊下に水が滴り落ちた。いつもの喜蔵ならそれを気にして小春に注意していたはずだが、今日は言わなかった。

「今は誰も住んでいないようだな」

人間が住んでいる家と住んでいない家は、明確に臭いが違う。どれほど気をつけていたとしても、人間が住んでいる限りは痕跡《こんせき》が残る。臭いというよりも、空気というのが正しいかもしれぬ。この屋敷は、そういう空気が皆目見当たらなかった。

「今、住んではいないだろうな」

間に入った「は」に何かが含められていることを感じ取った喜蔵は、首を傾げた。

「ああ——奥みたいだな」

喜蔵の疑問には答えず、小春は独りごちた。小春は屋敷に入ってから、迷うことなく歩いていた。途中にあった幾つかの居室には一切立ち寄らず、戸を開けてみることさえせずに進んでいったので、喜蔵は不思議に思った。

「奥に誰かいるのか？……もしや、妖気が？」

「いや、奥にいるのは人間だ」

小春の答えに、喜蔵は眉を顰めた。喜蔵がまだ何一つ分かっていないというのに、小春はすでに真相を摑んでいるかのようである。巻き込んでおいて、説明一つしないなど堪ったものではない――腹の立った喜蔵は、前を歩く小春の長い髪をぎゅっと引っ張ったが、小春は一瞥をくれただけで、そのまま進んでいってしまった。喜蔵は寸の間立ち尽くし、慌ててその後を追った。ほどなくして奥の部屋に着くと、小春は気負った顔もせず、まるで友の家に邪魔する時のように軽く戸を叩いた。

「――どうぞ」

掠れた声音が聞こえてきて、喜蔵はびくりと肩を震わせた。一方、小春は驚きもせず、戸を開けてさっさと中へ入っていった。少し遅れて続いた喜蔵は、広い部屋の東にある大きな窓の下を見て、（聞き違いではなかったのか）と息を吞んだ。部屋に入っても頓着なく進んでいった小春は、窓の下に敷かれた布団の脇に静かに腰を下ろした。

「わざわざお呼び立てして、申し訳ありません」

「まったくだな。おかげでこんなにびちょびちょだ」

素直に文句を言った小春に、布団に横たわった相手は笑った。

「今日のこの時間にここにいれば、貴方がたと必ずお会いすることが出来ると伺っておりました。いらっしゃるまでは少し不安でしたが……お会い出来てよかった」

「ふうん……まんまと踊らされていたわけか。海に引き込んだのも、奴の差し金か？」

小春はぶつぶつと文句を言った。脳裏には、先見の者が浮かんだのだろう。喜蔵は、止めていた足を進め、小春の隣までやって来た。

「荻の屋さんもごめんなさいね。私は——そういえば、名乗ってもおりませんでしたね。千代乃と申します」

寝たまま頭を下げるように頷いた千代乃は、枯れずの鬼灯を求めて荻の屋に通ってきていたあの老女だった。一年前と比べて随分と痩せ細り、そのせいで老け込んで見えたが、眩しい笑顔は相変わらずだった。

「……枯れずの鬼灯を得たというのに、これ以上何の御用が？」

嫌味ではなかったものの、喜蔵は思わずそう言った。千代乃は気を悪くした様子もなく、笑みを浮かべたまま ゆっくりと首を横に振った。

「私にはもう叶わぬ願いのようです」

喜蔵は問いかけようと口を開き、すぐに閉じた。千代乃がほろほろと涙を流し始めたからである。その様子をじっと眺めていた小春は、おもむろに切り出した。

「お前はどうして枯れずの鬼灯など欲しがったんだ？　泣いていないで聞かせてくれよ」

思わず小春を睨《ね》めつけた喜蔵は、ここでも出しかけた言葉を止めた。小春が冷たい声音を出しながらも、千代乃の流れた涙を小さな手で拭ってやっていたからだ。為されるがままになっていた千代乃は、小春の手を懐かしむような目で見つめ、こう言った。

「……私は、永遠の命など欲しくありませんでした。ただ、あの人と生きていきたかっただけなのです」

「永遠の命……？」

同時に言って顔を見合わせた小春と喜蔵に、千代乃はにこりと笑んだ。

「少し——長いお話になりますが、聞いて頂けますか？」

二人が頷いたのを見届けてから目を閉じた千代乃は、掠れた声音で語り出した——。

*

この世に生きていれば、誰でも運命を変えるような出会いをする時がある。千代乃がそれを経験したのは、十四の時だった。文化二年、千代乃は江戸浅草の呉服屋・麻賀屋《あさがや》で生まれた。江戸が始まって間もなく出来た麻賀屋は、浅草でも有数の豪商だった。両親は子が出来るのをずっと切望していたため、千代乃を授かった時には周りが驚くほどの喜びようだったという。しかし、千代乃が麻賀屋にいたのは、たった三年のことだった。両親や家人と離れ、この海が見える屋敷で暮らすようになってもう十一年経つが、その間で千代乃が両親と会ったのはたった二度しかない。一度目は八つの頃崖《がけ》から落ちた時、二度目は十二の頃麻疹《ましん》にかかった時だった。

——死なずに済んで良かった。

父親は意識を取り戻した千代乃にそう言ったが、本当は少しも喜んでいないことを千代乃は知っていた。「ありがとうございます」と千代乃が礼を述べて笑うと、両親はすぐに帰り支度を始めた。去って行く黒い着物の二人を見て、千代乃はこう思ったものである。

（次に会えるのは、私が死んだ時かしら？）

両親は千代乃が死ぬものだと思っていたのだ。そうでなければ、わざわざ舟に乗ってこの屋敷までやって来るわけがない。最期くらい傍にいようと思ったわけではなく、葬式を執り行う時のことを考えたのだろう。

——なぜ、喪服など着ていらっしゃったのでございますか……！

家人の弥五郎《やごろう》が小声で怒っていたのを、千代乃はこっそり聞いていた。共に住んでいる家人たちは千代乃のことを想ってくれていたが、両親は違う——誰も決して口にはしなかったが、千代乃は己が麻賀屋にとってお荷物であることを心得ていた。何しろ、千代乃は生まれながらにして足が不自由で、十四になるまで一度も己の足で歩けたことがなかったのだ。いつも車椅子に座り、手の力でそれを動かして足の代わりにしていたが、それが出来るようになったのも、この屋敷に来てからのことだった。麻賀屋にいた時、千代乃はずっと寝たきりで、布団から出ることすら禁じられていたのだ。

——お前が心配だから言っているのよ。

布団から出たいと訴える千代乃に、母はいつもそう答えた。しかし、その顔は案じてなどおらず、面倒臭さや疎《うと》んでいる様子ばかりが際立って見えた。幾ら子どもだったとはいえ、千代乃は敏感に感じ取っていたのである。今でも千代乃は麻賀屋にいた頃の夢を見るが、その中で両親は大抵満面の笑みを浮かべていた。記憶の中にいる二人とはまるで正反対の表情だったため、千代乃はいつもはっと目を覚まし、その後ひっそりと布団の中で泣いてきたのだ。夢の中にあったのは、己には決して向けられることのない笑みである。

（でも、この足さえちゃんと動いていれば――）

そう考えることはしばしばだったが、長じるにつれ考えなくなった。これが己の天命なのだ――父や母や己のせいではなく、天が決めたものならば、己の足が動かぬことにも納得がいく。一生この屋敷から出られずとも、両親に愛されることがなくとも、それがすべて天の意思であるなら仕方ないと思えたのだ――あの嵐の日までは。

「……気がつきましたか？」

うっすらと目を開けた青年に、千代乃は優しく問うた。青年は何の反応も示さなかったが、しばらく経つとぽつりと言った。

「俺は一体……」

話せる――心から安堵した千代乃は、布団に横たわる彼に明るい笑みを返した。

「よかった……目が覚めて。貴方は十日前からずっと眠ったままだったのです」

「なぜ？」と青年の浅黒い顔には書いてあった。あまりのことに言葉も出ない様子である。しかし、それは無理もなかった。千代乃が青年の立場だったら、きっと同じように呆然としてしまうことだろう。千代乃はなるべく落ち着いた声音で、ゆっくりと語った。

「貴方は十日前の嵐の日、荒れ狂う海に流されてここに辿りついたのです。最初はほとんど息もしていない状態でしたから、こうして生きていられることは奇跡だとお医者さまはおっしゃっていました」

「十日……海に……？」

青年は混乱した様子できゅっと眉を顰めると、顔色を悪くした。手が震えていたので、千代乃はとっさにその手を摑んだ。眠り続けていたせいか、青年の手は氷のように冷たかった。青年は一瞬びくっとしたが、

「大丈夫――大丈夫です。こうして命が助かったのだから、もう何も心配はいりません」

「大丈夫」と千代乃が幾度となく繰り返すと、次第に落ち着きを取り戻していった。すっかり手が温かくなると、千代乃の手からおずおずと手を引き、こう訊ねてきた。

「ありがとうございます……あの、一体どなたが俺を助けてくださったのでしょうか？」

千代乃がすっと人差し指を己に向けると、

「貴女……ですか？　でも、貴女は――」

青年は言いにくそうに述べ、恐る恐るといった風に千代乃の顔色を窺ってきた。

「木偶《でく》なのに――とお思いになりましたか？」

「いいえ、そんな……！　申し訳ありません、助けて頂いたのにご無礼なことを……」

青年は慌てて答えたが、千代乃は別段気を悪くしなかった。

「謝らないでください。そう思われるのも無理はありませんから……私自身も驚いているのです。だって、丸っきり歩けなかったのに、あの日だけ体が動いたんですもの」

そう言って、千代乃はくるりと車椅子を回した。千代乃が乗っているのは、木製の車椅子だ。木で出来た車輪を手で回すと、座ったまま前に進むことが出来る。

「あの日だけ動けた？……俺を助けてくださった時だけですか？」

訝しむような顔をした青年は、またはっとした様子で「すみません」と述べた。

（この人は素直ないい人ね）

まだ話し出して間もなかったが、千代乃はそう思い始めていた。青年は話し方が丁寧で、かつ反応が素直だった。目が覚めた時も、車椅子に座る千代乃をまじまじと見て、哀れみではなく、ただただ哀しげな表情を浮かべたのだ。

「……ええ、それまでは一度も歩けたことはありませんでした。あの嵐の日——私はいつものように窓から海を眺めていました。本当にひどい嵐だったので、この屋敷も海に呑み込まれてしまうんじゃないかとはらはらしていたのです」

その日は、荒れ狂う天候と海のせいで、屋敷は一寸した騒動になっていた。もっとも、屋敷には千代乃を含め五人しかいないので、大が付くほどの騒ぎではなかった。ただ、屋根の一部に穴が開いてしまったため、千代乃以外の家人総出でことに当たっていたのだ。

「私はこんな足ですから……部屋で大人しく、嵐が過ぎ去るのを待っていました」

千代乃はたった一人きりでいたせいか、最初はひたすら恐怖を感じていたが、そのうち気持ちが高ぶってきた。皆が必死で屋根を修理しているのは重々承知していたが、胸騒ぎを止めることは出来なかったのだ。千代乃の部屋からは海が真正面に広がって見えるものの、海に行くには坂道を下りなければならず、車椅子の千代乃にとってはなかなかの距離だった。

「ずっと見ていたんです……どのくらいか分かりませんが、とにかくずっと」

そのうち落ち着くであろうと思っていた心は、なぜかますますざわついていった。理由が分かったのは、海がきらりと光った瞬間だった。

「海が光ったというのは、稲妻が落ちたのですか？」

黙って聞いていた青年が問うと、千代乃は首を振った。

「いいえ、あれはそんなものではありませんでした――海そのものが青く光ったのです」

きらきらと、あまりに眩《まばゆ》く光ったので、千代乃はしばし硬直して見入ってしまったのだ。しかし、それは然程長い間続かず、徐々に光は弱くなっていった。それが分かった千代乃は、気づけば車椅子を走らせていた。廊下に出て、そのまま表に出て行った千代乃は、傘も差さずに道を進んだ。海に出るには一本道だったが、一つ問題なのはそれがなだらかな下り坂になっていたことである。

「……なぜそんな馬鹿な真似をしたんですか！」

青年は思わずそう怒鳴り、慌てて口を噤んだ。その様子を見て微笑んだ千代乃は「おっしゃる通りです」と言って続けた。

「なぜあんなに危ない真似をしたんでしょうね。実は、自分でも分からないんです……」

下り坂で為す術もなかったのは事実だが、千代乃の身体が軽かったせいか、幸いにも車椅子はそれほど早くは進まなかった。しかし、千代乃はその時のことはあまりよく覚えていない。気づくと、車椅子に乗ったまま、浜辺に佇んでいたからだ。

「海はひどいものでした。雨も雷も凄かったけれど、海を間近で見たらこれ以上怖いものなどないとさえ思ってしまいました」

千代乃は荒れ狂う海を前にただただ圧倒されてしまい、身じろぎ一つせず眺めていた。千代乃が浜辺に着いた頃には、あの眩い光はどこにも見当たらなかったが、そんなことは忘れてしまうくらい、目の前の景色は衝撃的だったのだ。硬直してしまった千代乃が動き出したのは、それから四半刻経った頃だった。

「また光ったんですか？」

青年の問いに、千代乃は「いいえ」と答えた。

「こちらに向かってきた波の中に、誰かがいたんです」

青年ははっとした顔をして、千代乃を見つめた。

「そう――あれは、貴方でした」

波の中に人がいる――その事実に気づいた千代乃は瞬時に思った。

（あの人は、絶対に助からない）

何しろ、浜辺にいるのは千代乃だけなのだ。足が動かず、車椅子に座った若い娘に出来ることといえば、家の者に助けを求めることだけだったが、千代乃にはそれさえ厳しかった。晴れた日ならば、力を振り絞って乾いた坂道を何とか上がることが出来たかもしれない。しかし、雨と雷、そしてぬかるんだ道ときたら、もう為す術はない。それに、高すぎる波に飲み込まれている男は、右、左へと流され、ひどくその身を波に打ちつけていた。いつからそうなっているのか見当もつかなかったが、その時点で男の命運はすでに尽きているように思えた。もしかしたら、もう死んでいるのかもしれない——千代乃の頭にそんな考えが横切った時、千代乃は実に不思議な現象を目にしたのである。

「海が——裂けたんです。真っ二つではなく、無数に……」

何度目を開け閉めしても景色は変わらず、夢ではないことを千代乃は悟った。何より、裂けた波の隙間に男がいたのだ。それを発見した瞬間、千代乃は車椅子を動かした。しかし、車椅子では浜辺の半分くらいまでしか行けない。車輪に砂が詰まって、その場から一寸も動かなくなってしまったのだ。そうこうしているうちに、波はまた元通りになり始めていた。

（ああ、駄目——飲み込まれる……！）

そう思った瞬間、千代乃は腕に力を入れて立ち上がろうとした。上手く立ち上がれたとしても歩くことは出来ぬ——それでも、千代乃は立ち上がって、前に進もうとしたのだ。

しかし、一歩も踏み出さぬうちに、その場に倒れてしまった。それでも、身体中にありったけの力を込めて、また立ち上がろうとした。再び転倒し、三度目も立ち上がった途端に倒れ――幾度となく繰り返した後、千代乃はよろよろと歩き出したのである。

「……奇跡が起きたのです。きっと、海の神さまのおかげですね」

そう言って千代乃が微笑むと、青年は絶句したまま千代乃の顔をまじまじと見た。信じられぬ――という表情がありありと浮かんでいたが、今こうして話している千代乃自身も同じ思いがしていた。海が割れたのはもちろんのこと、それまで立ち上がることすら出来なかった己が、青年を波の間から助けて浜辺まで連れてくることが出来たのだ。もっとも、すたすたと歩いて行けたわけではなく、ほとんど這うようにして助けたのだが、それでも奇跡という一言では済まされぬ話であった。

「でも、助けたのは私と言いましたが、本当は半分だけ――」

そう言うと、青年はやっと我に返ったような顔をして、「半分だけ?」と問うた。青年を浜辺まで連れてきた後、千代乃はそのまま気を失ってしまったのだ。その後すぐに家人が捜しにきてくれなければ、二人とも無事ではいられなかっただろう。だから、半分は家人たちの力によるものだった。千代乃の言を聞いた青年は、しばし考え込むような顔をしていたが、

「……本当にありがとうございます」

ゆっくり半身を起こすと、深々と頭を下げた。心から感謝しているのが分かるような気

持ちのいい礼だった。それを見た千代乃は、穏やかな微笑を浮かべて首を横に振った。

「お礼を言わなければならないのは、私の方です。貴方のおかげで、ほんの一時でも己の足で歩くことが出来たんですから」

この先も歩けることはない――そう言われて育ってきた千代乃にとって、あの嵐の夜は特別な日となった。何しろ、これまで縛られてきた天命を破った日だったからだ。

（これで思い残すことはないわ）

死ぬわけでもないのにそんな風に思ってしまって、千代乃はくすくすと笑った。そんな千代乃の様子を眺めていた青年は、少しだけ迷ったような顔をして、こう述べた。

「……差し出がましいようですが、一度出来たことなら、また出来るようになるのではないでしょうか？　歩く鍛錬はされぬのですか？」

青年の言が千代乃にとって意外なものだったので、千代乃は思わず目を白黒させた。

――残念ですが、この足は一生動かぬでしょう。

三つの時、両親が無理を言って診てもらった御典医にそう言われたことを千代乃はこれまでずっと忘れずに生きてきたのだ。皆もそれを承知しているから、千代乃に鍛錬を促してくる者などいない。初めて言われた言葉に驚いている千代乃に、青年は更に続けた。

「それに、奇跡ではないと思います……神などいません。歩けたのも、俺を助け出してくれたのも、神ではなく、すべて貴女のおかげです。家人の方にはもちろんお世話になりましたが、俺を救って下さったのは貴女です」

青年は真面目な顔つきで千代乃をじっと見つめ、そう述べた。千代乃はとにかくびっくりしてしまい、口をぱくぱくさせるしかなかった。

「それでは、目が飛び出てしまいます」

くすりと笑って指摘され、慌てて目元を手で隠した千代乃は、なぜか急におかしくなって笑い出してしまった。すると、青年も同じ調子で笑い出し、二人はしばらく笑い続けた。何が楽しかったのか分からぬが、とにかく愉快な心地がしたのだ。

「……そういえば、お聞きするのを忘れていました。名は何とおっしゃるんです？」

やっとのことで笑いが止んだ頃、千代乃は問うた。すると、それまで笑みを浮かべていた青年が、途端に顔を曇らせたので、千代乃は慌てて言葉を継いだ。

「おっしゃりたくなければ、構いません」

名を訊ねては不味かったのだろうか？　千代乃はずっとこの屋敷にいるので、外の世のことはよく分からなかった。千代乃が口を開きかけた時、青年は震える声音で言った。

「分かりません……己の名どころか、何から何まで……何一つ覚えていないんです」

青年——藤波が千代乃の屋敷で働くようになったのは、意識を取り戻した日からわずか二日後のことだった。藤波というのは、千代乃がつけた名だ。海から来たので「波」、そして「藤」は屋敷の庭にある花に因《ちな》んだものだった。庭には千代乃の目を喜ばせるために数々の草木が植えられていたが、その中で千代乃が一等好きな花が藤である。「藤波」という名を思いついた時、千代乃は我ながら素晴らしい名だと思った。しかし、後に家人たちに「男につけるには少々可愛らしすぎやしませんか？」と笑われてしまったのだ。

――いいえ、俺はこの名がとても気に入っているんです。

藤波がそう言ってくれたので、千代乃は三月経った今も彼を藤波と呼んでいた。藤波は名を呼ぶたび楽しそうに返事をしてくれるので、千代乃はそれが嬉しかったのだ。しかし――。

「貴方は働きすぎです」

藤波が庭で雑草を刈っている傍で、車椅子に乗った千代乃はむくれながら言った。

「あんな目に遭ったのに、ほとんど休まずに働き始めて、今では誰よりも熱心にやっているのですもの。そもそも、庭仕事は芳右衛門《よしえもん》の仕事でしょうに……もしや、押しつけられたのですか？　ならば、私が代わりにやりますよ？」

千代乃はそう言いながら藤波に近づいていったが、藤波はもちろん千代乃にそんな真似はさせなかった。大体にして、千代乃は車椅子に乗っているので、手伝いが出来るどころではない。それでもやる気満々の千代乃を見て、藤波は苦笑するばかりだった。

「芳右衛門さんに『仕事をください』と頼んだのです。身体はもう何ともありませんよ。それより、こんなことくらいしかご恩返しが出来ないのが申し訳なくて――」

「またおっしゃいましたね？　『申し訳ありません』はもう言わぬと約束したでしょう？」

藤波の言葉を遮った千代乃は、すっと両手を差し伸べた。

「約束を破ったので、この屋敷の主として貴方に罰を与えます」

藤波は困った顔をしつつその手を取ったが、口元は笑っていた。

「少しだけ、鍛錬に付き合ってください」

悪戯っぽく笑った千代乃はすぐに表情を引き締め、握った手に力を込めた。そして、何度も何度も立ち上がり、歩き出そうとした。藤波はいつ千代乃が倒れてきてもいいように支え続けたが、千代乃は一歩も歩くことが出来なかった。それどころか、腰が浮くことさえ三度に一度という有様だったのだ。鍛錬が終わり、車椅子に座って「駄目ね」と溜息を吐いた千代乃に、藤波は首を横に振った。

「そんなことはありません。昨日よりも随分腰が高く上がっていましたよ」

「……本当？」

「間違いありません。確かにこの目で見ていましたから。このまま毎日続けていれば、近い将来必ず歩けるようになりますね」

何の迷いもなく言い切った藤波に、千代乃はにっこり笑って頷いたが、内心では（そうかしら？）と疑問に思っていた。力強い藤波の表情を見ていると段々そんな気もしてきたが、やはり心の底ではまだ己の明るい未来を信じきれずにいた。何しろ、歩けたのはあの嵐の日たった一度だけだったのだ。藤波が働き出してから毎日鍛錬し続けてきたが、千代乃は藤波が言うほど成果が出ているとは思えなかった。千代乃が毎日欠かさず鍛錬をしているのは、治ると信じているからではない。そうしていないと不安で堪らなかったからだ。

何より、藤波を裏切るわけにはいかなかった。

「俺がずっとお傍でお手伝いしますから」

この日もまた藤波はそう述べると、満面の笑みを浮かべた。その笑みを見るたび、千代乃の胸には嬉しさと申し訳なさが入り混じった。

――貴方は初めて出来た私の友です。だから、ずっと……記憶が戻るまで、ずっとここにいてください。

藤波が記憶を失くしていると打ちあけてきた日、千代乃は藤波にそう言ったのだ。その台詞が藤波を縛って、こうして日々己に寄り添ってくれているのではないか――。卑屈な考えだと思いつつ、千代乃はそう考えずにはいられなかった。だから千代乃は早く歩けるようになりたかった。そうしなければ、藤波の記憶が戻った時に、すっきりとした別れが出来ぬ。藤波は優しいので、歩けぬ千代乃を放り出して去ることなど出来ぬだろう。そのためにも――否、そのためだけに千代乃は日々鍛錬を重ねていたのである。

「……そういえば、何か思い出しましたか？」

千代乃が何気ない風を装って訊くと、藤波はにわかに笑みを引いて頭を下げた。

「いいえ、それが皆目……申し訳ありません」

責められていると思ったのか、藤波が暗い表情をしたので、千代乃は慌てて手を顔の前で何度も振った。

「そんな……いいのです！　私は貴方が元気でさえいてくれたら……それでいいのです。

どうかお気になさらないで。記憶の方はきっとそのうち思い出しますから」

（だから、いつでも私を置いて去っていって構わないんですよ……？）

千代乃が心のうちをすっかり隠して明るく笑うと、藤波もつられるようにして笑みを浮かべた。


千代乃は藤波に出会うまで一日がとてつもなく長かった。それまでの千代乃の一日というと、床に臥《ふ》しているか、海や庭を眺めているか、書物を読んでいるかだった。己の居室で一日が始まり、終わるまでずっとそこにいるというのもしばしばだったのだ。幼い頃は家人たちに車椅子を押してもらい散歩に出ていたが、十を過ぎると年老いた彼らにそんなことをさせる気にはならなくなった。我《わ》が儘《まま》を言えば何でも聞いてくれるだろう。しかし、世話になっているという自覚があるからこそ、千代乃はそんな真似が出来なかったのだ。

「千代乃さま！　鍛錬する時は、おっしゃってください！　お一人で倒れたら、どうされる気なのですか！」

藤波の焦った声音が屋敷に響きわたると、庭仕事をしていた家人の芳右衛門と、その妻おふではくすりと笑った。

「またやっているねぇ」

「千代乃さまにかかったら、誰でも形無しだろう。藤波の奴、毎日ご愁傷さまだな」

夫の言に苦笑しつつ、おふでは実に嬉しそうな表情を浮かべていた。

「まさか、千代乃さまがこんなにお転婆だとは思わなかったよ。明るく元気で……ますますいい娘さんだね、まったく」

「千代乃さま！」と今度は情けない声音が響き、芳右衛門とおふでは大笑いした。

しかし、当の藤波は必死だった。居室で休んでいるはずの千代乃の姿が見えず、屋敷中を捜し回っていたのだから当たり前である。

「千代乃さま……少しは私のことも考えてくださいい。毎日毎日貴女の心配ばかりしていたら、仕事に身が入りませんよ」

千代乃が杖もなく立っていたのは、普段使っていない納戸だった。ここは、屋敷の中で千代乃の部屋から一等遠い場所にある。やっとのことで捜し当てた藤波は、急いで駆け寄って千代乃の身体を支えつつ、疲れきった息を吐いた。

「ごめんなさい。でも、心配しなくても大丈夫ですよ。私、一人でもこれだけ歩けるようになったんですもの。きっと、もう倒れたりなどしません」

そう言った千代乃は、言の通り確かにふらついてはいなかった。実のところ、藤波が来る前に一度倒れかけたのだが、何とか踏みとどまったのだ。そんなことはおくびにも出さずにいると、藤波は何か察したのか疑わしい目つきで千代乃を眺めて言った。

「……そんなことをおっしゃっていますが、先日転んだのはどちらのお嬢さまでした？」

（あら、嫌味だなんて珍しい）

千代乃は一寸だけ嬉しくなりながら、すました顔で答えた。

「先日ではなく、昔のことです。だって、痣《あざ》はとっくに消えたもの」

藤波は千代乃を車椅子に載せながら、またしても嘆息を吐いた。

「貴女という方は……言い出したら本当に聞かないのですね」

「もう二年半も経つのです。慣れたでしょう?」

千代乃がそう言って笑うと、藤波は根負けしたのか、叱《しか》るのを止めて苦笑した。そして、向かいに立ち屈みこんできたので、千代乃はにわかに己の心の臓の音が早くなったのが分かった。藤波は千代乃の簪を挿しなおしてくれようとしたらしい。微笑みを浮かべつつ髪を整えてくれる藤波から視線を外し、千代乃はぽつりと言った。

「……でも、まさかこんな風になるなんて、あの日には予想もつきませんでした」

歩く鍛錬は、藤波が来てから毎日続けていた。最初は――否、半年は腰を上げるのも一苦労で、歩くことなど到底出来そうになかった。それでも根気強く続けられたのは、千代乃の努力だと皆は言った。だが、千代乃はそう思っていなかった。

――昨日よりもずっと鍛錬が進んでおりますよ。明日もお手伝いさせてくださいね。

そう言って励まし続けてくれたのは、藤波だったのだ。医者からはずっと「今後二度と歩けはしない」と言われ続け、家人たちも恐らくそう思っていた。何より、千代乃自身が諦めていたのに、藤波だけはずっと信じてくれていたのである。

「……貴方が私の元に来てくれたから、私はこうして歩けるようになりました。貴方のおかげです。本当にありがとう」

己の頭から手が離れたと同時に、千代乃は車椅子に座ったまま深々と頭を下げた。藤波は驚いた表情をしたものの、

「俺ではなく、千代乃さまご自身のお力ですよ」

そう返すと、千代乃の肩にそっと手を掛け、優しく身体を押し戻してくれた。そして、千代乃の後ろに立った藤波は、車椅子を押し始めた。

「幾らたくさん歩けるようになったからと言って、あまり張り切りすぎてはいけません」

藤波が再び小言を言ったのは、居室に戻り、千代乃を布団の中に押し込めた時だ。

「……ごめんなさい」

神妙に言うと、藤波は「謝らないでください」と慌てて言った。その焦ったような表情を見て、千代乃は布団に隠れた口元で忍び笑いを零した。

（おかしいわ、私ったら。困らせて嬉しいだなんて――）

千代乃はこれまで他人を煩《わずら》わせることが嫌いだったが、藤波だけには少し違う風に思うようになっていた。

「……眠れないので、何か楽しい話をしてください」

またしても困らせるようなことを口にしてしまって、千代乃はこっそり苦笑した。藤波はしばし悩んだ後、ふと思い出したような顔をして語りだした。

「あれは、確かひと月前のことです。早朝に与作《よさく》さんが俺のところに物凄い勢いで走ってくると、こう言ったんです」

——箱の中にばばば、化け物がいる！

与作が言っていた箱とは、十日に一度本家から送られてくる荷のことだった。日用品や長持ちする食材などが送られてくるのだが、生き物が入っていたことはない。だが与作が「中から獣みてえな唸り声がするんだ！」と言って怯えていたので、藤波は仕方なく荷を見にいったのである。

「そうしたら、与作さんの言う通り、凄まじい唸り声が聞こえてきたのです。『ぐうう、ぐおおお』と。清《しん》から間違って虎が渡ってきたのかと思ってしまいました」

家人たちは屋敷にあるなけなしの武器を掻き集めた後、その箱を開けようとした。中から何かが飛び出してきたら、応戦しなければならない——皆が緊張する中、藤波がふたを開けると、その中にいたのは虎——ではなく、千代乃だった。

「まさか、皆を驚かせようとして明け方に千代乃さまが中に入っていらっしゃったとは思いませんでした。それに、あんな箱の中で寝てしまうなんて……くくく」

藤波は思い出してしまったらしく、腹を抱えて笑い出した。

「……ちっとも面白くありません」

千代乃は赤らめた頰を膨らませた。藤波の語った話に嘘はなかったが、悪戯を失敗したことといい、ひどいいびきといい、千代乃にとってその時のことは顔から火が出るほど恥ずかしい思い出だったのだ。藤波はよほどおかしかったのか、しばらく笑い続けた。

「申し訳ありません。幾つもあるにはあるのですが、千代乃さまが聞いても面白くないかもしれません。俺が楽しいと思った時は、大抵千代乃さまと一緒にいますからね。ほとんどはご存知のお話でしょう」

「そうですね」と千代乃は平静を装って相槌を打ったが、本当は胸が苦しくて仕方がなかった。己と一緒にいて楽しいと感じてくれた嬉しさよりも、先立つ感情があったからだ。

（――本当だったら、ご家族やご妻子と楽しい思いを共有していたかもしれないのに）

藤波は外見から察するに、二十歳をそこそこ過ぎたくらいだ。目は少々つり気味だが、きついというほどではない。顔立ちは凡庸なものの、透き通った浅黒い肌が魅力的だった。何より、真面目で優しい性格からして、妻子がいないと想像する方が難しかったのだ。

（……もっと、子どもだったら良かったのに）

そうすれば、藤波の魅力にも気づかず、こんな想いなどせずに済んだに違いない。千代乃がきゅっと目を閉じたのは、泣きそうになってしまったからだ。

「……千代乃さま？」

眠ったと思ったのか、藤波は小声で問いかけてきた。千代乃は動かなかった。ひんやりとしたものが頰に触れた気がしたが、気のせいだと思うことにした。出会った日からずっと、藤波の手は氷のように冷たかった。手が冷たい人間は心が温かいと聞くが、それは真なのだろうと千代乃は思った。

千代乃に再び縁談話が舞い込んだのは、藤波が海に流されてきて、もうすぐ四年が経とうという時だった。十八になった千代乃は、もう車椅子には乗っていなかった。杖を使うことも珍しいほどで、自分の部屋から浜辺まで歩くのが日課となっていた。もちろん一人ではなく、傍らにはいつも彼がいた。

「……ひどい荒れ模様ですね」

浜辺に座り込み、海を眺めながら藤波は呟いた。まるで独り言のように小さな声音だったが、隣の千代乃はしっかりと聞き取っていた。

「きっと、お怒りなんでしょう。この海で育った私が、知らぬ土地に嫁いでしまうのですもの。海の神さまが『余所に嫁に行くなど許さぬ』とへそを曲げてらっしゃるのかも」

千代乃はそう言って笑ってみたが、藤波は曖昧に頷いたような素振りをするだけだった。これまでの藤波なら、千代乃がどんなことをしても応えてくれた。だが、このところ藤波はまるで元気がなく、こうして顔色を暗くしているばかりだった。体調が悪いのかと心配したが、どうやらそうでもないらしい。ただ、いつもどこか上の空だったのである。

(最後なのだから、笑っていてくれればいいのに)

千代乃は残念に思ったものの、顔には出さず、明るい声音で続けた。

「三日後、私はこの海の向こうへ行くんですね」

「縁談が決まった」と実家から連絡を受けたのは、たった十日前のことだった。千代乃の両親――ではなく、使いの者がやって来て、それを告げたのだ。千代乃がすっかり歩けるようになったという知らせを聞いた途端、両親は破談になった縁談を再びまとめたのである。相手の家の嫁が早世したばかりだったので、渡りに舟だったのだろう。あれよあれよというちに話は決まったようだが、両親は結局一度も屋敷を訪れはしなかった。

——本家の方々にとって、千代乃さまはただの道具だ！　だから俺は、昔からあの方々が死ぬほど嫌いだったんだ!!……だが、千代乃さまは違う。あのお方は、きっとあんな奴らから生まれたんじゃなくて、どこぞの——きっと海神さまがお産みになられたんだ。

芳右衛門などは縁談の知らせを聞いた時、使いの者がまだ屋敷にいるというのにそう言って泣いた。おふでや与作などの家人たちも、同様に悔し涙を流した。

「こうして浜辺に座って海を眺めることは、もう出来なくなってしまいますね」

千代乃はそう述べたが、藤波はやはり何も返してはくれなかった。何かを思い悩んでいるのか、眉間を険しく寄せたまま遠くの海を睨むようにして眺めているばかりである。

(何て遠いのかしら)

手を伸ばせば届く距離にいるが、千代乃は藤波と共に時を過ごすにつれ、距離が離れていくような気がしていた。家人たちは千代乃と藤波を兄妹のように思っているようだが、千代乃はそう思えなかった。仲はいいが、どこか壁がある——それは自らが作ったものでもあり、藤波が拵《こしら》えたものでもあった。ざざん、ざざん、と波は常よりも大きな音を立てていたが、藤波を注視していた千代乃には、あまり耳に入ってこなかった。藤波がその目に映しているのは目の前にある海なのか、はたまたその先にある地なのか——。

「私は一つだけ悔いているのです……貴方の記憶を取り戻してあげられなかった」

千代乃がそう言うと、藤波はやっと千代乃を見た。その顔がどこか寂しげだったので、千代乃は胸がざわざわとした。

(……誰かを思い出してそんな顔をしているのですか?)

思わず問いかけそうになった時、藤波はふっと顔を逸らして述べた。

「千代乃さまが悔いることはありません……俺は記憶が戻らずとも、幸せです」

かすかに浮かんだ笑みを見て、藤波が心からそう思っているのが千代乃には分かった。

「幸せ、ですか……貴方は欲がないんですね。私とは正反対です——」

そこまで言って、千代乃は慌てて口元を押さえた。思わず本音が漏れてしまったのだ。

「……千代乃さまが欲深いならば、俺や世の中の大半は欲しかない人間になってしまいます」

藤波は目を瞬かせると、不思議そうに首を傾げた。

「そんなことはありません……私は皆よりずっと欲深い人間です」

千代乃は言いながら、首を横に何度も振った。千代乃は昔から誰の手も煩わせまいと思って生きてきたし、我が儘など一度も言わなかった。ただでさえお荷物で、何の役にも立たぬことを知っていたからだ。何かが欲しいなど望んではいけない。生きていられるだけで十分——それ以上求めるものなど何もなかったのだ。だが、今の千代乃の心には大きな欲が一つだけあった。

(藤波さんと共に生きていきたい)

この時千代乃は己の気持ちをはっきり自覚し、大粒の涙を瞳に溜めた。だが、今更どうにもならなかった。千代乃は三日後、藤波ではない相手の元へ嫁ぐのだ。

「……俺は何もかも忘れてしまいましたが、一つだけ覚えている話があるんです」

藤波がにわかにそんなことを言い出したので、千代乃は一瞬驚いたが、すぐに常通りの笑みを浮かべて促した。

「枯れずの鬼灯──千代乃さまはご存知ですか？」

千代乃は首を横に振った。鬼灯に拘わらず植物は、皆いつかは朽ち果てるものだ。鬼灯は初め青緑色をしているが、熟れると赤くなって、その後実をつけて枯れてしまう。「枯れずの鬼灯」など有り得ぬ話だった。しかし、藤波はこう続けたのである。

「枯れぬのです。ただし、赤く熟れもしない──青いままで一生を過ごし、その一生は尽きることがない。つまりは、永遠の命を持っているということです」

「永遠の命……」

千代乃はそう繰り返したものの、あまりに途方もない話にいまいちついていけずにいた。

（一体、何の話をしているのかしら？）

冗談でないというのは、藤波の真剣な表情を見れば一目瞭然だった。千代乃の困惑に気づいているような素振りを見せながらも、藤波は更に続けた。

永遠の命を持つ枯れずの鬼灯──それを手中に収めた者は、枯れずの鬼灯と同様に永遠の命を手に入れることが出来るという。だから、皆は懸命に探したのだが、結局誰も手に入れられなかったのだ。千代乃はじっと藤波を見ていたが、藤波は話している最中ほとんど海ばかり眺めていた。やっとのことで目が合った時、千代乃は思わず息を呑んだ。その顔に浮かんでいたのは、思いつめたような表情だったからである。

「もしも……もしも俺が永遠の命を持っているとしたら、千代乃さまはどうされますか?」

藤波は、まっすぐ千代乃だけを見つめて言った。

「私は……」

ちょうどその時、びゅうっと強い風が吹き、千代乃は言いかけた言葉を止めた。ざざん、ざざん、と打ち寄せてくる海の音が、浜辺に響き渡った。昨日まで穏やかだった海が、今日の朝から荒れ出したのだ。「こんな天気なのに散歩なんておよしなさい」とおふでに言われたが、千代乃は聞こえていない振りをしてここまで来た。隣にいた藤波も同じはずである。来た時よりも天気は悪くなっていたが、どちらも屋敷に戻ろうとは言い出さなかった。この時、千代乃は思い切り叫び出したいような心地に襲われていた。泣き喚いて、心のうちをすっかりさらけ出してしまえたら、どれほど気持ちがいいだろう――そうしたいのは山々だったが、そんなことはとても出来なかった。

(どうして私はこうなのかしら)

一度くらい、思いのまま振舞えたら――それが出来ぬから己なのだと知った上で、千代乃は思った。寂しい、辛い、痛い――身のうちにある心情は決して明るいものではなかった。言えば、必ず誰かを困らせる。言いたくて言えなくて、押さえ込んで生きてきた千代乃は、この時も決してそれを外に漏らすまいとしていたのだ。だが――。

（冷たい……この人の手は冷たい）

微かに指先が触れただけで、千代乃の決意はもろく崩れ去ってしまった。千代乃は恐る恐る手を伸ばし、搾り出すようにして言った。

「……冷たい。でも、こうしていれば温かいですね」

そっと握った藤波の手は、少しだけ触れた指先よりも更に冷たかった。千代乃は先を続けようとしたが、駄目だった。ただ大粒の涙を流し、にこりと笑うしか出来なかったのだ。藤波は一瞬だけひどく驚いた顔をした。だが、すぐにくしゃりとした笑みを浮かべ、

「ええ……だから、こうしていてください」

そう言って、千代乃の涙をぬぐってくれた。千代乃と藤波が屋敷から逃げ出したのは、それから二日後のことだった。


「大丈夫ですか!?　どうか、しっかり摑まっていてください……！」

「は、はい……！」

荒れ狂う海を小舟で渡ろうとするなど、無謀以外の何物でもない。だが、前日と前々日に折り悪く舟が空いていなかったせいで、この夜しか共に逃げ出す機会はなかったのだ。藤波が流されてきた日のように、空には嵐が雨風を操って暴れていた。

死んでしまうかもしれぬ――浜辺に立った時、二人はそう思った。けれど、千代乃も藤

波も「やめよう」とは口にしなかった。着の身着のままで、ほとんど金も持っていなかったが、それでもここに残るよりはずっといいと思ったのだ。だが、いざ海に出てみると、予想をはるかに超えた苦難が二人を待ち構えていた。舟を操るどころか、そこに留まっていることさえ難しい。何度も転覆しそうになりながらも、藤波は必死に舵《かじ》を取った。千代乃は舟の縁《ふち》を摑み、とにかく流されまいと踏ん張っていた。海に落ちたら最後、助かることはない――そんなことは、子どもでも分かることだった。

「きゃっ！」

悲鳴を上げた千代乃は、青い顔をして振り返った藤波に、「ごめんなさい」と謝った。遠くの空に雷鳴が轟《とどろ》いたのだ。本当は恐ろしくて堪らなかったが、千代乃は「大丈夫です」と笑ってみせた。すると、藤波はほっと安堵の表情を浮かべ、再び前に向き直った。

「千代乃さま……必ず、共に参りましょう」

藤波は軽く息を切らし、前を見据えたまま、千代乃に言った。

「ええ……でも『千代乃さま』だなんてもう止してくださいね。私たちはこれから――」

千代乃が最後まで言い切れなかったのは、またしても雷鳴が轟いたからだ。しかし、今度は先ほどよりもずっと近く――ほとんど間近だったように思えた。腹の底まで響いた音に千代乃は思わず目をつむってしまったが、

（……あら？）

異変を感じ、恐る恐る目を開けた。そこには、先ほどまでの闇はなかった。千代乃は夢

を見ているのかと思って瞬きを繰り返したが、何度そうしても景色は変わらなかった。海一面が、きらきらと青く光り輝いていたのだ。

(綺麗……)

海と夜空が反転したような景色に、千代乃は思わず溜息を吐いた。しばらくして水面に何かが飛び跳ねているのが見えたが、目を凝らしてもそれが何だか分からなかった。少し身を前に傾けた時、千代乃はふと気づいて叫び声を上げた。

「……藤波さん!!」

声を出せたのは、そのたった一度きりだった。本当に恐ろしいと声など出てこぬものだ。千代乃はぶるぶると震えながら、その身を引きずるようにして舟の前の方へ移動した。手を伸ばしても何の感触もないのは、当然だった。舟の上にはいつの間にか千代乃たった一人しかいなかったのだ。

(嘘よ……)

そんなことがあるはずがなかった。つい先ほどまで話していたのだ。共に参りましょう――藤波は確かにそう言ってくれたはずである。

(嘘よ……きっと、これは夢なんだわ)

千代乃は藤波が海に落ちてしまったことが信じられず、ぎゅっと目を閉じた。やがて、眩しい光が消えたのが分かった。その瞬間、大きく舟が傾き、千代乃も海へと投げ出されたのである。

目を覚ましてすぐ、千代乃は己が見知らぬ地に辿りついたことを知った。千代乃が寝床にしていた地は、白色の砂浜だった。あまりに美しかったため、千代乃はそれを手で掬い、さらさらと地に落とした。砂は見目が綺麗なばかりではなく、その感触も良かった。千代乃が育った場所の砂は灰色で湿っていたので、作り物のような乾いた白い砂がとても珍しく感じられたのである。視線を上げた千代乃は、深い青をした空を眺めた。嵐は一体どこへ行ってしまったのか、雲一つない良い天気だった。嵐がどこかへ去ったのではなく、己が嵐から逃れて遠い地に流れついてしまったのかもしれぬ——途端に恐ろしくなった千代乃は、とにかく藤波を捜すために歩き始めた。

「藤波さん……藤波さん」

彼の名を呼びながら歩いたものの、藤波が姿を現すことはなかった。千代乃が海に落ちたのは、藤波が落ちたすぐ後のことだ。同じように流されたとしたら、そう遠くには行っていないはずである。千代乃は疲れた身体を引きずるようにして砂の上を歩いた。履物はなくなってしまったため裸足だったが、不思議と砂に足を取られることはなかった。千代乃は藤波が見つかるまで、歩みを止めぬことを心に誓った。だから、それからおよそ四刻も歩き続けたのだ。行けども行けども砂浜だった。そうとは思わぬようにしていたが、心の底では無理だと気づいていた。何しろ、千代乃は歩いている最中誰とも会わなかったのだ。人間は疎か、獣も、そして植物にさえも——。

「……藤波さ、ん……」

千代乃が力尽きて倒れた時も、周りにあるのは白い砂と青い空だけだった。目を開けていることさえ辛くなっていたが、それでも千代乃は空を見つめていた。広がる青い空は、どこまでも続いているのだろう。ならば、いつか藤波とも会えるはずである。千代乃はそう考えた瞬間、全身に力を入れて立ち上がろうとした。しかし、何度やってもそれは叶わなかった。千代乃の身体は限界をとっくに超していて、足は以前のようにまったく動かなくなってしまっていたのだ。

「……藤……波……」

そう呼べば、藤波はいつでも千代乃の元に駆けつけてきてくれた。一人で鍛錬していると、「何をやっているのです！」と怒りながら、千代乃の身体を支えてくれたのだ。

——俺はずっと千代乃さまのお傍にいます。どうか、お手伝いをさせてください。

藤波はよくそう言っていたが、千代乃は答えることが出来なかった。嫌だったからではない。本当は、素直に「はい」と応じたかったのだ。だが、藤波は記憶を失っていた。藤波には藤波の人生があったはずなのだ。彼の優しさに付け込んで、欲を張ってはならない——千代乃はずっと己に言い聞かせていた。だから、縁談の話を聞いた時、皆は怒り、そして悲しみにくれたが、千代乃は（これでやっと諦められる）と安堵したのだ。傍にい続けては、欲が出てしまう。想いが通じ合ったとしても、その時藤波が記憶を取り戻したら己には引き留めることなど出来はしないだろう。確かに想ってはいた。だが、相手が己のことを同じくらい想ってくれるとは思えなかったのだ。

「永遠の命が欲しいか？」

どこからともなく聞こえてきた声に、千代乃はかすかに首を傾げた。見える範囲には誰もいなかったが、今の己の目が当てにならぬことを知っていた千代乃は、すっと瞼を閉じた。

「藤波は永遠の命を持つ者だ。共に生きたとしても、お前は途中で死に、藤波はまた一人になってしまう。これまで、藤波は誰かを愛することなどなかった。生涯でたった一人愛した女がどんどん老いていき、あっという間に死を迎えてしまったら、藤波はどうなると思う？」

再び耳に響いていた声音を、千代乃はぼうっとした頭で聞いていた。身体が疲弊しきっていたせいだったが、原因はそれだけではなかった。

（なんて美しい声なのかしら……）

千代乃の母は然程美しくなかったが、鳥がさえずるように艶やかな声音をしていた。千代乃を見る時の彼女は笑っていなかったが、声音だけ聞いていると、さも己が愛されているのだと錯覚出来た。そのくらい、母の声は麗しく、温かったのだ。だが、それよりも、今耳に届いた声音の方が美しかった。その上、声の主は男だったのである。

「藤波はお前と出会う以前よりも孤独になるだろう。そして、お前を忘れることも出来ず、永遠に生きていかねばならなくなる。人間のままのお前と藤波が一緒になれば、必ずや藤波を不幸にすることになるぞ」

　──俺は記憶が戻らずとも、幸せです。

　瞼の裏に浮かんだのは、噛み締めるようにして幸せを口にした藤波の顔だった。決して不幸になどしてはいけない──千代乃はその時、そう誓ったのだ。閉じた目の隙間からぽろぽろと涙が流れていく間、誰のものとも知れぬ綺麗な声音が聞こえ続けた。

「永遠の命を持つ藤波は、お前と同じ時を過ごすことは出来ず、死ぬことも出来ない。だが、お前が永遠の命を手に入れることは出来る」

　永遠の命が欲しいか？──声は再びそう問いかけてきた。千代乃は重い目を開き、目の前に広がる空を見ながら口を開いた。

「……私は永遠の命が──」

　欲しい──千代乃は確かにそう答えようとした。だが、その先は幾ら経っても言葉にはならなかった。声は答えを待つように沈黙を続けていたが、千代乃が先を続けることはないと判断をしたのか、もう一度だけ同じ問いを繰り返した。

「永遠の命が欲しいか？」

　千代乃は結局答えなかった。その代わり、ほんのかすかに首を横に振った。千代乃はその時、ふと青空が目に入った。ふっと吐いた息が、水泡となって上がっていくのが見えて、千代乃はやっとあれが青空などではないことを悟った。千代乃がいた場所は、深い海の底だったのだ。真っ白な砂浜は、海の底にある世の地で、見上げていた空はいつも窓から見下ろしていた水面だった。それを知った途端、千代乃はにわかに息が出来なくなった。口の中にどんどん海水が流れ込んできて、ごぼごぼと水泡が上がったのだ。
（私はすでに死んでいたのではないかしら……それで、海の神さまが選ばせてくれようとしたのね。でも、私が永遠の命を選ばなかったから、再び死がやって来た――）
当然の報いだ、と考えていた途中で、千代乃は意識を失った。

千代乃が次に目を覚ましたのは、屋敷の自室の布団の上だった。逃げ出した翌朝、浜辺に一人横たわっていたという。皆、藤波のことを口にしなかったので、千代乃はそもそも彼の存在すら夢だったのかと思ったが、ひと月経ってようやく屋敷を訪れた両親に「拾った男と駆け落ちするなど恥さらしな娘だ」と散々罵《ののし》られたので、藤波がちゃんと存在していたことを知った。その後、千代乃の縁談は破談となった。藤波と駆け落ちしたことよりも、千代乃の足が再び動かなくなってしまったことが原因だった。千代乃が両親に会ったのは、駆け落ちの件で罵られた日が最後である。それから五年後、両親は揃って病で亡くなった。そして、千代乃は使用人たちとも別れ、ついに天涯孤独になってしまったのだった。

*

「……その後、どうやって生きてきたんだ？」

　一人きりになってしまった、というところで話を切った千代乃に、小春は静かに問うた。千代乃はすぐに続きを話さなかった。忙しく胸を上下させて、ゆっくりと息を吐いていた。その様子があまりに辛そうだったので、喜蔵は思わず声をかけた。

「……背をさすりましょうか？」

「え!?」と驚きの声を上げたのは小春だった。わざとらしく仰け反ったことに腹が立って、喜蔵は小春の頰を強く抓みあげた。

「いでででで……！　だって、びっくりするだろ!?　閻魔に背をさすられちゃあ息も止まっちまうって」

　本当に息の止まりそうな老女の前で軽口を叩く小春の無神経さに呆れた喜蔵は、今度は両頰を抓り上げた。

「いひゃひゃひゃひゃ……いひゃい、いひゃいっへ！　ひゃめろひょ！」

「うるさい黙れ」「おまひひゃひゃまれ」と二人が言い合っていると、布団からくすくすと笑い声が漏れた。小春と喜蔵は千代乃を見て、思わず目を見開いた。

「おかしな人たち……ふふふ……」

　千代乃が浮かべた満面の笑みは、美しくもなければ、愛らしくもなかった。だが、つられて笑みを浮かべてしまいそうになるほど、明るくきらきらと輝いていたのである。心ゆくまで笑った千代乃は、少し声音を抑えてやっと答えを口にした。

「皆が私の元から去った後……私はどうしてだか、にわかに歩けるようになりました」

十四の時に初めて自ら立つことが出来た千代乃は、それから四年間毎日鍛錬をしてようやく歩けるようになった。しかし、藤波と別れ、再び歩く力を失ってからは、五年間一度も歩けたことはなかったという。それなのに、ある日千代乃はふいに（歩ける）という予感を得て、車椅子から下りた。すると、確かに歩くことが出来たのである。

「私は信じられなくて、夢を見ているのかと思ってしまいましたが……現でした」

その後、千代乃は一念発起し、新たに雇った家人と共に浅草の地へ向かった。そして、両親が残した店を唯一親交のあった従弟《いとこ》に譲ったのだ。そのまま隠居してしまおうと思っていたのだが、店の経営や権利の整理をする中で千代乃に商才があることに気づいた従弟夫婦は千代乃を引き留め、店の離れに住まわせながら教えを請うてきたという。

「……皆は私がどうして商売のことが分かるのか不思議そうでした。実は、私はあの海の見える屋敷でずっと家人たちから店の話や、商売の仕方を学んでいたのです」

家人たちは元々店の優秀な番頭や女中だったのだが、千代乃の両親の逆鱗に触れてしまい、あの屋敷に追いやられたのである。家人たちは千代乃の両親への反感もあり、千代乃に悉《ことごと》く商いのイロハを植えつけたのだ。それに何より、いつか千代乃があちらに戻った時に困らないようにと皆は考えてくれたのである。

「でも……そんな奴らがあんたから離れていったのか？」

小春の問いに、千代乃は首を振った。

「私からお願いしたのです。皆、高齢でしたから……今の私と同じくらいにはなっていました。あの人たちにはずっとお世話になりっぱなしで、何しろ親元にいる何倍もの時を共に過ごしてきたのです。本当に、感謝してもしきれません。だから、余生は静かに過ごして欲しかった。私のお守など、これ以上させてはならないと思いました」

家人たちはなかなか納得しなかったが、千代乃が絶対に曲げないと分かって、泣く泣く退いたという。家人たちはもうとっくに亡くなっていたが、それぞれ余生は穏やかに過ごしたと千代乃は風の噂で聞いた。そして、店の方は、千代乃が裏方として支えたおかげで、前にも増して繁盛した。従弟夫婦は千代乃のことを放り出さず、何かことがあれば必ず最初に話をしに離れに来たという。結局、千代乃は一年前に身体を壊すまで、店の手伝いをして過ごした。ふたを開けてみれば、あの海の見える屋敷で過ごした年数よりも、店で過ごした時の方がずっと長くなったのである。

「……私は結局あの方のいない人生を歩んできました。でも……どこにいても何をしていても、今こうしている瞬間さえも、思い出すのはあの方のことばかりなのです」

千代乃の手を引き、支えた藤波の冷たい手——千代乃はそれを確かめるように、宙に手を伸ばした。うっすら開いた半目には、小春も喜蔵も映ってはいなかった。

「それほど想っているなら……なぜ、共に生きることを選ばなかったのですか?」

力尽きた千代乃の手が布団に下りた時、喜蔵は問うた。千代乃の語りを聞けば聞くほど、千代乃がどれほど藤波を想っているか知れたからだ。深海のごとき底知れぬ愛に思えたからこそ、千代乃が土壇場で藤波と共に生きていくことを選ばなかったという事実がどうしても理解出来なかったのである。ゆっくりと開いた千代乃の目は、先ほどまでと違って虚ろだった。その目で天井を見据えたまま、身じろぎもせずに千代乃は語りだした。

「私は永遠の命が嫌だったわけでも、永遠にあの方と歩むことを不安に想ったわけでもありません。私は、怖かったのです……藤波さんは私に『共に逃げよう』と言ってくれました。でも、私はあの方の本当の気持ちは分からぬままでした」

千代乃の台詞は、喜蔵にはまるで理解できぬものだった。小春も同じ気持ちだったようで、眉を顰めつつ、首を傾げながら千代乃に訊ねた。

「分からぬままと言うが、分かるだろ？　接してくる態度なり、向けてくる眼差しなりで……それに『共に逃げよう』と言ったんだろ？　それだけで十分じゃねえか」

小春は至極もっともなことを述べたが、千代乃は虚ろな目を少し険しくして言った。

「……逃げた先でずっと共にいてくれる証はどこにありますか？　永遠の命を得た後、私の傍から離れることなく、愛し続けてくれますか？」

「そんなこと言ったら、何を言っても何をしても、不十分と感じるままじゃねえのか？」

小春は呆れたように答えたが、千代乃はただ首を振るだけだった。どこか諦めたような目をしている千代乃を眺めていた喜蔵は、ふと過った考えを思わず漏らした。

「貴女も孤独にとらわれてしまったのですか？」

小春はよく分からなかったようで、訝しげに首を捻っていた。対する千代乃ははっとしたような顔をしたので、喜蔵は悟った。

（この人も、俺と同じだったのだろう）

千代乃の話を聞いていてどこか違和感を覚えたのは、千代乃の他人に対する優しさと与えられた愛情との温度差だった。家人たちは千代乃に尽くしてくれたようだが、一等想って欲しかった両親には結局愛されずに終わったのだ。それでも、千代乃は誰にも弱音など吐かなかった。愛した藤波にすら、何でもない顔をしていつも明るい笑みを浮かべていたのである。喜蔵もずっと（己は所詮たった独りなのだ）と考えて生きてきた。

「貴女も――結局、人は独りきりなのだと思ったのではないのですか？」

共に生きていきたいと強く願えば願うほど、それまで抑えてきた孤独感が募ってしまったのではないか？――喜蔵が述べた後、また少し経って千代乃はぽつりと言った。

「そうです。私はとても臆病で、怖がりなのです……二人で永遠の命を生き始めたとしても、心まで永遠になるわけではない――あの時、私はふとそう思ってしまいました。怖くて怖くて、堪らなかった。あの方が永遠の命を持っていると言った時には、ただ一緒にいたいと願うばかりだったのに……」

今は愛していても、これから先嫌いになることがあるかもしれぬ。共に生き続けるくらいなら、死にたいと願うかもしれぬ。しかし、どう願っても死ぬことは出来ないのだ。そして、それ以上に離れることなど出来はしない。

「だって、永遠の命を持つ人間など他にいないでしょう？……私は藤波さんとずっと共に生きていきたかったけれど、あの方はどうか分かりません。いえ、きっとそう思ってはくれていたのでしょう。でも、あの瞬間はどうしても信じきることが出来なかったのです」

幸いなことに足は動き続けたものの、その時はいつどうなるかなど分からなかった。藤波は献身的に世話をしてくれたが、それは己に恩義を感じているだけだ——そんなことまで疑ってしまうほど、千代乃はとにかく疑心暗鬼になった。千代乃の脳裏に浮かんでくる（いつか捨てられてしまうかもしれない）という不安は、幼き頃に経験した傷のせいに他ならぬ。藤波は両親とは違う——そう考えようとしても、不安ばかりが頭を掠めたのだ。

千代乃の語りが終わり、ふうと息をついたのは、小春だった。

「そんな考えを持っていたあんたが、よく藤波を捜し続けたな？」

小春の問いに、千代乃はふっと表情を和らげた。

「……結局のところ、捨てられるという不安よりも、傍にいたいという想いが勝ったのです。それに、あの時私はまだ子どもでした。外のことなど何も知らず、それこそ己の足で立つことの出来ぬ子どもだったのです」

藤波と別れて二年が過ぎた頃、従弟の嫁が千代乃に鬼灯を買ってきてくれた。それを見た瞬間、千代乃は涙が止まらなくなったという。

「あれほど怯えていたのに、おかしなものです。その時、（そんなことどうでもいい）と思いました。……私は捨てられることばかりに怯えていましたが、捨てられても私が拾い続けていればいいのだと気づいたのです。私はずっといい子の振りをして、捨てられても笑顔で『大丈夫』だと言っていました。本当は辛くて哀しくて仕方がなかったのに……だから、私はこの先は正直に生きてみようと思いました。今更許してもらえないかもしれませんが、私は藤波さんと生きていきたい――」

そこまで語って、千代乃はふつりと口を噤んでしまった。小春と喜蔵は辛抱強く待ったが、千代乃が再び口を開くことはなかった。喜蔵が蒼い顔をして小春に視線をやると、小春はすっと立ち上がり、千代乃を足で跨《また》ぎ出した。喜蔵は一瞬目を見開いたものの、そのまま見守ることにした。喜蔵は、小春がこうして跨ぐのを繰り返すところを以前も見たことがあった。その時は、瀕死の子猫だったが、小春がこうすることによって、無事治ったのだ。喜蔵は千代乃にも同じ効果が出るように願ったが、小春の苛立たしげな舌打ちを聞いて、思わず落胆してしまった。

（駄目か――）

しかし、千代乃は間もなくして、目を開けた。目元にはすっかり生気がなくなっていたが、心配そうに覗き込んできた小春と喜蔵を認めると、ふわっとした笑みを浮かべた。喜蔵はつられて微かに笑んだが、小春はまだ難しい顔をしていた。散々迷ったような顔をした後、小春は低い声音で告げた。

「酷なことかもしれないが、はっきり言うぞ――お前は今、死にかけだ。ここで永遠の命を得たとしても、若返るわけでもなければ、身体がよくなるわけでもない。一生今の状態で生きていかねばならないんだ……どこまで行っても、終わることのない生を生きるんだぞ。仮にお前がそれを受け容れたとしても、相手はどうだ？　快く受け容れてくれると思うか？　藤波は、お前が知り合った時のまま……若者のままの姿なんだぞ」

小春の言は厳しいものだったが、喜蔵はそれが小春の優しさだと思った。人間の一生――数十年を生きるのであれば、他人がとやかく口を出すべきではない。だが、千代乃が選ぼうとしているのは、比べるべくもない苦難の道だった。藤波を救った時に開けた海の道のように、未知数で危なっかしく、いつ濁流に吞み込まれるかという不安しか残らぬものである。

「……お噂通り、優しい方」

くすりと笑った千代乃に、小春と喜蔵は目を見開いた。

「これから死にゆく者にまで情けをかけては、さぞや生きていくのが大変でしょう？」

千代乃の言葉に喜蔵は声を失ったが、小春は軽く目を伏せただけだった。

「私が枯れずの鬼灯を欲していたのは、確かにあの方と同じ道を行きたかったからです。ですが、それは随分と昔の話……いえ、私は未練がましいので、恐らく一年前までのことですね。こうして身体が動かなくなって、私はあの方と共に生きることを諦めました」

「……でも、枯れずの鬼灯が欲しいのだろう？」

小春の問いに、千代乃ははっきりと頷いた。

「私はあの方と別れてから、ずっとあの方のことだけを考えていました。永遠の命を持っているということは、どんなに孤独なのだろう――浮かんできたのは結局そのことだけでした。もちろん、生きていれば楽しいこともあるでしょう。私でさえ、あの方のいない人生の中でたびたびそう思う出来事がありました。あの方だって、きっとそうだったはずです。でも、どうしようもないほど孤独でもあったはず……私はもう、あの方のお傍にいることは出来なくなってしまいました。でも、藤波さんには幸せになって欲しいのです」

千代乃は布団からゆっくりと手を出して、喜蔵の方に向けた。

「藤波さんにお渡し願いますか？」

千代乃の開いた手の上には、高市の土産の丸くひらべったい青い貝殻が載っていた。

「……申し訳ないが、俺にはその人の居場所が分かりません」

嘘をついた方が千代乃のためにはなる――だが、喜蔵は千代乃の必死な顔を前に、嘘をつけなかったのだ。しかし、千代乃は落胆の表情を浮かべることなく、こう続けた。

「どうか……どうか藤波さんにお渡しください。そして、こう伝えて下さい……『貴方の愛する人にこれを差し上げてください。そして、どうかお幸せに』と……」

「千代乃さん、俺は――」

喜蔵はそこで言葉を止めた。小春がぎゅっと肩を摑み、首を横に振ったからだ。千代乃は力が抜けたように手を下ろし、それきり言葉を発することはなかった。先ほどと似ている状況だったが、喜蔵は何か胸騒ぎがして、小春にせっつくように言った。

「おい……早く跨げ」

小春の術にかかれば、千代乃はまた目覚める――喜蔵はそう思い込んでいたが、小春はまたしても首を横に振った。

「あれは、生きている者にしか効かぬ術だ」

小春の一言で、喜蔵は上げかけていた腰をどさりと下ろした。千代乃の顔は穏やかだった。眠っているかのよう——というよりも、寝たふりをしていたのに、堪えきれず笑ってしまったかのような表情を浮かべている。あまりに相応《ふさわ》しくない表情で、小春と喜蔵の方がよほど死人のような顔をしていた。

「幸せにというが、そいつは幸せだったんじゃねえかな……少なくとも、共に過ごした時間はさ。たった四年だけれど、そのおかげでこいつは今日まで生きてこられたんだから」

小春はぽつりと言った。喜蔵は何も答えられなかったが、同じことを思っていた。

六、枯れずの鬼灯

長い語りが終わった部屋には、ただ潮騒が響いているばかりだった。小春も喜蔵も、しばしその場から動くことが出来なかった。千代乃が浮かべている笑みが、あまりにも明るかったせいだろうか。死んでいるとは、とてもではないが思えなかったのだ。

「……廊下を歩いていた時、死の気配がしたんだ」

小春はぽつりと零した。あの時迷わず歩いていたのは、そこに死期の近い人間がいると感じ取っていたかららしい。しかし、その時も今も、小春は落ち着いた表情を浮かべていた。喜蔵は自分でもひどい顔をしているのが分かったので、どこか置いてきぼりをくらったような心地がしてしまった。だが、小春が再び千代乃の涙を指で拭ったのを見て、必ずしも表情通りではないのだと悟ったのである。

「……藤波の元へ迷わずいけるといいが」

「お前は存外夢見がちだな。死んだ後に想い人と再会など、出来るわけないじゃん。第一、藤波は永遠の命をもって生きているんだぞ？　逢えねえだろ、どう考えても」

喜蔵の言葉に皮肉げに返しながらも、小春の表情は柔らかなものへと変わった。

「夢を見たいならば、ご覧にいれますよ」

きっと、千代乃のことばかり考えていたせいだろう。そうして後ろから声を掛けられるまで、二人はその者の存在どころか、気配にすら気づかなかった。

「……お前が見せる夢なんざ、どうせろくでもねえもんばかりだろ」

呻くように言いながら立ち上がった小春に、戸から姿を現した男――件はふっと笑んだ。喜蔵は思わず小春の寸足らずの着物の裾を握った。小春がそのまま件に飛びかかりそうな気がしたからだ。しかし、それは懸念で終わり、件が近づいてきても小春は微動だにしなかった。ただ、あまり妖気が分からぬ喜蔵にさえ、小春のそれが沸々と湧き出てきていたのが分かった。着物から露出している部分に、ぴりぴりと痛みが走ったからだ。眼差しを鋭くする小春の後ろで、喜蔵も同じように件を睨み据えていた。

「そんなに怖い顔をしないでください。貴方がたに害は与えませんよ」

商家の番頭のようなきっちりとした着流しに、少々尖った耳と細い目、口元だけに浮かんだ薄い笑み――どこをとっても妖怪には見えぬ。二人の前に立った件は、以前会った時とほとんど変わらぬ外見をしていた。こうして三人が会すのは初めてだったが、小春も喜蔵もそれぞれ一対一で話したことはあった。それがちょうど一年ほど前のことだったのだ。件を睨んでいた二人は、自然と顔を見合わせ、首を傾げた。

「何だか……変わったか？」

　小春の呟きに、喜蔵は頷いた。外見はまるで変化がないものの、醸し出す空気や、浮かべている表情などが以前とはどこか異なるように見える。件の堂々とした気負いのない表情を見て、喜蔵はふと思った。

（迷いがなくなったのか……？）

　一年前の件は、迷い、深く傷ついていた。どこにも己の居場所がないのだと、初めて会った喜蔵に語ってしまうほど、追いつめられていたのだ。

「居場所を見つけたというわけか……」

　何とはなしに口にした喜蔵に、件は少し驚いた表情を浮かべると、またふっと笑った。

「ええ——おかげさまで、やっと己の行くべき道が見つかりました」

「行くべき道が、俺らの妨害なのか？　どうせなら、もっと為になることをしろよ！」

　腕組みをしながら、小春はぶつぶつと文句を言い出した。その様子を見て、喜蔵は小春の裾から手を放した。これほど分かりやすく怒っているならば、心配はない。むしろ黙り込んで静かに怒りを湛えている時ほど、何をし出でかすか分からぬものである。

「為にはなっていますよ。今まで持て余してきた力を、こうして有益に使えているのですから」

「だーかーらー他妖や他人の邪魔しているだけじゃねえか！」

　件が述べた言葉に対し、小春はどんどんと地団駄《じだんだ》を踏んだ。まるで子どもである。だが、小春がそうしたくなる気持ちも分かった喜蔵は、険のある声音で件に問うた。

「一体、何が目的なのだ？」

件がこの一件で見せてきた夢は、以前のように喜蔵を苦しめるものではなかった。むしろ、有益な情報を流しているように思える。しかし、件がそんなことをする理由が喜蔵には分からなかった。小春とてそうなのだろう。分からぬから、これほど苛ついているのだ。

喜蔵の問いに頷いた件は、少し笑みを引き、語り出した。

「貴方がたは夢にばかり気を取られているかもしれないが、私の本分は先を見ること……一度はその本分に逆らって生きようとしました。しかし、結局のところ私にはそれしかありませんでした。今は、主に人間相手に先見の仕事をしているのです」

「お前が……？」

小春が怪訝な声音を出すと、件は口元だけに笑みを敷いて言った。

「一年と少し前のことです——彼女が私の元にやって来たのは」

——貴方は先を見ることが出来ると伺いました。ならば、私の先も見て頂きたいのです。私はこの先……死ぬまでに枯れずの鬼灯を手に入れられるでしょうか？

出会って早々、千代乃は前置きもなく語り出したという。千代乃はとある者から件のことを伝え聞いたらしい。もちろん、件は先見で千代乃が己に依頼して来ることを知っていたし、己が引き受けるのも分かっていたが、すぐに返事をしなかった。その頃はまだ、宿命に抗いたいという気持ちがあったのと、純粋に疑問だったのだ。

——なぜ、枯れずの鬼灯が欲しいのですか？

そう訊ねると、千代乃は長年かけてそれを求めていた理由を語った。小春たちに述べた話と一緒で、それは千代乃の哀しい生い立ちと藤波のことがほとんどだった。話を聞いた件は、すっかり依頼を引き受ける気がなくなってしまったという。

（どうして己が人間と妖怪の橋渡しなどしなければならぬのか——）

その頃の件は、己の力を疎んでいたし、己のことを迫害したこともある人間の為に働きたくはなかった。それに、千代乃の望みは身勝手に思えた。千代乃は一度逃げたのだ。今はただ寂しさゆえに相手を求めているだけなのではないか、と件は思ったのである。しかし——。

——お断りになられるなら、私はここで命を絶ちます。

断ろうと口を開いた瞬間、千代乃は件をまっすぐ見つめて言った。

——一年……もしくは、一年半後の私を見てください。恐らく、この世にはいないでしょう。貴方に断られたら、私には枯れずの鬼灯を見つけ出す術がなくなってしまいます。

聞けば、千代乃はこの少し前に医者から余命一年を宣告されたばかりだったのだ。確かに、言われてみると足を引きずっているだけではなく、顔色そのものも悪かった。

——私はずっと求めてきました。枯れずの鬼灯を見つけられず死ぬのなら、今死んでも同じこと——さあ、どうか自害するための道具をお貸しください。

妖怪を脅してくる人間など、件は初めて見た。面白い——と感じたのは妖怪の性なのだろう。そして、件は千代乃の依頼を引き受けることにしたのである。

「……もしや一年前に俺の前に現れたのは、この件があってのことだったのか？」

話を聞いていた喜蔵は、はっと思い至って訊いた。一年前の騒動は、小春に恨みを持つ天狗が、妖怪たちに小春とその周りの人間を襲わせていたのだ。件が喜蔵にちょっかいを出していたのも、天狗の指示があってのことだと思っていたが——。

「まず、千代乃さんの依頼で貴方がたのことを知りました。その後、天狗から罠を仕掛ける手伝いを頼まれたのです。その相手も貴方がたでした——偶然というより、必然だったのでしょうね」

肯定の頷きを寄越した件に、喜蔵は眉を顰めた。そんな必然などあって堪るものではなかったが、確かに偶然と呼ぶにはあまりに出来すぎていた。喜蔵は手の中にある枯れずの鬼灯を軽く握り締め、今度はこう問うた。

「では、この人に何度も無駄足をさせたのは、一体何だったのだ？」

喜蔵の視線の先にいたのは、千代乃である。顔に布もかかっておらず、ただ眠っているようにしか見えなかった。それまで余裕の笑みを浮かべていた件は、喜蔵の問いを受けて少々顔を顰めた。

「……私の先見は万能ではありません。何度も見て、やっと枯れずの鬼灯が荻の屋さんに来る時期が分かったのです」

それが一年後——今だったのだ。足繁く通っていた千代乃が急に来なくなったのは、件から荻の屋に枯れずの鬼灯が入る時期を聞いたからである。

「その後、千代乃さんは床に臥してしまいました。しかし、彼女は一年後に枯れずの鬼灯を手に入れるはずなので、そこからどう動いていくのかと思いましたが——つい十日ほど前、やっと未来が見えました」

　そこにいたのは、アマビエを描いている彦次の姿だったという。

「では、あの馬鹿に尼彦を描けと依頼したのは、お前だったのか……」

　喜蔵はちっと舌打ちをした。彦次が語った男の特徴と、今目の前にいる男の様子はぴったり同じだった。それに、その男は彦次が描いた尼彦の画を眺めて、こんな風に述べたのだ。

　——……夢で見たものとまったく一緒の素晴らしい出来ですね。

「なぜ彦次どのにそんなことをさせたのか、とお思いでしょう？　喜蔵どのには夢の中でちらりとお話ししましたが、私はただ己の見た未来に従ったまでのこと。どうして彦次どのがそんなことをしなければならなかったのか……理由など、私にも分かりません」

　質問を先回りして答えられた喜蔵は、涼しい顔をしている件を睨んだ。喜蔵と件の間にふと沈黙が下りると、それまで黙って聞いていた小春が、ようやく顔を上げて件に言った。

「……お前と千代乃の繫がりは分かった。お前が己自身の力に対し無知なこともな。だが、そういう理由があったんなら、まどろっこしい真似などせずさっさと言えよ。始めからこの話をすりゃあ、もしかしたら——」

「もしかしたら？　何が出来たんです？　枯れずの鬼灯が貴方がたの元に来たのは、たった二日前のこと——事態は今と何も変わりませんよ。それに、このことを貴方がたにそのまま話したところで、何の疑いもせずに信じて、その上協力などしてくれましたか？　こうして事実が重ねられていなければ、私の言葉など耳も傾けなかったのではありませんか？」

件に言い募られた小春は、黙り込んでしまった。もっとも過ぎて、ぐうの音も出なかったのだろう。喜蔵も何も言い返せず、ただ件の怒ったような顔を眺めていた。

「……貴方がたが乗っていた舟が泊まっています。そろそろお帰りになった方がいい」

しばらくの沈黙の後、件は窓の外を指して言った。小春と喜蔵は窓近くまで近づいて外を覗いたが、浜辺には確かに舟らしきものが繋いであった。

「——お前が拾ってきた舟になんぞ乗れるか！　どうせ何か細工してあるんだろ!?」

小春はぱっと向き直ると、腰に手を当てて、件に人差し指をびしっと差し向けた。件はその視線をまっすぐ受け、平然として言った。

「私は一向に構いませんが、帰らぬと不味いのではないですか？　海にはご友人がいるでしょう？　それに、アマビエは？」

小春はぐっと詰まると、差していた指をゆっくり下ろした。そして、一つ息を吐くと、そのままズンズンと戸の方へ歩いて行った。喜蔵もその後に続いたが、千代乃の前を通り過ぎるという時、唐突に不安に襲われ、その場に立ち止まった。

「……この人をどうするつもりだ？」

「最期まで見届ける——そういう依頼でしたので、ご心配には及びません」

件の答えを信じてもいいのか、喜蔵には判断がつかなかった。ちらりと見遣った顔は普段通りで、哀しみの色など浮かんではいなかった。だが、顔に浮かんだ表情ばかりが、その者の本心ではない——己がさっき思ったばかりのことを思い出した喜蔵は、前に足を踏み出した。

（……約束はきっと守るだろう）

件が千代乃を見る眼差しは、温かく、そして哀しげでもあった。人間が嫌いだと言いつつ、結局人間相手に商売をしてしまう件は、やはり人間と繋がって生きていたいのだろう。ここまでまどろっこしい真似をしたのは、「仕事だから」という理由だけではないはずだ。喜蔵は、己の勘を信じることにした。

廊下を通り、玄関から外に出た二人は、浜辺に向かった。そこには確かに、二人が乗っていた舟があった。転覆したのだから、浸水していてもおかしくなかったが、濡れた跡など一つもなかった。

「ご丁寧に乾かしてくれたのか。お優しいこった」

小春はケッと波をひと蹴りして、軽い身のこなしで舟に乗り込んだ。後に続いた喜蔵は、枯れずの鬼灯を小春に手渡し、櫂を使って海に漕ぎ出した。しばらくそのまま進んで行くと、「右に」と小春は言った。問うような喜蔵の視線に、小春は眉を顰めて答えた。

「あちらの方に妖気を感じた。さっき戦っていた奴らのな」

ぴくぴくと小春の耳が動いているのを見た喜蔵は、黙って舟を漕ぐことに集中した。小春は時折「右」「まっすぐ」「もうちょい左」などと指示する以外は口を噤んでいた。

「……弥々子の匂いだ」

どのくらいかして、小春はぽつりと言った。

「近いのか？」

「うん、近い……他の怪の匂いもするし、物騒なもんが流れてきている」

ほら、と言って小春が示した先には、人魚の尾先と思しき尾ひれが、ふよふよと流れていた。小春はひょいっと身を乗り出すと、尾ひれの横にあったものを摑んだ。喜蔵が目を見張ったのを見て、小春は首を横に振って答えた。

「これは確かに河童の頭の皿だが、弥々子のじゃない」

ほっと息を吐いた喜蔵は、小春が手にしている丸い皿を見遣った。河童の頭の上には皿があり、そこに水を溜めている。それが干からびたら死んでしまうこともあるらしく、河童にとっては尻子魂の次に大事なものであるらしい。周りを見ても皿がない河童など流れてきてはおらず、喜蔵は一瞬緩めた頰をまた緊張させた。

「水の怪のくせに海を汚すなど、まったく仕様のない連中だ」

文句を言い始めた小春だったが、にわかに喜蔵の身体を引っ張ると、そのまま舟の底に伏せさせた。

「一体何——……!?」

喜蔵が小言を途中で止めたのは、二人の頭上を魚が飛び交っていたからである。喜蔵の額にさっと冷や汗が流れた。その魚というのが、口の部分が刃物のように尖った形状をしていたからだ。元の体勢のままだったら、喜蔵の身体は穴だらけになっていたことだろう。魚が頭上を通過すると、小春は半身を起こし、喜蔵から櫂を奪って、漕ぎ出した。喜蔵も倣《なら》って身を起こそうとすると、「伏せておけ」と小春は言った。喜蔵は素直に従ったが、しばらく経っても何ら異変は起きなかった。

「……来ぬではないか」

伏せているのが苦になった喜蔵は、元通りの姿勢に戻った。

「いつまたとばっちりが来るか分からねえぞ？　すぐそこで戦が起きているんだから」

小春の厳しい視線の先を追った喜蔵は、瞠目《どうもく》した。河童に大川獺、ひょうすべに磯天狗、川赤子に貝吹坊、瀬女に船幽霊、海坊主に瑪瑙――そこには舟から落ちる前とほとんど変わらぬ戦の景色が広がっていたからだ。一等離れた場所では、弥々子たち神無川の河童たちが貝吹坊たちと戦っている。しかし、小春は眺めるばかりで、彼らに近づこうとはしなかった。水の怪たちにアマビエの奪い合いをさせ、最終的に手に入れた者からそれを奪取する――弥々子に語った通り、小春はそうするつもりなのだろうか？

（まるでらしくない……）

喜蔵は小春の横顔を眺めながら、眉を顰めた。小春は口では悪ぶることはあっても、結局は甘いのだ。相手が妖怪でも人間でも、助けを求められたら手を差し伸べずにはいられぬ性格をしている。他人のことなどよく分からぬ喜蔵でさえ、小春のそうした甘さや優しさを重々承知していた。だから、幾ら大事な修業だとはいえ、傷ついた弥々子の願いを断るとは思わなかったし、いざこういう場面に行き当たったら、迷わず力を貸してしまうと思っていたのだ。

「……俺がいるせいか？」

喜蔵の呟きに、小春はちらりと視線を寄越してきた。

「俺を戦に巻き込むわけにはいかぬと思うから、ぼうっと見ているだけなのか？」

「うぬぼれんな。お前なんてどうなったって、俺はなーんも構わない」

即座に言い返した小春に、喜蔵は「分かっている」とぽつりと続けた。

「……俺の身を案じているわけではなく、俺の周りの者たちのことを考えたのだろう？」

喜蔵はつい最近まで、己がどうなっても周りは何も変わらぬと思っていた。どうせ一人きりなのだから、いつどうなっても構わなかったのだ。

――俺は深雪や硯の精に恨まれるのは御免なんだよ。

「喜蔵が死んだら皆が哀しむ」と小春が婉曲に述べた時、喜蔵は初めて（そうなのだろうか？）という疑問が浮かんだ。確かに、無事に帰ってきた喜蔵を見て彦次は泣いて喜んだし、その後想いを通じ合った深雪は、喜蔵と共に暮らすことばかり考えて生きてきたという。池に落ちた時、高市は必死に喜蔵を助けようとしたし、綾子は顔を蒼白にして震え上がるほど心配していた。硯の精は叱咤《しった》しながら、まるで親のように世話を焼いてくる。

（なぜ、俺のことなど……）

　喜蔵はただただ不思議だった。小春と出会って以来、色々な者と関わり合う中で、喜蔵は皆が己に寄せてきてくれる想いをひしひしと感じ取っていた。だが、それをすべて信じて受け入れられるほど、喜蔵は素直ではなかった。凝り固まった意地は易々と解けるわけでもなく、作っていた壁をすっかり取りはらうことも出来なかった。昔から喜蔵は「人は独りだ」と考えてきたが、それは今でも変わらぬ。だが――。

「俺が死ぬようなことになったら、どうやら哀しんでくれる者はいるらしい」

　以前の喜蔵だったら、そんなことは思わなかった。しかし、今は自然と己の名を呼びながら嘆き哀しむ数人の姿が脳裏に浮かんできてしまい、喜蔵は思わず顔を歪めて苦笑した。

「……お前も少しは周りの人間の気持ちが分かるようになったんだな。ほんの少しだけれど」

　本当に一寸だけな、とくどくど言いつつ、小春は眉尻を下げて嬉しげに笑った。その顔を見て、喜蔵はますます己の読みが正しいと確信を得たが――。

「でもさ、お前がいるせいじゃないんだ。今ここにお前がいてもいなくても、俺はあいつらの戦に割ってはいることはないし、弥々子に力を貸したりしない」

　そう答えた小春は、いつになく真面目な表情をしていた。しかし、気負った風でもなく、嘘をついてはいなさそうだった。

「悪ぶる必要などなかろう。どれほど強くなったとしても、お前はどうせお前のままだ」

喜蔵はまるで得心が行かず、首を振った。人がそう簡単に変わらぬように、妖怪もまた同じだと喜蔵は思ったのだ。

「強くなることと、友を切り捨てることは同じではないのではないか？」

喜蔵には、小春が無理やりに新しい己になろうとしているように映ったのだ。だが、小春は「そうじゃない」と首を振った。

「そういうことじゃなくて、俺はお前たちを――……！」

小春はそこで言葉を止め、息を呑んだ。小春の視線の先を追った喜蔵も、はっとして黙り込んだ。

（いつの間に――）

そこでは、海坊主たちと瑪瑙たちが戦っていたはずだが――なぜか彼らは結託して、神無川の河童たちに襲いかかっていたのだ。貝吹坊たちは慌てて逃げ去ったが、神無川の河童たちはその場に踏みとどまった。棟梁である弥々子が瑪瑙と海坊主と対峙している中、自分たちだけ逃げるなど出来なかったのだろう。

「……奴ら、最初から結託していたんだろう。瑪瑙みたいな狡賢《ずるがしこ》い怪が、急に話に乗っかるなんておかしいと思っていたけれど……姑息な奴らめ」

小春は唸るように言った。それぞれの配下の者たちの戦いは混戦を極めていたが、三人――二対一の棟梁たちはなかなか動き出さなかった。弥々子にじりじりと近づいていったのは海坊主だったが、横から弥々子目掛けて三つ又の槍《やり》で突いてきたのは瑪瑙だった。難なく躱《かわ》した弥々子は両手で水を掬うと、それを握りこんで瑪瑙に向かって投げつけた。すると、ただの海水だったそれは、途中で氷塊に変わり瑪瑙のわき腹を掠ったのである。弥々子は素早く二投、三投と投げたが、それはいささか見当違いなところへ飛んでいってしまった。なぜなら、弥々子は海坊主によって身体を宙に持ち上げられていたからだ。

この海坊主は元々人間くらいの身の丈をしていたが、むくむくと膨れ上がっていき、今は通常の五倍はあった。海坊主は弥々子を雑巾のように搾ろうとしたが、弥々子は素早くその身を翻してするりと抜けると、どこもかしこも真っ黒な海坊主の唯一白い部分である目に思い切り蹴りを入れた。海坊主は思わず弥々子から手を放したが、再び海に戻った弥々子を待っていたのは、残忍な笑みを浮かべていた瑪瑙だった。

弥々子はまた宙で身体を捻り、己に向けられていた槍の先から逃れて海に潜ったが、瑪瑙はすぐさまあとを追って海の中に入って行った。海坊主もまたずずず、と音を立てて海に沈んでいくと、それから数十秒経って大きな水しぶきが立った。その中から飛び出してきたのは海坊主に首元を摑まれていた弥々子だった。そして、今度こそ瑪瑙の三つ又の槍から逃れることは出来ず、二の腕を突き刺されてしまったのである。

「何するんだ、止めろ！」

喜蔵に向けてそう言ったのは、小春だった。苦痛に歪む弥々子の顔を見た喜蔵が、小春から櫂を奪い取って舟を漕ぎ出したのだ。小春は櫂を取り返そうとしたが、喜蔵は決して放そうとせず、二人はしばし揉《も》み合った。

「どうしてそう強情なんだ！　一寸は他人のこと考えろよ……！」

苛立たしげに言った小春をじっと眺めた喜蔵は、にわかに力を抜いてふうっと息を吐いた。

「お前がお前の好きにすると言うなら、俺も俺の好きにさせてもらう」

そう言うや否や——喜蔵は何の前触れもなく、海に飛び込んだのである。

「……嘘だろ」

思わずそう呟いてしまった小春は、勢いよく泳ぎ出した喜蔵を慌てて舟で追いかけた。

「おい、何馬鹿なことやってんだ！　戻れ、阿呆！」

小春は罵声を浴びせながら、身を乗り出して喜蔵に手を伸ばした。しかし喜蔵は一切無視をして、すいすいと弥々子たちの元へ向かって行く。小春が「阿呆」「馬鹿」と声を荒らげたのは、喜蔵に気づいた水の怪たちが、行く手を阻むようにして立ちふさがったからだ。しかし、喜蔵は少しも怖気づくことなく、その妖怪たちを避けるようにして泳いでいった。度肝を抜かれたのは相手の方だったようで、寸の間怯《ひる》んだ様子を見せたものの、またすぐに喜蔵へ迫ってきたのである。小春は櫂で妖怪たちを殴り倒しながら「喜蔵！」と叫んだ。しかし、喜蔵は止まることなく、ひたすら弥々子の方を目指して進んで行った。

「——あぶねえな！」

喜蔵はその時危うく流《る》つぼという怪の大口に呑み込まれそうになったが、小春が持っていた櫂を口の中に投げ込んで何とか回避させた。しかし、その後も喜蔵に魔の手を伸ばしてくる妖怪たちは大勢いて、そのたびに小春は舟の上から喜蔵を庇って動いていたが――。

「……あーもうっ……きりがねえ!!」

小春はそう叫ぶと、舟からばっと降り、そこら中にいる怪たちを次々踏み台にしながら、海を渡り出した。

「……閻魔馬鹿！　鉄面皮！　阿呆に般若にへっぽこ商人！……とにかく、本当にお前は勝手で馬鹿だ!!」

「畜生」と悔しげに言いながら、小春は角を出し、口から長い牙を生やし、目を赤くして変化すると、ぐぐぐと強い妖気を発し出した。大蛸入道《おおだこにゅうどう》の怪に腕に巻きつかれながら、小春の変化を一瞬だけ視界に捉えた喜蔵は、思わず口元に笑みを敷いた。

（……だからお前は甘っちょろくて嘘つきだというのだ）

「ほら、腕上げろ！」

喜蔵に絡みついていた大蛸入道を一瞬で倒した小春は、その身体の上に乗りながら、喜蔵の腕を引っ張り上げた。二人の重さで大蛸入道の身体は見る間に沈んでいったが、小春は喜蔵の腕を引いたまま近くにいた怪の上に飛び乗り、また違う怪を足場にして、弥々子たちへ近づいていった。喜蔵はほとんど確信を得つつ「舟は反対方向だ」とうそぶいた。

「……櫂がなけりゃあ舟は漕げねえから、弥々子の背に乗せて送ってもらうんだ」

小春がふてくされた様子で答えたので、喜蔵は珍しく素直な笑みを零した。弥々子の元へ駆けつける言い訳としては、あまりに不出来であるが、それも小春らしかった。攻撃を避けつつ反撃をしながら、ぐんぐんと前に進んでいった小春は、宙を舞いつつ、水面すれすれを飛んだ。その縦横無尽さは正に鬼神のごとくであったが、腕一本で繋がっている喜蔵にはまるで見えていなかった。引かれていた手を放さぬようにすることだけで手一杯だったし、宙を一回転した時など、喜蔵は一瞬意識が遠のいた。それでも、文句も弱音も吐かず黙って従ったのは、弥々子に段々近づいていっていたからだ。

「……！」

小春と喜蔵の姿を認めた弥々子は、声こそ上げはしなかったが、ひどく驚いた表情を浮かべた。槍に腕を突き抜かれながらも、弥々子はまだ瑪瑙と海坊主相手に堂々と戦っていたのである。弥々子の元へ着くまであと数歩というところで――小春がにわかに足を止めた。小春と喜蔵は乗っていた妖怪から落ちてしまったが、喜蔵は海の中で何とか小春を抱え込むと、水面に上がって小春の顔を仰向けにしながら立ち泳ぎをした。

「おい……おい、起きろ！」

ぱちぱちと頬を叩いていると、小春は間もなくして薄目を開いた。

「――まさか……これだったのか……？」

呟きの意味を問う間はなかった。

「出た――出たぞ……やっと――」

誰かの声は途中で途切れ、その場にいた大勢が上げた歓声も、海に呑み込まれてしまった。そして、その場にいた者たちは、皆――小春以外の妖怪たちはにわかに動きを止めたのである。きらきら、きらきら――聞こえぬはずの音が耳に響き、喜蔵は目の前に広がった青い光の眩しさに目を細める。

（何だ……これは）

青い空が地上に降り立ち、陽光に照らされて輝いたような景色だった。極楽浄土があるならこんな光景かと思うほど美しかったが、あまりに眩くて目に痛かった。突如として現れた青い光は、どうやら喜蔵たちのところで一等輝いているようだった。訳が分からぬまま、喜蔵は目を細めつつ光の元を探った。己ではないことが分かると、今度は抱きかかえていた小春を見た。左手で小春を支えつつ、右手で小春を探った喜蔵は、小春が固く握っていた左手の中をこじ開けてはっとした。

「枯れずの鬼灯――」

喜蔵はそう呟きつつも、どこか自信が持てなかった。それは確かに枯れずの鬼灯だったが、先ほど見た時とは様子がまるで違っていたのだ。平たかった身がむくむくとまん丸に膨れあがり、青いきらきらとした光を発していたのである。喜蔵はそれを手に取ったが、そのまま落としてしまいそうになった。

（熱い――それに、生きている……？）

枯れずの鬼灯は、持っていられぬほど熱を帯びていた。まるで生きているかのように脈打ち、おまけにその鼓動がどんどん早まっていく。喜蔵は急いで懐から手ぬぐいを出すと、それで枯れずの鬼灯を包み込もうとしたが――。

「……アマビエだ」

小春の呟きを耳にした時にはもう、喜蔵の手からそれは離れてしまい、宙を舞っていた。まん丸に膨れていたそれは、その途中でますます大きくなって、形を変えた。横や斜めから口や手足をぬっと出した時、喜蔵は小春の発した言葉の意味をやっと理解したのである。

「枯れずの鬼灯は、アマビエだったのか――」

永遠の命を持つという共通点はあったが、同じ存在だとは喜蔵は思いもしなかった。それは小春も同じだったから、「まさか」と口にしたのだろう。枯れずの鬼灯ことアマビエは、彦次が描いた画と寸分も狂いなく同じ姿に変じると、宙高い位置から海に飛び込んだ。鯨が潮を吹いたように上がった派手な水しぶきは、小春や喜蔵の上に雨のように降り注ぐ。それさえもきらきらとしていて、喜蔵はぼうっと眺めてしまったが、ふと気づいて周りに視線を戻すと、辺りにひしめいていた水の怪たちは、歓喜の声を上げた姿勢で相変わらず固まったままだった。時が止まったかのような錯覚を覚える中、再び海から宙に舞ったアマビエは、水の怪たちの間を縫うようにして泳ぎ、そして跳ねた。

「……ただの、餓鬼じゃねえか」

小春は呆れた声音で言った。喜蔵はその身を支えながら、アマビエを目で追った。

（何と楽しそうなのだ……）

にわかに姿を現しては消え、災厄を振りまくという話だったが、喜蔵は信じられなくなってしまった。妖怪は見方によれば、無邪気だが、性根はやはり邪悪な生き物だ。その無邪気さは、己が欲求を満たすためだけのもので、人間にとっては残忍極まりないものだったりもする。だが、アマビエは、ただただ無邪気だった。何の目的もなく、この海を泳ぎ回りたいがために姿を現したのだとしか思わざるを得ぬほどだった。

アマビエはこれまでで一等高く宙に上がったと思ったら、そのまま勢いよく海に突っ込み、そして更に高く飛び上がった——きらきらと、とにかく眩い青き光が小春や喜蔵、それに動きを止めていた妖怪たちの元に降り注いだ。二人は何とかその行方を目で追おうとしたものの、アマビエの放った光のせいではっきりと分からなかった。光がすっかり失せた頃、ようやく見えた空にアマビエはいなかった。海に潜った様子はなく、しばらく待ってもやはり出てこない。一言も発することなく、何の痕跡も残さず、アマビエはそうして消えてしまったのである。

「……今度はどこに行ったのだ？」

喜蔵は小春を抱えたまま舟へと泳いで戻っていき、ぽつりと零した。

「満足したようだから、あちらの世へ帰ったのかもな……あーあ、畜生」

「失敗だ」と呟きながら、小春はようやく半身を起こした。手の握り開きを繰り返し、己の力の戻り具合を確かめていると、

「すまぬ」

己のせいで——とは言わなかったが、それを言外に含めて喜蔵は詫びた。小春は少ししてから、「は？」と言って顔を上げた。思い切り怪訝な表情をしながら、

「今……妙な幻聴が聞こえなかったか？　お前の声に似た、お前じゃない誰かの」

と述べ、きょろきょろと辺りを見始めたので、喜蔵は顔を顰めた。

「俺ではない誰かとは誰だ？　俺の声ならば、俺に決まっているではないか」

「……そんなの嘘だ！」

小春は喜蔵に指をびしっと向けて、きっぱりと言い切った。

「何でお前が謝るんだよ？　まさかお前、その恐ろしい顔でアマビエを脅して帰らせたのか!?……うわわ、お前ってば、伝説の妖怪も怯えさせる最凶の面の持ち主なんだな！」

「おっかねえなあ」と小春は連呼したが、喜蔵は腕組みをして横を向いただけだった。小春だとて喜蔵がなぜ謝ったのか分かっていたのだろう。それでも、敢えて茶化し、なかったことにしようとする小春の甘さに、喜蔵は呆れた。

「はあ……アマビエを捕まえて帰ったら、青鬼をぎゃふんと言わせることが出来ると思ったのに。帰ったら、また修業しなけりゃ……つか、こんな場合じゃねえ！　弥々子!?」

今海にいる者たちは、皆固まったままだった。ある者は拳を振りかざしたまま、別の者は刀を交えたまま、そしてまたある者は倒れかけたまま、アマビエが現れる直前と同じ格好でその場にいたのだ。それは、瑪瑙や海坊主も弥々子も同じだった。喜蔵と小春は弥々子に近づいて行くと、その身に手を伸ばした。硬直しているかと思いきや、引き上げた身体は寝ている時のように力が抜けて軽かった。

「おい、弥々子……弥々子!?」

小春はしゃがみ込んで何度も名を呼んだが、弥々子は微動だにしなかった。ともかく、腕に開いた穴を塞ぐために手ぬぐいをきつく巻いて止血したが、腕以外の傷はどうしようも出来ない。満身創痍《そうい》で動かぬ弥々子は、まるで死んでいるかのように見えたが、それは弥々子だけでなく、他の怪たちも皆同じだった。

「俺たちだけが無事だったということは、俺たちがアマビエに触れていたからか？　奴はもういねえのに、一体どうすりゃいいんだよ……」

小春が出した声音は情けなかったが、喜蔵も今声を上げたらきっと同じような響きになったことだろう。そうやって、二人が途方にくれていた時だった。空がきらっと光ったと思ったら、辺りがにわかに暗くなったのだ。

「ん、何だ？　雷？　雨雲——」

小春の声は、轟音によって遮られた。てっきり雨雲がすごい速さで近づいてきたのかと思ったが、二人の頭上に浮かんでいたのは、夥《おびただ》しい数の灰色の炎だった。異変を察知した小春が立ち上がった瞬間、空からその炎が降ってきて——。

「喜蔵、伏せろ！……いや、そのままでいい」

小春は高く跳ねると、近くに向かって落ちてきた炎の一つを手に摑んだ。喜蔵は訝しく思ったものの、口を挟む隙はなかった。瞬く間に、それらは戦をしていた者たちの身体の中に、すっかり吞み込まれてしまったのである。そして、それは弥々子も同じだった。

「……何で、あんたらが……」

ゆっくりと目を開き、弥々子は掠れた声音を出した。「やはり」という顔をして頷いた小春とは違い、喜蔵は訳が分からぬままだった。辺りを見回すと、他の怪たちも弥々子と同じように目を覚まし始めた。何が起こったか分からぬのは、皆も同じ様子で、ある者は寝ぼけて溺れかけたし、またある者は本当に夢の中にいるのかと思ったのか、頬をつねっていた。

「――おい、皆聞け！　アマビエは神無川の棟梁、弥々子が手に入れた!!」

喜蔵と弥々子がぎょっとしたのは無理もない。舟の縁に立った小春が、いきなり大声でそう宣言したからだ。一瞬の間を置いて、海中が大騒ぎとなった。

「おい……この馬鹿。何という法螺を申しているのだ」

喜蔵は小声で文句を言ったが、小春は取り合わず続けた。

「お前たちの魂は、一時俺が預かった。今はお前たちの中に返してやったが、今後俺に逆らうことがあったら、再びその魂を抜く――いいな？」

脅しをかけるように言った小春に、大半の者は怖気づいた顔をした。「猫股鬼の小春だ」と囁き声が聞こえていたので、脅しよりも小春自身に怯えているようだった。

（こんな奴でも一応恐れられているのか……）

喜蔵が意外に思っていると、二方向からそれぞれ笑い声が響いた。

「面白いことを言うなあ、猫股の龍さん――いや、今は鬼の春ちゃんだったかな？」

「本当ですね。こんな馬鹿げたことを言うなんて、噂以上にひょうきんな方」

海坊主と瑪瑙は口元だけ笑みを浮かべつつ、鋭い眼差しで小春を見据えていた。

「だーれが春ちゃんだ！　それに、馬鹿げたことというのも訂正してもらわねえとな。痛い目に遭いたいなら別だけれど」

「痛い目？　じゃあ、魂を抜いた証拠を見せてくれよ。俺たちは確かにしばらく気を失っていたようだが、魂が抜かれたなんて分からないからさ」

「ええ、見せてくれたら貴方を信じましょう」

どうせ法螺だろう、というように、二人は小春を追いつめるように問うた。喜蔵と弥々子は顔には出さず、内心はらはらしながら小春を見つめていたが、

「いいぜ。ほら、返してやろう」

小春は高く腕を掲げると、その手をゆっくり開いた。

（あれは……）

喜蔵は小春の手から放たれたものを見て、はっとした。それは、先ほど宙に浮いていた灰色の炎だったのだ。小春は一つだけ摑んでいたそれを、今放った。炎は宙から落ちてきた時よりもはるかにのんびりと飛んでいき、まだ一人固まっていた河太郎《かわたろう》の中へと吸い込まれていった。海にいた者たちはもちろん、喜蔵や弥々子も固唾を呑んで見守っていた。

「うう……俺は一体……？　ひっ」

目覚めた河太郎は己に注目が集まっていることに気づき、悲鳴を上げた。皆が驚愕の表情を浮かべる中、小春はふんぞり返り、幼い顔に不釣合いな笑みを浮かべて言った。

「さあ、これで信じたな？　戦はこれで仕舞いだ！」

海坊主はそれですっかり色を失くしたが、瑪瑙はまだ諦め切れなかったらしい。

「……魂の件は分かりました。ですが、アマビエは？　見たところ、どこにもいないようですが、本当に神無川の棟梁さんが手に入れたのですか？」

小春は口の中で舌打ちしたが、不遜な態度は崩さずしれっと答えた。

「当然ここにはいねえよ。だって、とっくにあの世に戻ったもの。弥々子は俺の上役の青鬼と取引をしたんだ。だから、今だけ俺が青鬼の代わりに手伝った。まあ、もう用は済んだから帰るけれど。弥々子、あとのことはお前に任せる――と青鬼が言っていたからな」

言うだけ言って、小春はぽいっと弥々子を海へ放り出した。弥々子は口と鼻の境まで沈むと、ぶくぶくと水泡を立てながらぼそりと言った。

「助かった――と青鬼に伝えといてくれ」

「どういたしまして――と青鬼なら返事をするだろうが、まあ伝えておく」

弥々子の礼にそう答えた小春は、舟を漕ぎ出し、その場を後にした。そこら中にいた怪たちは、小春たちが乗った舟を避けるようにしてさっと身を引いた。どの顔にも、やはり怯えが浮かんでいたが、中には嫉妬や羨望の眼差しもあったように喜蔵には見えた。

「おい……嘘つき鬼。ひどい法螺を吹いたが、あれで大丈夫なのか？」

戦場から少し遠ざかった辺りで、喜蔵はぼそりと言った。

「さあな。俺には関わりねえから分からん。でも、まあ大丈夫なんじゃねえか？　ほら、聞こえねえか？　あいつのおっかない声が――」

　小春に言われ、喜蔵は耳を澄ませた。

「――いいか、あんたたち。アマビエがいなくなった今、この海河川で一等強いのはあたしだ。アマビエを無事に保護するため、と思って力を抑えていたが、もう容赦はしない。今度は本気であんたらを殺し、尻子魂を喰らい尽くしてやる。どうだ？　逆らう奴はいるか？　いるなら早くかかってきな。ほら、どうした？」

　弥々子のどすの利いた声音が海中に響き渡っているのを確認した喜蔵は、不承不承に頷いた。アマビエがなければ、弥々子の言う通り、弥々子が一等強いのである。結局、手を差し伸べるどころか、戦まで止めてしまった小春は、妙に機嫌がいい様子で、調子外れの口笛を吹いていた。互いに「青鬼」という言でごまかしたが、あれはどう考えても仲直りだった。喜蔵が気を揉んだ甲斐もなく、二人の関係はごくあっさりと元通りになったのだ。

「……意地っ張りどもめ」

　喜蔵が小声で言うと、小春は「うん？」と振り向いて首を傾げたが、またすぐに前を向いて舟を漕いだ。浅草に帰るならば、反対方向へ行かねばならぬ。しかし、喜蔵は「逆だ」とは言わず、目的地に着くまで黙っていた。

（何とか、息を吹き返してはいないだろうか……？）

　そうして祈るような気持ちでいたことに、喜蔵自身はまるで気づいてはいなかった。

浜辺に着いて舟を泊めた二人は、雑草の生い茂った細い一本道を歩いて千代乃のいる屋敷に向かった。そして、玄関に着くと、小春は戸に手をかけたまま寸の間動きを止めた。

「どうした?」と喜蔵が声を掛けると、一つ頷いて中に入った。最初に来た時もそうだったが、小春は迷うことなくすたすたと屋敷の中を歩いて行き、あっという間に千代乃の居室に着いた。だが、再び戸の前で立ち止まったので、喜蔵は怪訝な顔をした。

「一体どうしたと――」

問いかけて、喜蔵は口を噤んだ。小春の様子は変わらなかったが、身体から目に見えぬ炎が出ているかのように感じられたのだ。小春は二度ばかり深呼吸すると、戸を開け放って中に足を踏み入れた。戸の正面奥に窓があり、その下に千代乃が寝ているはずだったが、敷かれていたはずの布団はなくなっていた。

「やあ、大変だったみたいだね」

窓辺に腰掛け、手を振ってきた男を見て、喜蔵は小春の醸し出していた妖気と緊張感の理由が分かった。ゆっくりと近づいて行く小春に先んじて、喜蔵は男の前に立った。

「やはり、お前が裏で糸を引いていたのだな……」

胸倉を摑んで凄んだ喜蔵に、男――多聞は肩を竦めてみせた。

「どうせ、枯れずの鬼灯も――否、アマビエもお前が操ってやったことなのだろう?」

「彼とは古い知り合いだが、俺にも彼が何を考えているか分からない。彼はどちらかというと、妖怪というよりも神だと思うな。流石の俺も、操りようがないよ。……でも、ひとつだけ分かるのは、アマビエが貝のようになっていた理由かな。アマビエは彦次さんと別れた後、海で溺れて浜に打ち上げられたんだ。その身のままだとあまりにも目立ちすぎるので、あんな形に変じたのさ。あちらの世でもこちらの世でも、彼はよく溺れるらしい」

多聞は笑いながら言うと、目の前で多聞を睨み据えていた小春に視線をくれた。

「くま坂でも思ったが、あんたやはり強くなったね」

「おべっかなどいらん」

「そんなことわざわざ言わないよ。俺はあんたと違って嘘はつかないからね」

悪戯っぽく言われて、小春はかっと顔を赤らめた。どうやら多聞は、小春が喜蔵や弥々子に言われたことを知っているらしく、小春の反応を見てからからと明るく笑った。二人の間に、一方的な火花が散る中、喜蔵は唐突に言った。

「お前が藤波なのか？」

多聞は一瞬目を見開き、すぐに面白がるような表情を浮かべた。一方、傍らにいた小春ははっとした顔をして、多聞にますます鋭い視線を向けた。

「……確かに、あれがお前だとすると、色々と合点がいくな」

ただの人間に見えるものの、実は永遠の命を持っている者。しかし妖怪ではなく、かといって人間でもない、若い男。条件はすべて揃っていたが、多聞は首を横に振って否定した。

「嘘つけ！　嘘つかないって言ったばかりだから、二重に嘘つきだ！　永遠の命を持っている妖怪の出来損ないのような若い男なんて、お前以外に見当たらねえだろ！」

小春が怒鳴ると、多聞はふっと笑んで言った。

「あんたはすぐにそう頭に血が上るから、真実を見失うんじゃないかな？　永遠の命を持つ若い男など、俺はあと二人も知っているけれどね」

「……あ！」

声を上げたのは小春で、そのまま喜蔵の顔を振り仰いだ。

「――うちの店を訪ねてきた、四郎という男か」

喜蔵はそう言って、多聞を睨みつけた。あの時荻の屋を訪ねてきた四郎は、初めから苛立っていた。枯れずの鬼灯を渡してしまったことを責め、喜蔵のことを「嫌い」とまで言い切ったのだ。一体何をしに来たのか、喜蔵は結局分からなかったが、千代乃から聞いた話と、多聞から述べられた言葉を結び合わせれば、もはや答えは一つしかなかった。

「……あ奴は、枯れずの鬼灯を千代乃さんに渡してしまったことを怒っているようだった。一度己を捨てた女とは、今更共には生きたくないというわけか？」

非難する立場ではないと思いつつ、喜蔵は思わず皮肉めいたことを言ってしまった。確かに、一度躊躇して縁を断ち切ってしまったのは、千代乃だった。だが、誰だって永遠の命を生きることなど、簡単に選べはしない。四郎にとってはひどい裏切りだったかもしれぬが、千代乃の一途な想いを知った今では、その想いがほんの少しでもいいので報われて欲しいと願わざるを得なかった。

「俺は当人じゃないから分からないな」

多聞はそう言うと、窓を開け放って海を眺め始めた。

「でもね、四郎はずっとたった一人の少女を想って生きてきた。まあ、俺たちの生きてきた年数からすれば、たかだか八分の一くらいなものだけれど、五十年間一度も忘れたことなどなかったようだよ——それが、その千代乃さんという人かは分からないけれどね」

喜蔵は多聞をじっと見つめたが、やはり嘘をついているのか否か分からなかった。いつも穏やかな表情を浮かべている多聞は、何を考えているのか他人に悟らせぬ力を持っていた。途中で諦めた喜蔵は、小春を見遣った。小春は無表情で黙り込んだまま、多聞の腕を注視していた。そして、思わずぞっとする言葉を述べたのだ。

「増えたな」

何を——と問わずとも、喜蔵は分かってしまった。にやりと笑った多聞が袖をまくり、腕から無数の目を出現させたからである。ぎょろりと蠢《うごめ》く目たちを凝視してしまった喜蔵は、この日もまた屈んで吐き気を必死に耐えた。小春はそんな喜蔵をちらりと見遣ったもののの、すぐに多聞に視線を戻して言った。

「もしや、さっきの海での戦で水の怪たちを殺して喰らったのか？」

多聞の腕にいる無数の目たちは、百目鬼——多聞がこれまで喰い殺してその身に取り込んだ者たちだという。多聞はその無数の目たちによって、巨大な力を宿しているのだ。

「いや、俺は滅多なことで妖怪は喰わないよ。少なくとも、雑魚はね。増えた目は、誰とも知れぬ人間のものだ。人は毎日勝手に何人も死んでいくから、俺はわざわざ殺したりなどしない。その辺で死にかけている者に近づいて、その目や身体をもらうだけなのさ」

懐から煙管を出しながら答えた多聞に、喜蔵は喉を押さえつつ眉を顰めた。

「殺さぬというが、殺さずとも、喰らっているのだから同じことだろ」

小春はぶっきら棒に言ったが、喜蔵も正にそう思っていたのだ。それに『死にかけ』ならば、もしかしたら再び息を吹き返すことだってあるやもしれぬ。それを喰らっているのだから、結局は殺したのと変わりないのだ。

「喜蔵さんが気分悪くなるのは分かる。だって、人間だものね。でも、あんたまでそんなに怒った顔をするのはどうなのかな?」

煙管の先を小春に差し向けて、多聞は珍しく嘲るような笑いを浮かべた。

「まさか『人間を殺すな喰らうな』などと思っているのかい? そんなことを言うようになったら、あんた本当に妖怪ではなくなるよ。ああ、でもあんたはやはり人間なのかな? なら、喰らってみるかな」

喜蔵は屈んでいたものの、多聞の様子は目で追っていた。腕についた目だけは見ぬようにしていたが、煙管を出したのも、それを小春に差し向けたのもしっかり見ていたのだ。だが、喜蔵には今目の前で起きたことが理解出来なかった。

「……喰えよ」

唸るように言ったのは、いつの間にか地に倒れていた小春である。伸びた角と牙、真っ赤に染まった目が、段々と元に戻っていった。どうやら、一瞬の間に変化していたようである。一方、多聞は窓に腰掛けたまま、ゆるやかな姿勢で小春を見下ろし、やはり笑っていた。喜蔵が数度瞬きしていた間に二人は激突し、あっさりと勝敗がついてしまったようだった。冷ややかな微笑を浮かべている多聞は、ゆっくりと小首を傾げるようにして喜蔵に顔を向けた。

「喰らった方がいい？　それとも、喰らわぬ方がいい？」

「喰らうな」

喉から胸にかけて渦巻く気持ちの悪さなど忘れ、喜蔵は即答した。その必死な様子を見た多聞は、背を反らせるようにして大笑いした。

「いいよ。喰らわずに逃がしてやろう。喜蔵さんに免じてね。あんた、助かったなあ……喜蔵さんがいて。でなければ、あんたも俺の腕に住むはずだったんだから」

畜生、と小春は呟いた。かすかな声音だったが、先ほど舟の上で発したそれよりも、何倍も悔しそうだった。喜蔵は立ち上がって、小春の元に近づいて行ったが、起こしてやろうとした手は振り払われてしまった。自らゆっくり身を起こした小春には喜蔵など目に入っておらず、微笑んでいる多聞だけを再び染まり始めた赤い目で見据えていた。

「いい……俺が負けたのだから、喰らえよ」

「……おい！」

喜蔵が怒声を上げても、小春は頑として喜蔵の方は見なかった。逆に喜蔵を見て眉を持ち上げたのは多聞で、目が合うと困ったように長い髪を撫でるような仕草をした。

「やはりまだまだ弱いから、今あんたは喰わない」

「……馬鹿にするな！」

低く叫んだ小春から、喜蔵は思わず距離をとった。そうしなければ身体がどうにかなってしまいそうだったからだ。

（やはり、炎だ……）

この部屋に入る前に感じた目に見えぬ炎は、今は誰の目にも見える形で小春の身を包み込んでいた。喜蔵は立っていることさえ必死だったが、多聞は何ら変わらぬ様子で、少々呆れたように首筋を掻いていた。

「怒りに任せて垂れ流すようだから、あんたは駄目なんだ。妖気というのは、持っていることさえ分からぬほどに押し留めておくものさ。そして、いざという時に出すんだよ」

多聞の言葉を聞いて間もなくのことだった。喜蔵はその場に、膝を折って沈んだ。

＊

（ああ……俺は強くなっている）

青鬼の下で修業をするようになって早や一年、小春は「三毛の龍」時代の自信を取り戻しつつあった。猫でもなく、猫股でもなく、鬼でもなければ、人間でもない——己が何なのか、どう生きていくべきなのか迷っていた小春は、本来持っている力を表に出すことがずっと出来ずにいたのだ。だが、いざ決意を持って取り組みだすと、今まで停滞していたのが嘘のようにどんどん強くなっていき、それに応じるようにしてこれまで抱いていた迷いがどこかに吹き飛んでしまったのである。

だからといって、小春は慢心しなかった。強くなったとはいえ、それは弱かった己と比べての話である。猫股だった頃に及ばぬのは分かっていたし、ここで修業を止めたら「甘っちょろい小鬼の小春」に戻ってしまうことも承知していたのだ。強くなるにはまず、弱い己を思い知らなければならない。小春は嫌というほどそれを自覚していたからこそ、誰よりも成長が早かったのだろう。そして、強くなっていく己を実感していくにつれ、小春は自信と共に欲が出てきた。

(もっともっと、強い奴と戦いたい)

修業を見てくれている青鬼は小春よりも強かったが、それは小春がいまいち本気を出せぬせいもあった。何しろ、小春は青鬼に恩義がある。弱い己を拾い、無償で稽古をつけてくれているのだ。当人は「お前に俺の仕事をさせているのだから利益もある」と言っていたが、それは仕事のうちに入らぬほどの雑用だった。青鬼は小春が強くなるための修業に一等時を費やしてくれていたのだ。それが不思議で仕方がなかった小春は、青鬼に一度だけ訊ねてみたことがあった。

――なあ、どうしてお前は俺の修業を手伝ってくれるんだ？　それこそ、お前には何の利益もないだろ？

このまま修業を続ければ、近い将来小春は青鬼の力を抜く――うぬぼれではなく、小春はははっきりと自覚していた。小春に分かるくらいなので、青鬼は当然分かっているはずだ。だからこそ、謎で仕方がなかったのだが、青鬼は問いには答えず、こう言ったのである。

――お前はそのうち俺を追い抜くだろう。だが、上には上がいることを努々《ゆめゆめ》忘れるな。お前が幾ら力をつけたところで、敵わぬ者だとているのだ。

青鬼がなぜそんなことを言ったのか、その時小春にはまるで分からなかった。ただ、小春は問い返すことが出来ず、修業を続けたのだ。

(今思えば、思い当たる節があったんだな)

小春はふっと苦笑した。

「こんな時に笑うなんて、あんたも大物だね。まだ勝てると思っているのかな？」

海の見える窓辺に腰掛けていた多聞は、ふふふと笑い声を立てた。「まあな」と小春は答えたが、心の声は正反対だった。小春は多聞と対峙した瞬間から、分かっていたのである。

(――こいつには、絶対に敵わない)

以前対峙した折には（単純な力勝負ならば負けぬ）と考えたが、今はとてもではないがそんな風に思えなかった。修業によって強くなった小春は、多聞の持つ真の強さに気づき始めていた。それは、以前と比べ何倍も成長した小春が圧倒的な力の差を感じるほどで、己を指導してくれている青鬼よりもずっと強そうに思えた。これでは、どう足掻いても敵うわけがない。小春は少しだけ顔を傾け、己の後方に横たわった喜蔵を見た。眠っている時まで眉を顰めて恐ろしい顔をしているが、今は流石に笑えなかった。気を失っているだけで怪我をしたわけではないが、少なからず身体に影響はあるだろう。小春の視線の先に気づいた多聞は、眉尻を下げて嘆息を吐いた。

「可哀相に。あんたが無駄に妖気を出すから、当てられちゃったんだよ」

白々しく言う多聞に、小春は盛大に舌打ちをした。喜蔵が気を失ったのは、小春ではなく、多聞の凄まじい妖気のせいだった。小春は気を失いこそしなかったものの、床に背を張りつかせるはめになっていた。一気に放出した妖気は、多聞の出した凄まじい気とぶつかると、そのまま散じてしまったのだ。二戦目に突入することさえ出来ず、小春は完膚なきまで敗れた。

（無様だ……）

最初に向かっていった時も、本当に殺す気でかかっていったのだ。だが、小春は軽くいなされただけで何も出来なかった。その間、多聞は一歩も動かず、窓辺に座り続けていたのである。思えば、これまでも多聞自身は何もしなかった。幻術をかけたり、妖気を発したりしているのは、すべて腕についた目たちである。

「……お前は卑怯な奴だ」

小春がこぼした恨み言が何を指しているのか、多聞は小春の視線で分かったようだった。

「卑怯と言われても、俺はこの腕を使う以外は何の力も持っていないからね」

困ったように言うと、少し傾けた首筋を撫でた。

「……殺した連中をつかうなど、お前はいい死に方をしないだろう」

小春は精一杯虚勢を張ったが、言ってから少し後悔した。これでは、ただの負け惜しみである。それに、多聞は死ぬことがないのだ。今もこれからも——かたや小春の命は、風前の灯だった。多聞は言葉通り己を殺しはしないだろう。だが、殺そうと思えば一瞬で出来るのだ。己の命があまりにもちっぽけで無力に感じられて、小春は血が出るほど唇を強く嚙み締めた。多聞はそんな小春をじっと見下ろし続けていたが、その顔にはいつもの笑みは浮かんでいなかった。

(何だ……?)

多聞の顔が苦悩に満ちている——ような気がしてしまった小春は、目をこすった。何しろ、多聞が苦しみを覚える理由などないのだ。いつも小春や喜蔵たちが必死に行動していても、多聞はそれについて哀れみなどかけはしない。何が起きても笑ってばかりで、その他の表情は見たことがなかった。何度もこすって目を開いた小春は、大きな目を更に大きくした。

「お前……何がそんなに苦しいんだよ？」

小春は思わず問うてしまった。やはり、多聞は苦しげで、どこか哀しげでもある表情を浮かべていたのだ。くま坂で会った時の違和感が蘇る。

「俺は苦しくなどないよ」

「嘘つきめ！　お前、また嘘をついたな！」

　意趣返しとばかりに小春はすかさず述べたが、多聞は首を横に振り、己の腕を見据えて言った。

「苦しいのは俺じゃない……これは、俺のせいで、己の人生を捻じ曲げられた者たちの苦しみだ。それが、俺に移ってしまっただけなのさ」

「お前に喰われた者たちということか？」

　小春は、多聞の腕を見ぬようにして訊ねた。そこには、無数の目たちが今も蠢いているはずである。喜蔵のように吐き気を催しはしないが、おぞましい妖気を感じるのは小春も同じだった。

「俺が言ってもそれこそ嘘のようだが、俺は誰も巻き込む気などなかったんだ。だが、俺はただ生きているだけで、周りを巻き添えにしてしまう運命を持っているらしい」

　参ったね、と言った多聞の顔は言葉の通りの様子で、小春は口をへの字に曲げた。

（……こいつはきっと演技しているだけだ。こんな風に弱いところも見せるのは、俺を油断させるためだ。決して本心なんかじゃねえ）

　己に言い聞かせたものの、今多聞が浮かべている表情や発した言葉は、皆真実なのではないかと小春は内心考えていた。多聞は、百目鬼と同化して今の多聞となった。普段は百目鬼の色が強いが、今回だけは元々の多聞の色が濃く出ているのかもしれぬ。

(だが、なぜだ？　四郎が関わっていたことだからか？……でも、こいつがそんなことで心動かされるとは思えねえが……)

だが、現に多聞は今も苦しそうな顔をしている。それまでは無数の目たちにばかり意識が行っていたが、多聞の顔を眺めているうち、小春はこんなことを口にしていた。

「なあ……お前が苦しいのは、腕の中にいる奴らの苦しみだけじゃなく、その運命とやらを抱え込んでいるせいなんじゃねえの？」

多聞は一瞬だけ目を見開いたが、すぐにまた腕に視線を落とし、ぽつりと言った。

「そうだね」

小春が「え」と声を漏らした時、多聞は左腕をゆっくりと撫でた。

「う……うあああ……!!」

にわかに凄まじい叫び声が響き渡った。その叫び声の主である小春は、寝転がったまま、その場にのたうちまわっていた。多聞はようやく窓辺から降り立つと、ゆっくりと小春に近づいて行った。

「苦しい？」

「うあああ、あああ……あああ!!」

多聞の問いに、小春は叫び声しか返せなかった。激しい痛みに支配されたからだ。

(目が……目がもぎとられる……！)

小春が痛みに悶えていたのは、多聞の目から飛び出してきた無数の人影たちのせいだった。影といっても、それは確かに感触があって、透けてもいなかった。ただ、黒ずんでいて顔立ちや服装などははっきりと分からなかったのだ。形から察するに、女も男も、老いも若きも関わりなくそこにいたが、そんな彼らが互いに競い合うように、小春の右目に手を伸ばしてきていたのだ。小春は手で己の目を庇っていたが、それは左目にしか届いていない。彼らは、小春の露になっている右目を狙ったのである。

「うあああ……くそっ……あああ!!」

ズズズズ——己の目の中に無数の手が進入してくる音と、焼けつくような痛みに堪えきれず、小春は喚き散らした。影は何度も小春の右目に手を突っ込んできて、それを奪おうと強く握ってくる。ぼろぼろと涙が出てきていることにも気づかぬほど、小春は耐え難い痛みに襲われていた。多聞は小春の目の前に立ったまま、その様子を眺めていた。

「苦しいかい？　喰え——とあんたは言ったけれど、俺はそんなことしないよ。死は楽になるだけじゃないか。生きている時に感じる苦しみが、それですっかりなくなってしまうのだものね。それじゃあ、つまらない」

美しい声音が降ってきたが、もがき苦しんでいた小春は一言も返すことが出来なかった。そのうち、小春の元からすっと影が引いていくと、あの無数の目も多聞の腕から消えうせた。小春はまだ地に伏せていたが、薄く開いた左目で多聞の顔を見て、呻くように言った。

「……だから、何でお前が苦しそうなんだよ」

多聞は笑いもしなければ、驚きもせず、怒りもしなかった。肯定も否定もすることなく、小春から海の方へ目線を移しながら、昔話を語るような遠い声音を出しただけだった。

「……永遠の命が欲しいか？」

欲しいならばやろう――そう言ったのは、多聞だったのか、それとも先ほど聞いた記憶の話だったのか――右目に気を取られていた小春には、皆目分からなかった。

七、それぞれの行き先

ゆらゆらと身体が揺れていることに気づいて、喜蔵は目を開けた。ぼんやりとした視界には、派手な斑模様をした髪の少年が背を向けて舟を漕いでいた。その向こうには舟置き場が見えたので、このまま漕いでいけば五分もしないうちに浅草に着くだろう。喜蔵は半身を起こし、記憶を探り探りした。気を失う前までの出来事はしっかりと覚えていたが、その後は何一つ浮かんではこなかった。喜蔵は小さな背中を問いかけるように見たが、小春は気づいているのかいないのか、沈黙したままだった。

「おい」

声を掛けると、小春は「何だ？」と答えた。存外声音は普通だったので、喜蔵はほっと息を吐いた。

「……腹が減ったな」

「うえ……？　俺より先にその言葉を口にするなんて、どうかしちまったのか？」

小春は驚いたような声音を出したが、やはり振り返らぬ。常の小春ならば、用がなくても振り向き話しかけてくるくらいだ。不自然極まりなかったものの、喜蔵はどうしてか言葉が出てこず、問うことは出来なかった。そうこうしているうちに、舟置き場に着くと、喜蔵が舟主に舟を返している間に、小春はさっさと歩き出していた。

「毎度のことながら、この時の流れはどうにか出来ぬのか？　こちらに来たからにはこちらに合わせて、あちらの妙な流れを持ち込ませぬようにしてもらいたいものだ」

すぐに追いついた喜蔵は、小春の背に文句を言いながら歩いた。この道を通ったのは何日か前のような気さえするが、舟主に刻限を訊ねたところ、たかだか一刻前くらいのことらしい。不服そうな喜蔵に、前を歩く小春は頭の後ろで手を組みながら言った。

「お前って変な奴だな。時間なんて他のことに比べたら、瑣末《さまつ》なことじゃねえか。しかも、こちらじゃほんの一寸しか経っていないんだから、得をしているくらいだろ？」

「そんなもの得になるか。どの道時間を奪われているのだから、損しかしておらぬ」

ぶつぶつと言う喜蔵に、小春はついと小首を傾げた。

「腹が減ったとか、時間が奪われたとか、そんなどうでもいいことが訊きたいのか？」

まさか小春からその話題に持っていくとは思わなかったので、喜蔵は思わず歩みを止めた。小春も足を止め、前を向いたまま続きを述べた。

「あの後どうなったのか、気になっているんだろ？　教えてやるよ。あいつはな、また腕の目たちを露にしたんだ。いつもは見せびらかせて終わるが、あの時は違った」

そこで言葉を切った小春に、喜蔵はごくりと喉を鳴らしながら問うた。

「どうなったのだ？」

「あれは恐らくあいつが殺した奴らだろうな……腕についた目の玉から影が飛び出て、俺に喰らいついてきたんだ。おかげで、このざまだよ」

ゆっくり振り向いた小春の姿を見た喜蔵は、声も出す間もなく駆け寄り、小春の両肩をぐっと掴んだ。

「――盗られたのか!?」

小春は右目に眼帯をつけていたのだ。目を覚ましてから一度も小春の顔を見ていなかった喜蔵は、気づいてやれなかった己の鈍さを責めた。喜蔵のあまりの勢いに驚いた小春はぽっかりと口を開けたが、しばらくしてぽつりと言った。

「……いや、あるよ」

「嘘だ――外してみろ」

「お前、その気迫……百目鬼よりよほど怖いぞ？」

おどおどしながら、小春は眼帯を取った。すると、そこには確かに鳶色の瞳がはまっていて、常のごとくきらきらと輝いていた。切羽詰まった表情が段々と怒りの表情に変わっていった喜蔵は、小春の肩から手を放すと、目の前の小さな頭を思い切り叩いた。

「痛っ!!……勝手に勘違いしたくせに！　俺は『目を盗られた』なんて言ってないぞ！」

「申しておらずとも、眼帯をして、そこを押さえながら言えば誰だとて……」

そこまで言って、喜蔵は眉を顰めた。何でもないのに、眼帯などするはずがない。しかし、見た目は何ら変わらず、目の玉はちゃんとあるし、痣の一つも出来ていなかった。

「……何が『このざま』なのだ？」

喜蔵の問いに、小春は口をへの字にしたまま己の右目を指差した。

「こっちの視力を盗られた」

思いも寄らぬ告白に、喜蔵は絶句した。しかし、言った当人はてんで平気な顔をして、再び頭の後ろで手を組むと、くるりと前に向き直って歩き出したのである。

「あ〜あ、ぬかったなあ……いや、ほんの一寸油断しただけだぞ？　お前は見ていなかったから分からないだろうけれど、本当にいい勝負だったんだ。微々たる差で負け――いや、あれはもう引き分けかな？　まあ、ともかく力は拮抗《きっこう》して、勝負は五分五分だったんだ。本来なら、両目抉《えぐ》り取られても仕方ないところを、俺があまりに強いもんだから、あいつは片目の視力しか奪えなかったんだ。ざまあ見ろだろ？　なあ？」

小春はまた振り向いて笑ったが、立ち尽くしたままの喜蔵を見ると少し笑みを引いた。

「そんな顔すんな。俺はこうして生きているんだから」

優しく言った小春は再び歩き出し、喜蔵も遅れて足を踏み出した。

「……眼帯はつけぬのか？」

「慣れるまで、と思ったけれど、もう慣れたからいいや。それに、あいつからのもらいもんだし。気味悪いだろ？」

喜蔵の問いに「けっ」とつまらなそうに答えた小春は、その眼帯を手でくるくると回した。片目が見えなくなったとは思えぬほど、小春は暢気そのものだった。

「まあ、俺は本当に強いからな。このくらいの負債を負っていた方がちょうどいい。それでも、その辺の奴らの数百倍俺は強いけれどな！　ひひひ」

荻の屋への帰路、小春は常のごとく饒舌《じょうぜつ》で、歌ったり、口笛を吹いたり、時折軽やかにくるりと舞ったりしていた。対する喜蔵はほとんど口を利かず、何も考えていないような無表情をしていたが、

（……どうやったら取り戻せるのだろうか？）

その実、そうやってずっと考えを巡らせていたのである。

浅草の町に帰ってきた二人は、よく知った人間の見慣れぬ姿を目にし、顔を見合わせた。

「おい、さつき……だよな？」

呼びかけておいて自信なさそうに続けた小春に、さつきはふと顔を向けた。小春と喜蔵の知っているさつきは、いつも元気よく、勝気で、その辺の男よりもよほど男気溢れる性格をした娘だ。しかし、二日前と同じく、彼女はそんな常とまったく違って見えた。

「ああ……小春じゃないの」

泣き腫《は》らした目をしていたさつきがそう呟くと、「誰が死んだんだ？」と小春は静かに問うた。全身を漆黒に包んだ喪服姿のさつきは、少ししてからぽつりと答えた。

「ずっと贔屓《ひいき》にしてくれているご隠居さん……もっとも、最近はうちの店に来てはいないんだけれどね。私がずっと野菜を届けていたんだ。前から体調を崩していて、危ないとは

聞いていたんだけれど、今日亡くなってね……」

「そうか……だから、お前元気がなかったんだな？」

数日前、さつきはとにかくぼんやりとしていて、魂が抜けてしまったかのように虚ろな表情をしていたのだ。小春が幾ら話しかけても上の空だった。きっと、そのご隠居のことを必死に考えていたあまり、他のことが頭に入らなかったのだろう。

「あたし元気なかった？　そうか……ごめん、気づかなかったよ。でも、もう大丈夫だから！　また買いに来てよ。お詫びにおまけするからさ」

からっとしたいつもの笑みを浮かべたさつきに、小春は不思議そうに首を傾げた。

「お前、哀しくないのか？」

「哀しいに決まってるだろ！」

怒鳴りかけたさつきは、二人の驚いた顔を見て、はっと我に返ったような表情をした。

「哀しいよ。すごく哀しい……あたし、ご隠居さんのこと大好きだったもん。もう会えないなんて、本当に哀しいよ。でもさ……哀しいだけじゃなく、嬉しいこともあってね。ご隠居さんと最後に話をすることが出来たんだけれど、あたしにこう言ったんだ」

――やっと、願いが叶いました。本当に幸せです。

「願い？　何だったんだ？」

死に際に叶う願いなどあるのか？　と小春の顔には書いてあったが、喜蔵も同じように思った。

「詳しくは知らないけれど、昔の想い人のことみたいだよ？　もしかしたら、何十年ぶりかで初恋の人に逢えたのかもね。現で逢ったんじゃなく、夢の中で逢ったのかもしれないけれど……それでも、あたしは本当によかったと思う。だって、ご隠居さんすごくいい笑顔をしていたもん」

さつきは言いながらほろりと涙を流し、慌てて拭った。

「……嫌だね、もう泣かないって決めた途端にこれだもん。あ、深雪の兄さん、今あたしのこと情けないと思ったでしょう？　急に怖い顔したものね！」

むっつりと黙りこんでいた喜蔵を見て、さつきは茶化すように言った。喜蔵は確かに眉を顰めていたが、怒っていたわけでも呆れていたわけでもなかった。

「泣きたい時には、思い切り泣いた方がいい。人が亡くなったら、猶《なお》のこと我慢する必要などない。思い出して、たくさん泣いてやればいいのだ――と俺は思うが」

我慢したところで、どの道心は哀しんでいるのだ。心にごまかしは利かぬということを、喜蔵は段々知り始めていた。素直になれぬ喜蔵だからこそ、心のまま振舞えることの大事さを噛みしめていたのだ。

「……鬼のくせに偉そうに」

小春が苦笑しながら小さく嫌味を述べた時、

「う……わあああん、あああ……うわああ、あああ、わあん……わあああん!!」

さつきが急に号泣し出したので、二人は思わずぎょっとした。さつきの泣き方はまるで幼子のようで、仁王立ちしたまま上を向いて涙と鼻水を流していたのだ。二人がまごつき、往来にいる人々まで「何だ何だ?」とざわつく間に、さつきは散々泣き喚き、声が出ないくらいまで叫ぶと、ようやくそれを止めた。

「本当だ……すっきりした。深雪の兄さん、ありがとね」

けろりとして言ったさつきは、懐から取り出した懐紙で思い切り洟《はな》をかんだ。

「本当に突拍子もない奴だな」

小春は呆気に取られながらそう呟いたが、喜蔵からすると小春とさつきはよく似ているように思えた。こうやって人目も気にせず、心の向くままに感情を表すのは、簡単なようで難しい。鼻を真っ赤にしたさつきは、鼻紙の束を両手に抱えながら軽くお辞儀をした。

「二人ともありがとね。小春、本当にまたおいでよ」

さつきはにっと笑うと、まだ呆けたままの二人を置いて、さっと踵を返した。小春と喜蔵はまたしても顔を見合わせ、少しだけ笑った。寸の間の出来事だったが、まるで嵐の中に身を投じてしまったかのように感じたのだ。そして、歩きはじめたさつきは、空を見上げてこう呟いたのである。

「……きっとまた、想ってきた人に逢えるよね?　千代乃さん」

小春と喜蔵は浮かべていた笑みをさっと引いた。さつきを追って問い質すべきところだったのかもしれぬが、二人ともその場から動くことは出来なかった。「千代乃」はそう珍しくはない名だ。二人が思い浮かべたあの千代乃とは、まったくの別人かもしれぬ。

（否――本当にそうか？）

　どうしてか、喜蔵はそんな風に思えなかった。しかし、もしも同一人物だというなら、あの屋敷で会った千代乃は何だったのか？　件に夢を見せられていたのか、それとも多聞に幻の中に入れられていたのか――。もしかすると魂だけで、千代乃はすでに亡くなっていたのだろうか？

「……逢えたのだろうか？」

　死んだらそれまでだと小春は言ったが、喜蔵は思わず問うてしまった。しかし、小春は歩きだしてしまって、結局答えは返ってこなかった。

＊

　アマビエ騒動から三日後――。

「ほら、昼飯だ。さっさと起きろ」

　喜蔵は居間の真ん中で寝ていた小春にそう声を掛けたが、小春はしばらく動かなかった。いつもだったら、蹴っ飛ばして無理やり起こすところだ。しかし、喜蔵は口をへの字にしただけで、部屋の隅に黙って配膳をし出した。喜蔵が食べ始めてから少し経って、小春はのそりと起き上がり、よろよろしながら席についた。静かに手を合わせてから黙って咀嚼《そしゃく》し出した小春を、喜蔵は怪訝な表情で見ていた。

「……飯のおかわりは？」

「いや、いい。ごちそうさん」

常だったら大盛り五杯は必ず食べるというのに、たった一杯で食事を終えた小春は、自ら流しに椀《わん》を返しにいった。

（……気味が悪い）

小春はここ三日ほど、ずっとこんな調子なのだ。食事は人並みにしか摂らず、常にぼうっとしていて、まったく外に出なくなった。一応会話はするものの、当たり前に備えていた潑剌《はつらつ》さは、まるで見られなくなった。

（片目の視力を失ったことがそれほど堪えているのだろうか？）

そうであるなら喜蔵も納得出来たし、単純に心配したところだが、「目はまるで何ともない」と小春は硯の精に語っていたのだ。嘘をついている様子はなかったし、見ている限り実生活に支障はなさそうだった。しかし、そうすると他に理由があるはずである。目ではないならば、一体何なのか――喜蔵はこの三日間ずっと考えていたが、上手い考えは浮かんでこなかった。こういう時、深雪だったら当人に上手いこと訊いてくれるだろうと密かに期待していたのだが――。

――小春ちゃん、きっと何か考えているのよ。落ち込んでいる様子じゃないもの。自分で答えを出そうとしているみたいだから、私はもう少し黙って見守りたいわ。

喜蔵が一連の事情を説明した時、深雪ははっきりとそう述べたのである。

（あいつの言うことはもっともであるが……）

喜蔵が顔を顰めて頭をがしがしと掻いた時、居間に戻ってきた小春が再び横になった。腕を曲げて枕代わりにしている姿を、喜蔵はじっと見下ろしていた。今の小春は大人しく、いても邪魔にならなかった。いつも「うるさい」「静かにしろ」と文句を言っていた喜蔵は、やっと望ましい環境を手に入れたはずなのに、どうも落ち着かぬ気持ちが続いている。小春は寝息も立てなかったが、目をつむってすっかり寝ているようだった。喜蔵は息を吐きながら、ようよう店に戻った。

（気味が悪い）

真っ先に思うのはそれだったが、それを抜かしてもどうも釈然としなかったのだ。枯れずの鬼灯――アマビエの一件は一応解決した。だが、喜蔵はまだ納得がいかぬところがあったのだ。それは、目安箱に誰があの紙を書いて入れたかということである。あの紙に書かれていたのは、件の字でも千代乃の字でもなかった。では、多聞であるかといえば、そうとも思えぬ。筆跡は知らぬものの、そんな風に手紙を認《したた》めるくらいなら、直接言ってくるはずである。

（四郎……のわけはなかろう。何しろ、あいつは枯れずの鬼灯が千代乃さんの手に渡ることを嫌がっていたのだ）

考えても他に例は浮かんでこず首を捻った喜蔵は、己の横を硯の精がとぼとぼと歩き通ったことに気づかなかった。

「小春、塵塚怪王に頼んで、あの紙を張っておいてもらったぞ」

硯の精の言葉に、寝ていたはずの小春は「あんがと」と答えた。

「しかし、あんなもので相手は来るのか？」

「そいつがまだ欲しいと思っているなら、来るだろ。まあ、来ないなら来ないでもいい」

（何の話だ？）

喜蔵は途中で気づいて聞き耳を立てたが、小春と硯の精はそれ以上何も話さなかった。


そして、翌夜である――。

深雪が寝入った頃、喜蔵は小春に叩き起こされた。

「おい、起きろ。三つ数えぬうちに起きなければ、お前から視力を奪っちまうぞ？」

冗談にならない冗談をささやかれて、喜蔵は静かに立ち上がった。喜蔵が着替えようとすると、「そのままでいい」と小春は言い、さっさと外に出て行った。喜蔵は眉間に盛大な皺を寄せつつも、後に続いた。

「お前が素直についてくるなんてめっずらしい。昼は彦次たちのところへ訪ねて行ったようだし……あいつらの匂いがしたもんな。そういや、何しに行ったんだ？」

庭を歩きながら、小春は訝しむような上目遣いをして喜蔵に問うた。小春の言う通り、喜蔵は小春に店番を任せ、数刻の間出掛けていたのである。

「友に会いに行くのに理由などなかろう」

「友ってお前……」

小春は驚きを通り越して、呆れた声音を出した。喜蔵は真顔で語ったものの、表情にはまるで彼らに対する愛情が見られなかったのだ。

「それよりも、一体どこへ行く？」

「すぐそこ」と小春は答えた。「すぐそことというのはどこのことだ」と喜蔵が文句を言っているうちに裏の路地に出ると、小春は塵捨て場の手前で立ち止まった。近くの曲がり角で身を潜めるようにして立っていると、間もなくして小春がこう述べた。

「悪いが、俺はもう枯れずの鬼灯は持っていない」

（一体何を――）

小春が見ていた路地に視線をやった喜蔵は、提灯で浮き上がった顔を見て目をむいた。ずんぐりむっくりとした体軀《たいく》に、四角い顔、どことなく狸に似ている下がり眉に垂れた目、そして、太い眉――そこには、いつも多聞と共にいる勘介という男が顔を蒼くして立っていたのだ。喜蔵はすぐさま辺りを注意深く見回したが、「百目鬼はいない」と答えたのはなぜか小春だった。

「いないよな？　お前一人でやったことなんだろ？」

小春はそう言いながら、目安箱の前に立ち尽くしていた勘介の前までずかずか近づいていき、何の躊躇いもなしにじっと見上げた。

「枯れずの鬼灯――アマビエは無事あの世に帰った。今朝、青鬼からの使者が知らせにきたから確かだ。アマビエは、青鬼によく懐いているらしいぜ。お前がどうしても欲しいなら、まず青鬼を倒さなくちゃならねえぞ。出来るかねえ、お前に？」

小春が小馬鹿にしたように言うと、勘介は引きつった笑みを浮かべた。

「……そりゃあ、無理だな。俺は多聞と違って、ただの人間より少し腕っ節が強いくらいだ……まあ、もう必要はないが」

「必要ない？　なら、何で来たんだ？　こんな紙きれ一つで簡単に引っかかるなんて」

小春はそう言って、目安箱の上に張られた紙を指し示した。二人の前まで歩いてきた喜蔵は、その紙に提灯を照らして見たが、文字一つ書かれていなかった。

「枯れずの鬼灯、明晩こちらで受け渡す——妖怪にだけ見える文字で書かれているんだ」

小春は勘介に顔を向けたまま、喜蔵が抱いていた問いに答えた。

——小春、塵塚怪王に頼んで、あの紙を張っておいてもらったぞ。

昨日硯の精が言っていたのは、このことだったのだろう。垂れ目が更に垂れて見えるほど目元を指で撫でていた勘介は、溜息と共に言葉を発した。

「……さあな。気づいたら足を向けてたんだ。ただ——もしかしたら俺は、四郎がこれを書いたと思ったのかもしれねえ。字も違うし、大体にしてそんなことあるわけねえのに」

自嘲の笑みを浮かべた勘介は、目安箱の上に張られた紙を取ると、くしゃくしゃに丸め、塵捨て場に投げた。

「四郎？……いつも共にいるのだから、本人に訊けばいいではないか」

喜蔵の問いに、勘介はうっそりと首を振って言った。

「四郎は千代乃が死んでから、どこかへ消えちまったんだ」

思いもよらぬ言に、喜蔵と小春は共に眉を顰めた。

「消えた当てはないのか？　そのうち帰ってくるのではないか？」

そう問うたのは、またしても喜蔵だった。何しろ、千代乃が死んでからまだ四日しか経っていない。消えたという言葉を使うには、いささか早計なのではないかと思ったのだ。

「いや……恐らくは二度と帰ってこぬだろうな……俺は、あいつが千代乃と一緒に行っちまったんだと思っている」

――もしかしたら、何十年ぶりかで初恋の人に逢えたのかもね。

さつきの言葉を思い出した喜蔵は小春を見遣ったが、小春は口を真一文字に結んで前の闇を見据えているだけだった。

「後を追ったのか、千代乃の魂を持ってあの世を放浪しているのか……それとも、一人でどこかに隠遁《いんとん》しちまっただけなのか。どの道、四郎が今更枯れずの鬼灯など欲しがるわけはないんだ。本当に欲しがっていたのならば、もっと前に俺は――まったく、俺は何をしているんだろうな……」

勘介はそう言うと、悔しげに唇を噛んだ。

（……なぜこ奴が苦悩している？）

これが、当事者である四郎ならば分かる。しかし、勘介はこの話に何も関わっていないはずだ。少なくとも、これまで一度たりとも話に絡んできてはいない。喜蔵が不思議に思っていると、小春がやっと口を開いた。

「千代乃を枯れずの鬼灯で不老不死にしたくて、お前は喜蔵に手紙を書いたのか？」

勘介は大きく身を震わせた。その反応を見ただけで、答えは分かったようなものだった。

「……手紙はお前が？　では、もしや、千代乃に件を紹介したのもお前なのか？」

千代乃は誰かの紹介を受けて、件と会ったと言っていた。それが誰なのかは明らかにしなかったが、不思議な縁を繋ぐ相手としては、確かに勘介はぴったり当てはまる存在である。

「そうだ——兄弟を助けるのは当たり前のことだろ」

何もかも諦めたかのような表情をした勘介は、ふっと苦笑しながら言った。

「……お前と四郎は兄弟なのか？　では、もしやあいつも？」

勘介はふるりと首を振ると、問うてきた喜蔵を見ずに語りだした。

「血の繋がりはないが、俺は四郎と兄弟のように育ってきた。ずっと昔、まだただの人間だった時のことだ。俺たちは貧しい村の出でな……村には女子どもと年寄りしかいなかった。男ども？　ああ、ほとんどが戦に雑兵として駆り出されたんだ」

勘介たちがただの人間として生きていたのは、戦乱の世だった。覇権を握ろうとする猛者たちが群雄割拠していた時代で、それはすなわち下々の者たちに戦への参加を余儀なくさせるものだった。

「絵草子なんかでは、織田《おだ》だの豊臣《とよとみ》だのといった連中しか語られぬが、戦の場に一等近かったのは俺たちのような貧しくて非力で学のない連中だったんだ。当然だよな、上に立つ奴らが早々危ない目になど遭ってはいられぬだろう？」

そして、戦場に行き、戻ってきた者は四分の一くらいだった。他の四分の三には、勘介たちの父親も含まれていた。「父《てて》なし子」などとからかわれることは一度もなかったという。何しろ、村の子の大半が父なし子であり、兄や叔父などを亡くしていたからだ。

「俺も大きくなったら、親父たちのようにやりたくもない戦で死ぬんだと思っていたんだ。とんでもなく嫌だったが、仕方ねえと思っていた」

そんな風に、勘介たちの先は決まっていたはずだった。運がよければ生き残り、運が悪ければ死ぬ――だが、それは別段己たちだけではなく、あの時代に生きている皆に対して言えるものだった。勘介と四郎も成長し、そろそろ戦に駆り出されるかという年になった頃、「命を捨てに行く気か？」とある青年に言われたという。

――運がよければ助かる、などと思っているようだが、そんな風に思っている時点でお前たちは死に向かっている。そんな心構えで戦場に行ったら、誰の役にも立てず、無駄死にするだけだ。なあ、どうせ死ぬなら、面白いことして死んでみないか？

勘介と四郎は、それまでその青年とろくに話もしたことがなかったので、ただただ唖然とするばかりだった。

「そいつは村で一等裕福な家の出のくせに、家を継がずに都に出ていき、薬師や医師の真似事などをやっていてな……俺たちが戦場に向かう道中でたまたま会った時、『俺について来い』などと妙なことを言い出したんだ」

「それが多聞か……」

喜蔵の呟きに、勘介は四角い顎を引いて答えた。一体この男は何を考えている？——勘介と四郎だけでなく、その場にいた者たち全員が奇異に思った。「ふざけるな」と怒鳴って、足早に去っていった者もいたという。

「それなのに、お前はなぜ付いていったのだ？」

それまで話したこともない者の言葉を信じ、あまつさえそれに従うなど、喜蔵には考えられぬことだった。勘介はそう言われることが慣れっこという風に、すぐに答えた。

「こいつと一緒だったら、この先も楽しく生きていける——そう思ったからだ」

その頃の多聞はただの人間だった。幻術で勘介たちを操るような力はない。だが、勘介と四郎は——その場にいた他の数人も、多聞の堂々とした態度と声音、それに希望に満ちたような表情に惹かれて、一も二もなく多聞に付いていくと決めた。

「結局のところ、やはり俺たちは誰も死にたくなどなかったんだ。いつか死ぬとは分かっていてもな、死に向かって生きていくことなどしたくはなかった」

「だが、お前たちは結局戦場に行ったんだろ？」

小春の問いに、横にいた喜蔵も頷いた。二人が以前多聞から見せられた過去の中で、多聞たちは皆戦場で医術行為をする医僧だったのだ。直接戦わぬまでも、いつどうなるか分からぬ身であることには変わりなかった。事実、見せられた過去の中で、多聞たちは逆上した兵たちに嬲《なぶ》られていたのだ。

「あいつは最初から『戦場に行かぬ』とは言ってなかったよ。俺らだって、最初から分かってた。あいつは町で薬売って満足するような奴じゃねえってことくらいな」

町で薬学や医術を学び、一年が経った頃——多聞はにわかに宣言した。

——俺は医僧として戦場に向かうことにした。お前たちに「ついて来い」と言ったが、それは今日までだ。戦場へ行きたい奴は俺と共に戦場へ、町に残りたい奴はこのまま残れ。どの道、長くない人生だ。皆、好きに生きろ。

「勝手な奴」

舌打ちしながら小春は言った。勘介によると、多聞に「好きにしろ」と言われた者たちは、結局皆多聞と共に医僧として戦場へ行ったという。それを聞いた小春はますます顔を顰め、「何であんな奴が」と呻くように言った。

「あいつの人たらし振りは、力を得たからそうなったわけじゃない。元からなんだよ。俺も四郎も皆も……死ぬかもしれぬというのに、あいつに付いていきたくなっちまったんだ。皆馬鹿だったんだろうな」

そう言って苦笑した勘介だが、ちっとも悔いたような顔はしていなかった。

「その後、お前と四郎以外の奴らはどうなったのだ？」

見せられた過去の中には、勘介と四郎以外の者たちの姿は見当たらなかった。喜蔵が問うと、勘介は笑いを引っ込めて「死んだ」と言った。

「でも、無駄死にじゃなかった。皆、死に顔は安らかだったよ。『後は頼む』と俺たちに託してから死んでいった奴もいた。毎日毎日死人を見慣れていたせいか、俺はまるで哀しくなどなかった。あいつらはいい死に方したからな……本当に」

そこまで言うと、勘介はにわかに「へへ」と笑い出したので、小春と喜蔵は妙なものを見る目つきで勘介を見た。

「いやな、俺はつくづくよく覚えているなあと感心したんだ。何しろ、今のは四百年も前のことだぞ。俺はこんな無骨な見目をしているが、案外何でも覚えている性質なんだ。あの時誰が何をして、こんな風に泣いていたとか、笑っていたとか——ほとんど忘れたことなんてないのさ。ずっと共にいた多聞のことも四郎のことも、できぼしのこともな」

「だから、『兄弟』ってわけか?」

まだまだ疑っているような声音で訊いた小春に、勘介はてらいもなく何度も頷いた。

「ああ……兄弟だ。家族——というとこっぱずかしいが、そんな風に俺は思って生きてきた。歳は多聞が上だったが、何となく俺は長男な気分でな。だから、奴らに何かあった時は、俺が助けてやらなくちゃならないんだ」

笑みを浮かべながらも真摯な目をした勘介を見て、喜蔵と小春は黙り込んだ。勘介のちらりと話した過去を聞いて、喜蔵はようやくかつて多聞が彼らとの過去を喜蔵たちに見せたことに関して得心が行く思いがしたのだ。多聞は一度も勘介と四郎との絆について触れなかったが、思うところがなければわざわざあの過去は見せなかっただろう。

「……お前たちが家族同然で生きてきたことは分かった。だが、それならば今回の件を多聞に話せば、もっと手っ取り早くどうにかしてもらえたのではないのか？」

「――あいつにそんなこと頼めるもんか！」

喜蔵の問いに、勘介はいきなり声を荒らげた。目を丸くした喜蔵と、逆に鋭くした小春にじっと見られ、勘介はうつむきながら答えた。

「あんたの言うように、多聞に言えばどうにかしてくれただろう。五十年前のように、千代乃に永遠の命を与えようとしたかどうかは分からないが……」

「五十年前……？　じゃあ、『永遠の命が欲しいか？』と千代乃に声を掛けたのは、百目鬼だったのか？」

ぞっとするほど美しい声音、と千代乃が言っていたことを思い出した小春は訊ねた。海の中で倒れた千代乃にどこからともなく声を掛けてきた者は、声が美しい上、四郎のことをよく知っていた。永遠の命と聞いてアマビエも思い浮かんだが、そもそもアマビエは口が利けぬのだ。

「……ああ、あれは多聞だ。五十年前、四郎が行方知れずになった時――俺たちは四年間ずっと四郎を捜しつづけた」

あの頃、多聞たちは定まりなき旅をしていたという。地上を移動することもあれば、海を渡ることもあった。海を渡るには、そこに住まう水の怪たちの了承を得なければならぬ。

一々許可を取るのは面倒だったが、それをせずいざこざが起きるのはもっと面倒だったので、多聞たちは大人しく海の掟《おきて》に従っていた。

「だが、ある海を渡っている時、突然水の怪の奴らに襲い掛かられたんだ。その時、ちょうどアマビエが海を渡っていたらしく……俺たちもそれを狙いにきたと思われたんだろう」

多聞は水の怪たちを軽くいなし、一同は無事その海を渡った。しかし、その直後嵐に見舞われてしまったのだ。幾ら多聞といえど、自然には抗えぬ。皆びしょ濡れになりつつ、何とか舟を移動させていると、突如として舟が揺れた。一寸前まで多聞と戦っていた水の怪たちが、嵐に乗じて再び襲ってきたのだ。

「せっかく多聞が手加減してやったのに、奴らは馬鹿だからまた来た……今度こそ、奴らは多聞に沈められたがな」

またしても難なく勝利を手にしたものの、肝心なものがなくなっていることに皆ははたと気づく。勘介の後ろにいたはずの四郎が、舟の上からいなくなっていたのだ。高波に攫《さら》われたのか、水の怪たちに引きずりこまれたのか――真相は分からなかった。そして、その日を契機に、多聞たちは四郎を捜す旅を始めたのである。

「もっとも、多聞は四郎を捜しているとは言わなかったし、心配もしていなさそうだったけれどな……『アマビエを捜しているのさ』などとうそぶいていたくらいだ」

「ふん……それが本心だったんじゃねえのか？」

小春は面白くなさそうに鼻を鳴らした。四年もかかってしまったが、全国くまなく捜しまわったおかげで、多聞たちは無事四郎を発見することが出来た。しかし、見つけた途端、「四郎のことは放っておけ」と多聞は言ったという。

「記憶を失っていたからか？」

喜蔵の問いに、勘介は太く短い首を横に振った。

「いや……あの時、四郎はすでに記憶を取り戻していたんだ。見つかってすぐ、俺は四郎が一人の時を見計らって、話をしに行った」

勘介が幾ら言葉を紡いでも、四郎は顔色を悪くするばかりで、何も答えなかったという。記憶を失っていることは多聞から聞いて知っていた勘介は、四郎が覚えのないことを言われて混乱しているのだと思った。だから、また後日訪れることにして、勘介はその場から去ろうとしたが――。

――多聞を頼む。

四郎は真剣な顔をして一言だけ述べると、呆然とする勘介を置いて千代乃の元へ戻ったという。

「一体何なんだと思ったが、あの時あいつは千代乃と逃げ出す前日だったんだ。多聞は知っていたんだよ……だから、『放っておけ』だなんて言ったんだ」

勘介がすべてを知ったのは、多聞がずぶ濡れになった四郎を抱えて帰ってきた時だった。四郎と千代乃の決死の想いや、千代乃の土壇場の裏切りなど、多聞は簡潔に語った。

――あの娘は、永遠の命などいらないらしいよ。

面白そうに笑っただけで、多聞は千代乃を責めはしなかった。

「……本当に、奴は千代乃に永遠の命を与えてやるつもりだったのか？」

「ああ、それは絶対だろう。……その後、俺たちはこれまで通り四人で時を過ごした。四郎は二人きりで生きていたはずだ。……その後、俺たちはこれまで通り四人で時を過ごした。四郎も多聞も千代乃のことは口にしなかった。だが、何とも思っていなかったわけじゃねえ」

千代乃との一件以来、四郎はがらりと性格が変わったという。それまでは多聞以上にいつもにこにことしていて、皆からからかわれてばかりいたが、いつの間にか達観しきった笑みを浮かべ、あまり物を言わなくなった。

「『大人になっただけさ』と多聞は言ったが、俺はそう思わなかった。多聞だって、本当はそんな風に思っちゃいなかったんだろう」

そう述べた時の多聞の顔は、いつもと違い、弱々しく映った。四郎の一件が起きる前から薄々勘づいてはいたものの、その時勘介ははっきり悟った。

「こいつは寂しいんだなって……何でもない顔をしているが、本当はそんなことないんだって。まるで今も昔もずっと一人で生きてきたみてえな顔していたからさ……『お前は一人じゃないんだぞ』と分からせてやりたくなったんだ」

己も四郎もできぼしも、多聞から離れたりしない――そう言ったところで多聞は笑ってかわすだけだろう。だから、勘介は誓いを心に秘めたまま、それをずっと実践していこうと思ったのだ。勘介は、その誓いを破らぬ自信があった。このまま、ずっと皆と共に生きていくのだと思っていたが——そんな時に彼が現れたのである。

——四郎さんのことで、貴方にお話があります。

勘介の前に現れたのは、先見を元に訪ねてきた件だった。これから起こり行くことを聞いた勘介は、大いに迷った。四郎を助けてやりたかったが、先見通り動けば四郎は多聞たちの元から離れていくことになる。いっそ、未来を変えるべき行動を取ろうかとも思ったが、勘介にはそんなこと出来なかった。四郎が千代乃をずっと想いつづけてきたことを知っていたからだ。迷いに迷った末、勘介は件と千代乃を引き合わせた。己の行動が吉と出るか、凶と出るか——この一年間、勘介はずっとそのことを考え続けてきた。

「俺は確かにお膳立てしたが、最後は四郎に任せようと決めていたんだ。何とか先見と違うよき未来が訪れることを願ったが……このざまだ」

千代乃は死に、四郎は消え、多聞は深く傷ついた。そうなることも覚悟していたが、いざ現実に起きると、勘介は後悔の念に苛まれた。

「多聞のことも四郎のことも、助けてやりたかった。何しろ、大事な兄弟だ……だが、結局俺のしたことは、二人を哀しませただけだった。俺はあいつらを裏切っちまったんだ」

搾り出すようにして言った勘介の言葉に、小春と喜蔵は何も返せなかった。一連のことを踏まえれば、責めるべきところではあった。無関係極まりないのに巻き込まれたのだ。深雪は件に夢を見させられ、彦次などわざわざアマビエを描かされた。小春と喜蔵の二人は戦に巻き込まれて海に落ち、小春は片目の視力まで奪われてしまったのである。それなのに、喜蔵はなぜか勘介を責める気にはなれなかった。あまりにも辛そうな表情をしている勘介の顔を見ているうち、死んでしまったあの老女の笑顔が浮かんだからだろうか？

「それで、お前はどうするんだ？」

沈黙を破ったのは、小春だった。

「四郎を捜しに行くのか？　それとも、裏切ったから百目鬼の元から離れるのか？」

喜蔵ははっとして小春と勘介を見比べた。考えもしなかったが、わざわざ自分たちの前で独白したのだ。小春が言ったように、勘介は何らかの決意を秘めて話したのだろう。すると、勘介は顔を下に向けたまま、にやりと口元を歪めてこう答えたのである。

「お前も好きにすればいい――ここへ来る前に多聞にそう言われた」

――お前は俺を裏切ったと思っているようだが、それは勘違いだ。人も妖怪も元々一人なのだから、どう生きたって自由に決まっている。俺は「共に生きろ」などと強制したことはない。だから、四郎も勘介も好きにすればいい。このまま帰ってこずとも構わないよ。

多聞の言葉をそのままそらんじた勘介は、顔を上げて口を開いた。

「その言葉で、俺は行く道を決めた」

「では、お前は――」

四郎のように多聞の元から去るつもりなのか――そう言おうとした喜蔵に、勘介が出した答えは存外なものだった。

「俺は多聞の傍にいる。この命が尽きるまではな」

喜蔵と小春は、思わず「え」と声を出した。勘介の表情はそれまでと違って妙に晴れ晴れとしていて、「決めた」というのは嘘ではなさそうだった。だからこそ、二人は理解出来なかったのである。

「この命が尽きるまでとは？……それに、そうまでして、なぜ奴の傍にいる？」

喜蔵がそう問い掛けた時、勘介はすでに歩き出していた。話を聞いた限り、多聞は勘介たちが向ける想いの半分も、勘介たちを想ってはいないようだった。多聞の想いはすべて勘介の想像でしかない。当人の口から語られた言葉との乖離が見られてならなかった。

（……良いように思い込んでいるだけではないのか？）

喜蔵は不思議で堪らなかった。もしも、自分が勘介だったら、多聞に付いていきはしない。家族同然の者に「好きにすればいい」と突き放されたら、追いたくても追えぬだろう。本心でないのならまだしも、多聞は嘘をつかぬ男である。心から思っているからこそ、そう言ったのだ。四百年も共にいた勘介が、それを分からぬわけがなかったが、それでも勘介は多聞の傍にいるという。

（こいつはどう思ったのか）

気になった喜蔵が、黙っている小春に視線を落としかけた時だった。

「この命が尽きるまでと言ったが、俺と四郎は多聞と違って、不完全な不老不死なんだ。俺たちは四百年前に一度死んでいるんだよ」

声がした方を追うと、通りに出る一歩手前で勘介は立ち止まり、こちらを見ていた。

「……嘘だ」

小声で言った小春に、勘介は首を横に振って続けた。

「俺と四郎がまだ生きているのは、百目鬼と同化した多聞が命を分け与えてくれたからだ。だから、俺はあいつと共に――いや、これは言い訳だな……俺はただ単に奴の傍にいてやりたいんだ。あいつは人一倍優しくて、人一倍寂しがり屋だからな。当人さえも気づいてやしないが……まったく、しようがない奴だよ」

勘介は笑ったような声を漏らすと、さっと踵を返した。身も心も置いてきぼりにされてしまった二人は、勘介の消えた闇をじっと眺め続けるしか出来なかった。永遠に続くかと思った沈黙を破ったのは、「うーん」と唸って伸びをした小春だった。

「まあ……あいつらの言うことが分からねえのは、いつものことだ。とりあえず、手紙の主も分かったし、枯れずの鬼灯の件もアマビエの件も解決した。何だかんだと疲れたなあ……ふああ、眠い。よし、帰って寝るぞ！」

片手を振り上げて「おー」と自ら返事した小春は、荻の屋の方へ足を向けた。

「どこへ帰るのだ？」

ひょいひょいと軽い足取りの小春の後ろ姿に、喜蔵は声を掛けた。

「ん？　もちろんお前の家にだよ」

そう答えた小春に、喜蔵は深い溜息を吐いた。足音が続かぬことを不審に思った小春は、振り返った。

「――っ!?」

小春は、声にならぬ悲鳴を上げた。喜蔵は恐ろしい顔をしていた――これまで小春が見た中で、一等恐ろしかったかもしれぬ。闇の中にあって提灯に照らされたせいだとは思えなかった。喜蔵の作った表情そのものが、恨めしげで陰惨で不気味だったのだ。少し経って恐怖以外の感情が芽生えた小春は、恐る恐る喜蔵に近づいていきた。

「何だ、お前……誰かに乗っ取られたのか？」

顔の前に何度も振られた小春の手を摑んで、「また嘘をついたな」と喜蔵は言った。

「家には一度戻りはするが、俺が寝たらあちらへ帰る気だろう？　そして、二度と戻ってこぬ気だな？」

「……何で」

小春は強張った顔をしたが、否定はしなかった。その素直さに、喜蔵はふっと苦笑を零し、小春の手を放した。喜蔵の浮かべた笑みが思いのほか優しかったので、小春はますます戸惑った顔をしたが、混乱する小春をよそに、喜蔵はすらすら述べ始めた。

「それを訊きたいのはこちらの方だ。ここらは青鬼の縄張りなのだろう？　また、使いに行かされるに決まっているではないか。その時、お前は家に寄る気はない――なぜだ？」

喜蔵は黙って待っていたが、小春はなかなか答えなかった。口を開きかけては止め、また口を開きかけ――言いたいのに言えぬということは、喜蔵にも伝わってきた。小春からの返事を待っていた喜蔵は、ふと空を見上げて言った。

「お前が落ちてきた晩も、確かこんな空をしていた」

「覚えていない」と小春は小さく答えた。眉を顰めながら眉尻を下げるという複雑な表情をしていたので、本心なのか、嘘なのかは分からなかった。空からゆっくり目線を下ろした喜蔵は、それを小春にひたりと向けた。

「俺はよく覚えている。何しろ、あの夜を境に様々なことが変わったからな」

小春はうっそりと顔を上げると、丸い目でじっと喜蔵を見ながら小さく頷いた。

「……俺もそうだよ」

あの夏の夜、小春が百鬼夜行から落ちてこなければ、喜蔵は今も一人だった。喜蔵の庭に落ちてこなければ、小春は今頃もまだ迷い続けていただろう。たった一つの出会いで、二人の——周りを含めればもっと大勢の人生や妖生が変わったのだ。二人ともこれまで決して口にはしなかったが、己が変わったのは互いのおかげだと思っていた。

「……俺はさ、良き出会いのまま終わりたいんだ」

小春はそう言って、顔を顰めた。今にも泣き出しそうな顔を見て、喜蔵は珍しく優しげな笑みを浮かべたままこう言ったのである。

「まさか、泣いているのか？　勝手に盛り上がって、なんとおめでたい奴だ」

「……は？」

小春は言われたことが把握出来ず、まじまじと喜蔵を眺めた。

「よき出会い？　誰と誰の出会いのことだ？　まさか俺ではあるまいな」

ふんっと鼻を鳴らした喜蔵は、腕組みをしてえらそうに顎を持ち上げた。

「俺はお前と出会って、色々と変わった――今まで慎ましく生きてきたというのに、財布の紐は緩《ゆる》くなったし、家計は火の車だ。家には妙な連中がたむろするようになり、夜中に暴れまわられるという理不尽な目に遭うようになった。それに、お前が手当たり次第に愛嬌を振りまいたせいで、付き合いたくもない人間と付き合うはめになったのだ。あれもこれも、すべてお前と出会ったせいに他ならぬ」

無表情ながら不遜な口振りで言い放った喜蔵に、小春はやっとのことで口を開いた。

「お……まえ、一寸良い話していたはずだろ!?　何でそうなるんだよ!?」

先ほどとは違った意味で泣きそうな顔をした小春に「お前と会ってから、ろくなことがない」と喜蔵はぴしゃりと言い切った。

「古道具に妖しい奴らが憑いたり、髪切虫に襲われたり、目だらけの妖怪に騙されたり、水の怪どもの物騒な戦に巻き込まれて溺れたり……お前が無意識に妖怪を呼び寄せているおかげで、俺は何度も死にそうになったのだ」

言葉で表すとまるで悪口だが、それらはすべて事実だった。小春がいなければ、喜蔵は以前の通り一人ぼっちの生活を続けていただろう。その代わり、危ない目には遭わずに済んだはずだ。

「……悪かったな。でも、それなら俺が二度と来なくなるのはいいことじゃねえか。身体は無事で、金も減らぬし、何よりせいせいするだろう？」

そう言った小春は、口の端を歪めて笑った。先ほどまで浮かんでいた泣きそうな表情は消え、傷ついたような顔をしていたが、喜蔵の言葉を一つも否定はしなかった。そんな小春の顔を真正面から眺めた喜蔵は、声を潜めるようにして語りだした。

「そうして、これまでも散々狙われてきたのだ……だから、今更何が起きても俺は別段何とも思わぬ。たとえ、襲ってくる相手が、容赦のないという猫股の長者とやらでもな」

「お前……何で知っているんだ？」

小春はただただ驚いた様子だった。そんな小春を見て、喜蔵は眉を顰めて言った。

「昨夜――夢で見た」

件の夢の中にいる――喜蔵がそう気づいたのは、眠りに入ってすぐのことだった。またいつもの薄暗く狭い部屋に端座していたからだ。だから、喜蔵は自ら問うたのである。

――……もう依頼は終わったはずではなかったのか？

――ええ、それについては恙無《つつがな》く。巻き込んでしまったお詫びに、一つ教えて差し上げようかと思いまして。

――また、あいつについてか？

――……貴方も勘が鋭くなられましたね。まるで妖怪のようだ。では、お話し致しましょう。

そこで語られたのは、小春が猫股の長者から狙われ始めたという物騒な話だった。

――猫股の長者は実にむごい性をしています。小春を殺すためなら、周りにいる貴方たちをも何の躊躇もなく襲うでしょう。

件のその言葉を聞いた途端、喜蔵は小春が数日前に口走った台詞を思い出した。

――そういうことじゃなくて、俺はお前たちを――……！

この後小春が何と続けようとしたのか――喜蔵は、この時ようやく悟った。

「お前は稀に見る、甘っちょろい単純馬鹿だ。巻き込むわけにはいかぬ――と考えたのだろう。だから、ふらっと姿を消して、そのまま戻ってこぬつもりでいた。どうだ？　合っているだろう？」

確認するように喜蔵は言ったが、小春は何も返さなかった。だが、答えなどなくとも喜蔵には分かっていた。天狗との戦いの時も、多聞との戦いの時も、そして今回も、小春はいつだって喜蔵たちを巻き込まぬように尽力していたのだ。それが小春の優しさからくるものだと重々承知していたが、喜蔵はまるで気に食わなかった。

「始めは好き勝手に巻き込んでおいて、肝心なところですっと身を引く――さもこちらのことを考えているようでいて、単に身勝手なだけだ。妖怪が皆身勝手であるのは承知しているが、こちらは人間の世。こちらに来るなら、こちらの道義に従え」

喜蔵が思っていることをすべて述べると、小春は目を右へ左へとうろうろさせて、所在無い表情をした。そして、うつむくと、

「……そんなの無理だ」

とぼそぼそと話しだした。

「今までは何とかなったが、猫股の長者はこれまでの連中とは違う。奴に狙われたら、お前も周りも生きてはいられぬ。妹や親友をそんなことに巻き込むのがお前の本意か？　俺やお前の勝手な考えで、他の奴らを巻き込むわけにはいかねえだろ」

小春が言い終わるか否かの時、喜蔵は懐から出した一通の紙を小春へ差し出した。訝しみながら受け取った小春がそれを開くと――。

「え……」

そこに書かれている文面を見た瞬間、小春は思わず声を出してしまった。短い文章を何度も読み返し、やっとのことで顔を上げた小春は、ふにゃっと非常に情けない表情を浮かべたのである。

「……こんなもん、いつ書いたんだよ」

小春の小声に、喜蔵は腕組みをしながら「今日だ」と答えた。紙には、喜蔵、深雪、綾子、彦次、高市、平吉《へいきち》、弥々子、それに荻の屋に住まうすべての妖怪たちの署名が記してあった。そして、真ん中に書いてあるのは、こんな文言だったのだ。

――小春殿　一同の命御預け申し奉る。

「連判状なんて初めてもらったぞ……百姓一揆みてえ」

小春はやはり情けない声音を出し、ぽりぽりと頭を掻いた。そんな小春を見下ろして、喜蔵はふんっと鼻を鳴らして言った。

「口で言うよりも、よほど効き目があるだろう?」

件の夢を見た喜蔵は、どうしたら小春を説得出来るか考えた。「気にするな」と言ったところで、小春は絶対に云とは言わぬだろう。それに、喜蔵はともかくとして、周りがどう思うかまでは分からなかったのだ。悩んだ末、喜蔵は小春に店番を頼んで彦次の元へ行った。そこには高市が下宿しており、三人で相談した結果がこの連判状だったのだ。

——本当に命が取られることがあるやもしれぬが、いいのか?

彦次が墨をすっている時、喜蔵は二人に確認した。事情を知っている彦次はともかく、高市は今初めて小春の正体や事情を知ったのだ。だが、高市はあまり驚かなかった。これまでの出来事で、大体のことは察していたのだろう。記録本屋をやっているだけあって、不可思議な存在にも寛容で、思いのほか肝も据わっているらしい。

——いつ死ぬかなんて分からないでしょう? それに怯えて生きるくらいなら、悔いが残らないように死ぬ気で生きた方がいいと思うんです。俺、小春ちゃん好きだし。このくらい書きますよ。

高市はそう言って笑いながら名を認め、

——……猫股の長者か。絶対会いたくねえんだけれど、画のために見ておきたいと思っちまった。ああ、俺はすっかりお前らに毒されているんだ。くわばらくわばら。

彦次は青い顔をしてぶつぶつ言いながらも、すらすらと連判状に名を記したのである。その後は平吉、そして弥々子の元にも赴き、名を書いてもらった。平吉は何も言わずに名を連ね、反対に弥々子は文句を言いながら筆を取った。

——まったく、何であたしばっかり奴を助けてやらなくちゃならないのかね。本当に世話の焼ける小鬼だよ。今度来る時には、胡瓜百本持ってこさせてくれよ。

弥々子が書いた字は喜蔵に読めぬ妖怪文字だった。神無川を後にした喜蔵は、くま坂に行き、深雪に事情を話した。姿に似合わぬ威風堂々とした字をそこに記した深雪は、連判状を喜蔵に返してこう言った。

——ありがとう、お兄ちゃん。

——……お前に礼を言われる筋合いはない。

そう呟くと、深雪は嬉しそうに笑んだ。居たたまれぬ思いに駆られた喜蔵は、急いで家の方に戻って行った。荻の屋を素通りして裏長屋に行った喜蔵は、本日数度目の同じ話をした。綾子は、己が身にも妖怪ごとを抱えている。喜蔵は綾子を連判状の面子に入れぬ方がいいと思っていたが、深雪にその話をした時「それは駄目よ」と言われたのだ。

——綾子さんは、確かにこれまで大変な苦労をしてこられたわ。綾子さんは何も悪くないのに、皆からつまはじきにされてしまった……あたしたちまで綾子さんを蚊帳の外に置くの？　危険な目に遭わせたくないなら、あたしたちが守ってあげればいいじゃない。

深雪の言が胸に響いたからこそ、喜蔵は綾子にこの話をしたのである。綾子は何度か悲鳴を上げかけたものの、途中からは黙って聞いていた。真摯な表情を見て、綾子がすっかり話を信じてくれたのは分かったが、聞き終えてもしばし動かなかった。

――……私、まるで武術の心得がないんです。どうやって戦おうかと今悩んでいたのですが、決めました。明日から薙刀《なぎなた》を習いに行きますね。

どこか勘違いしているようだったが、そう言うと綾子は緩やかな字で己の名を連判状に記したのである。それから家に帰った喜蔵は、小春を夕餉の使いに行かせた。その間に己の名を連判状に書いていると、

――人間に負けてなどおられぬ！　俺たちも書くぞ！

――そうそう、何しろ命を預けるんだから、あいつは否応なしに私たちを守ってくれるってことさ。大変だねえ。ふふふ、面白い。

連判状のことを嗅ぎつけたいったんもめんと撞木が、まず面白がって名を記したのだ。すると、そこにいた妖怪たちも後に続き、気づくと荻の屋にいるすべての妖怪たちが連判状を墨で彩っていたのである。

「……揃いも揃って馬鹿ばっか」

呆れた声音で言った小春は、喜蔵が話している間、連判状から一度も目を離さなかった。

「お前もその馬鹿の中の一人だろう」

喜蔵がそう言うと、小春は「違えねえ」と噴き出した。そして、紙を折り畳むと、懐に仕舞い込んだ。そのまま歩き出したので、喜蔵はその後を付いて行った。井戸まで行くと、いつぞやのように親指を噛み切って、そこに丸の中に「も」と指文字を書いた。

「俺が通ったら、この字を消しといてくれ」

喜蔵は頷き、無言で小春を見守っていた。全身を手で探り、忘れ物がないことを確認した小春は、ぴょんっと跳ねると井戸の枠に立った。

「お前も俺もいい手紙もらったな」

「お前のはよいが、俺のはただの悪口だ」

小春が目安箱の投書のことを言っているのだと分かった喜蔵は、むっとしながら答えた。

「ばっかだなあ。『ここをこうして欲しい、ああして欲しい』っていう願いの先にあるのは『仲良くしたい』ってことしかねえだろ？」

小春がからかうように言うと、喜蔵は眉を顰めたまま顔を伏せた。本当は、喜蔵だとて分かっていたのだ。投書をもらってから、喜蔵は妖怪たちの目を盗んで何度もそれらを読み返した。そこに書いてあったのは、一見すると誹謗中傷でしかなかったが、よくよく読み込むとそれらが喜蔵に対する前向きな提案であることが鈍い喜蔵にも分かったのである。

「……俺と親しくしたいなど、単なる気の迷いか勘違いだろう」

「なあ？　俺もそう思う。何を好き好んでこんな鬼面と」

ぎろりと睨んできた喜蔵に、小春はすっと手を伸ばした。喜蔵は幾度か目を瞬かせると、口元を引きつらせて「気味が悪い」とぴしゃりと言った。

「生憎《あいにく》書面を作っている暇はねえからな。そういう時こちらの世じゃあ、これで約束するんだろ？　破ったら、針千本――もちろん、針は地獄の熱々毒針だぞ？」

ひひひ、と笑った小春に、喜蔵は溜息をついた。そして、小春が急かすように顔の前で振ってきた小指に、渋々己の小指を絡めたのである。

「嘘ついたら針千本のーます！　ほい、指切った！」

ぶんぶんと乱暴な指切りをすると、小春はゆっくり小指を離した。

「そんじゃあ――またなっ！」

そう言うと、小春は喜蔵の目の前からさっと姿を消した。はっとした喜蔵は、すぐさま井戸を覗き込んだが、そこには暗闇が広がるばかりで何も見えなかった。そして、いつぞやと同じく落ちた音もしなかった。間違いなく、小春は井戸の中に消えたので、恐らく途中でもののけ道に入ったのだろう。喜蔵は言われた通り、血文字を指でなぞって消すと、しばし井戸の中を見つめた。そして、ようやく満足した頃、空を見上げながら歩き出したのである。

落ちてくるわけがない――今頃、小春はもののけ道を歩いているのだ。けれど、喜蔵は未だに空を見上げる癖が抜けきらなかった。しかし、この日は、あの夜のように空に向けて手招きをしたりはしなかった。

（また、と申しているなら、次があるのだ）

その時にまた怒ってやればいい――喜蔵は一人頷いて、心地よい風の吹く夜道をゆっくりと歩き家に帰った。

本書は、書き下ろしです。

一鬼夜行《いっきやこう》　枯《か》れずの鬼灯《ほおずき》

小松《こまつ》エメル

2012年11月5日初版発行

発行者……坂井宏先
発行所……株式会社ポプラ社
〒160-8565　東京都新宿区大京町22-1
電話……03-3357-2212(営業)
03-3357-2305(編集)
0120-666-553(お客様相談室)
ファックス……03-3359-2359(ご注文)
振替……00140-3-149271
フォーマットデザイン　荻窪裕司(bee's knees)
組版　株式会社鷗来堂
印刷・製本　凸版印刷株式会社

乱丁・落丁本は送料小社負担でお取り替えいたします。
ご面倒でも小社お客様相談室宛にご連絡ください。
受付時間は、月～金曜日、9時～17時です（ただし祝祭日は除く）。

ポプラ文庫ピュアフル

ホームページ　http://www.poplarbeech.com/pureful/

N.D.C.913/348p/15cm
ISBN978-4-591-13152-7

ポプラ文庫ピュアフル1月の新刊

壁井ユカコ
『五龍世界WOOLONG WORLD Ⅰ 霧廟に臥す龍』

五頭の龍が眠るといわれる大陸を舞台に、カンフー少女や中年不良道士、ワケあり青年牧師……さまざまなキャラクターが駆けめぐる壮大なファンタジー！

越水利江子
『忍剣花百姫伝（五） 紅の宿命』

花百姫と八忍剣は、数十年の未来へと時を超えた。そこで明らかになる霧矢の悲恋のドラマと美女郎の出生の秘密。そして花百姫には恐ろしい運命が襲いかかる！

村山早紀
『コンビニたそがれ堂 空の童話』

本当にほしいものがある人だけがたどり着ける、不思議なコンビニたそがれ堂を巡る四つのハートフルストーリー。大人気シリーズ第四弾、満を持して登場。

若竹七海
『みんなのふこう』

笑っちゃうほど不幸のどん底の人生を送る17歳のフリーター女子・ココロちゃんと、彼女を見守る平凡な女子高生ぺんぺん草ちゃん。究極の〝幸せ探し〟ストーリー。